山东省社会科学规划学术社团人才培养专项阶段性成果（项目编号：20CSTJ09）
青岛科技大学学术著作出版基金资助出版

中国现代小说
死亡
叙事研究

王小环 —— 著

社会科学文献出版社
SOCIAL SCIENCES ACADEMIC PRESS (CHINA)

序

我这一代人从小接受的生死观教育，是读"老三篇"时毛泽东《为人民服务》一文里高度赞扬为人民利益而死的八路军战士张思德同志所引用的汉代司马迁的"人固有一死，或重于泰山，或轻于鸿毛"，还有毛泽东为革命烈士刘胡兰亲笔题词"生的伟大，死的光荣"。可以说，革命英雄主义的牺牲精神给予了我们这代人巨大的影响。随后的阅读，也对历史上壮怀激烈、勇敢赴死、献身革命的仁人志士怀有深深的敬意。谭嗣同的"我自横刀向天笑，去留肝胆两昆仑"、文天祥的"人生自古谁无死，留取丹心照汗青"等诗句，给了我们更多人生激励。革命传统教育的崇高生死观之影响，奠定了一代人面对生死的精神想象之基石。今天，随着时代的巨变和发展，历史大踏步前行，也经历着日常生活平凡而无情的时间风雨，我们这一代人从耳闻熟悉或不熟悉的他人的生死离别，到目睹自己身边最亲近的父母、师长乃至同辈的挚爱亲人渐渐衰老或逝世。死亡是英雄人物的归宿，也是每个普通人的宿命。死亡是一种自然的归宿。死和生是很自然的现象，有生就有死，死亡是不可抗拒的人生规律。从特殊年代所阐释的对想象的英雄"死亡"的崇拜，到切实生活和平凡人生中与"死亡"的亲近，我们经历的正是一个时代和历史的巨变过程，我们体验的恰恰是人生的丰富多彩，也是自我生命的真实。每一个人都无法回避死亡。应该说，每个真实的人，都有一种永恒的"死与不死"的精神存在。20世纪中国最伟大的文学家、思想家、革命家鲁迅说过："死者倘不埋在活人的心中，那就真真死掉了。"他自己面对死亡的遗言是"赶快收敛，埋掉，拉倒"，表现出顺其自然的淡泊和理性，然而后人并没有忘记他。我们读到现代诗人臧克家"有的人活着/他已经死了；/有的人死了/他还活着"的诗句时，浮现在脑海的正是一个充满忧患的灵魂：敢于直面现实，坚韧地战斗着，又时时解剖自己的鲁迅。

每一个人都无法回避死亡，还有一个更为深奥的"存在之思"的哲学话题。德国哲学家海德格尔说，人之"生"与"死"并非人生的两个端点，而是交织在一起密不可分的。死亡是人类永恒的宿命，因此，人的生存意义就是在把自己的生命向死亡抛掷出去再反弹回来的过程中而得到规定的。所以，人绝不可以只埋首于"活"，在世俗的生活中混沌不明地"活"，而要时常安静地"思"，尤其要正视"死"，时刻想到"死"。这就是人在"生"中重视死亡问题考索的意义和价值。显然，关于死亡的探究，本质上就是关于人的思考，其真正价值就在于对人类生命的终极关怀。哲学理性和思辨地对生命进行追问，而文学呈现的是人对自我与世界的丰富想象。文学不仅反映人生存的外部物质世界，而且体现人的内心精神世界。文学会用最优美的文字、最炙热的情感讴歌"生"，也会用最细腻的描摹、最真切的体验书写"死"。文学是属于每一个个体的独立的世界。由此，文学与个人生命息息相关，甚至在某种意义上丰富了人的生命的完整性，拓展了人的生命的多样性。文学是"人"学这一教科书最为经典的定义，既是抽象的又是具体的。古今中外伟大的文学家，无不以独特的人生体验、审美形式表达或诠释个人对历史社会的责任和使命、对个体生命的正视和关怀。一百多年来，我们古老的中华民族涅槃再生，向着现代中国前行。正是一代又一代革命先驱不畏艰险，前仆后继，向死而生，新中国才得以创建，我们才得以走进新时代。这是一条觉醒、抗争、奋斗的不断追求梦想之路。伴随着这一历史巨变过程而诞生的20世纪中国文学，接受、传播崭新的认识论和价值观，以"德先生"（Democracy）和"赛先生"（Science）为新文化的两面旗帜，确立了现代中国"人的文学"的思想基石，开启了中国现代文学不同以往的对觉醒"新人"的书写。

这些有关死亡和文学的叙述和零星想法，正是由放在眼前的《中国现代小说死亡叙事研究》这部书稿触发的。回想当年与我的学生王小环博士一起探讨、交流的日子，对于这一选题是否有推陈出新的学术探究的可能性，特别是"死亡"与"死亡叙事"概念的内涵和外延究竟是什么，我们有过多次的切磋和讨论。

我指导博士研究生一直本着不给学生命题作文的原则，也不强求学生必须做与导师相同的研究课题，而是希望学生通过独立阅读、自我思考和师生商讨而确立选题。准确地说，这一选题是王小环博士领我进入的。最初她提出要写这个论文题目时，我对"死亡"及文学的"死亡叙事"并未认真思考过，也没有清晰完整的概念。从感觉层面，第一反应是一个女生、年轻人为什么要去研究文学的"死亡"话题呢，这多么不"阳光"呀，不妥！从学术研究的角度讲，中国现代文学中无论是鲁迅、老舍、萧红、路翎、张爱玲、林语堂等作家有关自我意识的死亡观研究，还是蒋光慈、胡也频、丁玲、沙汀、吴组缃、叶紫等作家关于革命、反抗暴力、屠杀的死亡研究，以及有关现代文学中不同创作的死亡母题的研究，前人成果都比较多。"死亡叙事"在一段时间里，似乎成为现代文学研究中如同"乡土叙事""女性叙事"一样的热门话题。再者，选题涉猎现代文学重头的全部小说，其研究范围和对象既十分广阔又丰富而复杂，而"死亡"的概念包含文化学、哲学、社会学、历史学等多领域的跨界，"死亡叙事"绝非单一性的文学。开始讨论的阶段，我对选题的难度、问题的复杂性、学术创新性都无指导的底气，对王小环是否有能力准确把握选题要义也多有疑虑。然而，她一再坚持，对选题的写作充满信心。每次交流她都很认真地谈自己仔细阅读作家作品的感受，表达她辛苦搜集相关资料并有所收获的喜悦，认真分析前人研究成果对她的启发。最终我被她刻苦钻研的精神折服了，与她一起努力寻找课题新的生长点，尽力做好学术参谋。在论文写作的过程中，她脚踏实地地走进文学史，深入作家文本世界进行细致研读，切实感悟和体味作品，具体分析"死亡叙事"文本构造，重新解读"死亡"现象，再评判已有文学史认知，最终使论题有了学术上的积极推进。

在王小环的积极努力下，现在的书稿明显比最初完成的论文有以下几个方面的学术研究的深化。

作者用心用力地、完整系统地还原中国现代小说中的"死亡叙事"的实际创作样态，并将其作为一种作家集体无意识的写作现象或创作母题进行文学史的梳理，不仅从文化传统和中国文学长时段历史中历时性地清晰勾勒"死亡叙事"的演进线条，而且在现当代小说断代史中把脉"死亡叙事"的独特体验和传承之特征。对"死亡叙事"现象的形成缘由的梳理，既整合了单一作家作品"死亡叙事"研究并进行全面考察，又使对这一文学创作现象进行重新研究有了开阔而坚实的文学文化视域。

作者并不满足于对表层的"死亡叙事"情节的描摹或对作家作品的罗列，而是侧重于现代小说的"死亡叙事"视角转换、结构模式、话语特征等艺术策略的解析，认真提炼和总结现代小说特殊的"死亡叙事"审美风格形态，辨析不同叙事方式与小说独有的主题究竟如何关联着作家个性和精神内涵。这些都使中国现代小说中"新人"塑形的核心元素——独立个性、自我拯救、生命关怀、存在困境、思想启蒙等在"死亡叙事"文本中获得了鲜活的具象。同时，还对现代小说文类特有的形式功能和艺术转换的印痕做出了具有现代性意义的合理诠释。与过往"死亡叙事"研究成果相比，作者更注重对这一独特创作现象中文学本体的美学特性的考量。

作者深入现代小说中"死亡叙事"背后文化意义的考察，将文本叙事的文学世界与现实社会的文化民俗紧密结合，将现代小说的审美取向与作家精神追求有机联系，紧紧围绕现代小说中的"死亡叙事"，既深入文本具象的文学书写，又外延至社会文化与作家思想的关联，从而揭示出小说意象描写的文化隐喻、作家精神的文化反思，对"死亡叙事"进行特殊文学魅力的描绘。应该说，作者从文化意义、作家精神心理等视点挖掘或寻找论题生长点，是契合现代小说"死亡叙事"文学本体世界的，也使论题有一定的学术深度。值得称赞之处是，研究正视了现代文学与传统文化的血脉相连，以及生命意识的觉醒与思想启蒙的困境之现代性特质，同时避免了与哲学、社会学、心理学、思想史等理论的过多纠缠。

最后，书稿值得肯定的地方，又恰恰是其单薄之处。如现代小说"死亡叙事"的形式策略如何表现出对小说艺术的挑战，其"死亡叙事"深层的文化隐喻，以及受现代小说影响的当代小说"死亡"书写的核心问题是什么等方面尚有较大深入和提升的空间。自然，这些学术的难点，也是课题的魅力所在。小环博士毕业以后没有停止研究，仍然在不懈追求，甚慰！现在她要将阶段性的研究成书出版，要我写几句话，作为与她一起最先涉猎课题的导师，又是该书稿的最早读者，自然欣然从之。这些零散之言，权当与小环博士在随园校区里的又一次随意闲聊。愿师生之间的片言只语，不要误导了对该课题感兴趣的读者。

是为序。

杨洪承

（2019 年季冬）草于金陵外秦淮河畔

目　录

绪　论　／001

一　选题的缘起与意义　／001

二　研究现状与学术空间　／005

三　研究框架与研究方法　／012

第一章　中国现代小说中的死亡叙事现象及成因　／014

第一节　现代小说文本中的死亡叙事现象　／015

第二节　现代作家死亡意识的形成　／021

第三节　现代小说中死亡主题的变迁　／033

第二章　中国现代小说中死亡书写的精神内涵　／040

第一节　现代小说的死亡主题　／040

第二节　现代作家的生存困境　／058

第三节　死亡叙事中现代作家的自我拯救　／062

第四节　作家生命与人物精神的叠加　／066

第三章　中国现代小说中的死亡叙事策略　／085

第一节　现代小说中死亡叙事视角的转换　／085

第二节　现代小说中死亡叙事的结构模式　／100

第三节　现代小说中死亡叙事的话语特征　／105

第四节　死亡叙事对现代小说艺术形式的挑战　／111

第四章　中国现代小说中死亡叙事的审美风格　／115

第一节　现代小说叙事的兴起　／115

第二节　死亡叙事的暴力审美　／125

第三节　死亡叙事的中和之美　／136

第四节　死亡叙事的悲壮美与崇高美　／149

第五章　中国现代小说中死亡叙事的文化隐喻　／156

第一节　意象与死亡叙事的文学选择　／157

第二节　丧葬习俗在死亡叙事中的文化意义　／171

第六章　中国现代小说死亡叙事的后续影响　／183

第一节　悲剧美的中国接受　／183

第二节　当代小说中死亡叙事的继承与突破　／190

结语　"人的文学"的现代性审美指向及文学史的沉思　／203

主要参考文献　／206

后记（一）　／219

后记（二）　／222

绪　论

一　选题的缘起与意义

死亡是人类现实生命的终点，是生命必不可少的组成部分，对生与死的基本认知和体验形成了人类最初的生命意识和死亡意识。死亡是人类思索生命存在和体验生命本相的哲学思维方式，也是人类传统文化的重要组成部分。与哲学、宗教相比，文学拓展了人类有限的物理空间和时间，对人类个体生命有更广阔、更久远的终极关怀。

由于社会机制、文学理念和人文精神本质的差别，人类在生命意识观照下对死亡的认知经历了不同的历史阶段。在不同的历史时期，小说中死亡叙事的主题表达、语言选择等方面也呈现出不同的发展态势。五四以前的传统文学作品，几乎不写死亡的必然性与终极性，回避死亡给生命个体带来的毁灭性。而中国现代文学诞生于民族危机重重的 20 世纪初，被动的现代性在生死存亡关头表现为知识分子自我意识的觉醒，潜在的危机感一直敦促着现代作家思考社会改革、政治改革和文学改良与革命的全过程。由此，可以这样认为，中国现代小说一开始就被死亡阴影所笼罩，充满时间焦虑和生存焦虑，作家的创作虽然浓缩了不同个体体验的生命差异，但是，死亡书写具备宏观的历史视野的确是不争的事实。死亡主题的选择是中国现代小说的自觉承担，对生与死的认知，即个体意识的强化和个体生命的张扬，是中国现代文学区别于中国传统文学而具备现代性的一个标志。放眼中国现代文学史，中国现代小说中的死亡叙事因其巨大的艺术张力而备受作家们青睐。在现代白话小说的开山之作《狂人日记》中，鲁迅就借助狂人之口一语道出封建礼教"吃人"的本质，生命无处可逃，沉睡的人们对死亡已经习以为常，狂人也已经在不自觉中成了"吃人"的人，所以他满怀悲怆发出了"没有吃过人的孩子，或者还有？救救孩子……"①的呼声。作为五四时期第一代作家的卓越代表，鲁迅以深切的生命体验关注生与死的哲学命题，以高度的创新性和强烈的隐喻性抨击中国传统文化以道德为核心的价值观念，勾画出"无主名无意识的杀人团"所制造的死生无常的世界。与此同时，五四乡土小说作家纷纷揭露封建宗法制度践踏之下愚昧野蛮的生命迹象，大量女作家从女性自身的生命意识出发，突出封建伦理和包办婚姻以及生殖现象等给女性带来的生死考验。20世纪20年代中期到30年代，战争语境下左翼小说以革命浪漫主义激情书写死亡，蒋光慈、胡也频、丁玲、沙汀、吴组缃、叶紫等作家，大都经历过革命与暴力的血腥洗礼，武装斗争、复仇暴力等便成为作家笔下书写死亡的利器。40年代小说中的死亡叙事中，张爱玲以书写人性的厮杀与较量见长，巴金在疾病隐喻的文学选择中表现出人道主义的关怀，老舍在民族文化的思考中进行国民性的理性怀疑与批判，路翎以底层农民的原始生命强力和知识分子的精神困境为表达手段显示了现代作家对人生、社会、国家和民族的深刻而清醒的洞察。沿着现代文学的余脉，50～70年代革命历史题材和农业题材的小说中，死亡叙事的审美功能收缩，意识形态的强化导致了死亡叙事的政治话语化，革命历史小说对死亡叙事做了经典化的处理，"英雄"形象被架构出来，供后人顶礼膜拜。直到70年代末80年代初，个体生命意识才重新凸显，80年代之后，余华、阎连科、莫言、迟子建等作家以崭新的艺术表现力展现了独特的人道主义关怀。死亡叙事的样态更加丰富，死亡要素对小说结构的功能也有多种不同的延伸，死亡叙事的审美性和冷酷性在当代作家手中发展到了极致。死亡叙事的普遍性也使它进一步成为中国小说研究中不可忽略的重

---

① 鲁迅：《鲁迅全集》（第1卷），人民文学出版社，1981，第432页。

要课题。

对死亡概念的界定，关系到生物学、医学、社会学、哲学、美学、文学等诸多不同的学科。在医学上，死亡是指有机体失去生命。医学对死亡的界定是从生理上进行综合判断：一是对外部事物的非感受性和非感应性；二是无运动或呼吸；三是无反射作用；四是脑电图平直。这是目前最权威的哈佛大学医学院提供的死亡新标准。死亡现象是生活中或文学作品中出现的关于生命终止的现象。哲学中关于死亡的界定更加丰富。中国传统的儒家思想强调死亡的意义和认识价值，"朝闻道，夕可死矣""舍生取义""杀身成仁"等，缺少对生命本体的直接思考。中国哲学家庄子说："死生，命也。"（《庄子·大宗师》）"方生方死，方死方生；方可方不可，方不可方可；因是因非，因非因是。"（《庄子·齐物论》）庄子在生死思维上的辩证统一意味着对自然规律的认同，在无限的宇宙中，人的精神与世间万物长存。荀子说："生，人之始也。死，人之终也。"（《荀子·礼论》）可见，中国哲学对死亡的界定与各个学派的文化精神密不可分。西方哲学也一直延续着对死亡的探索和追问——从灵魂与肉体的关系到主体死亡本身和人的内心世界。毕达哥拉斯认为，死亡是灵魂与肉体的暂时分离；德谟克利特认为，死亡是自然的必然性；黑格尔认为，死亡是爱本身；存在主义哲学家海德格尔认为死亡是一个事件，每个人都必须面对自己的死亡，死亡是一种存在方式，是最本己的可能性，是一个终结，这个终结使人的存在成为一个整体；同样是存在主义哲学家，萨特的理解很不相同，他认为死亡是一个偶然的事实，对于生存来说，死亡是荒谬的、没有意义的；弗洛伊德认为生和死是人的两种本能。

在宗教文化中，佛教称死亡为"涅槃"，涅槃的境界，可以灭除一切生死的苦痛，无为安乐，是寂静的；道教以道为最高信仰，认为道是宇宙万物之本源，崇尚自然，主张返璞归真；基督教认为上帝可以赋予人永生。总之，宗教赋予死亡各种超现实的力量。

死亡的必然性与言语的不确定性决定了死亡在文学中表现形式的多样性。死亡现象是死亡事件在发展变化过程中所表现出来的外部形态；

死亡主题是指通过文本的全部材料和表现形式所表达出的基本思想；死亡意识是指人的头脑对死亡这一客观事件的反映，是感觉、思维等各种心理过程的总和。本选题中的死亡叙事是小说中关于死亡话语的书写，即通过文学叙述表达死亡主题和文学审美的方式。

在中国现代小说中，死亡意识是和逐渐觉醒的个体生命意识紧密联系在一起的，死亡叙事表现的内容和力度受到政治、经济、宗教、哲学和文化等诸多因素不同程度的影响。中国现代小说创作中的"死亡"体现为两个层面的内容。

一是社会现实带来的生活表层的死亡，即身体的死亡、生命的终结。自晚清以来，中国曾长期面临亡国灭种的民族危机，列强的殖民战争、军阀割据、抗日战争等，长期的战争和动荡使中国大地笼罩着死亡的巨大阴影，描写贫穷、饥饿、战争、疾病、灾害等带来的直接的身体死亡成为 20 世纪现代小说中普遍存在的现象。

二是精神层面的死亡。精神是与感性相对立的理性，如传统文化危机促使作家们对文化进行反思就是这一层面的内容。民族危机感促使五四时期的作家依据"进化论"思想对中国传统文化进行批判和否定，如胡适的"活文学""死文学"之论，鲁迅对民族文化中死亡的政治化功能的焦虑和反思，民族危机中知识分子将自身遭际与国家命运一体化的覆灭感（如郁达夫的《沉沦》），萧红对生与死的哲学认知，张爱玲对人性冷酷的微妙探析，巴金的疾病隐喻，赵树理小说中死亡叙事的政治话语价值，路翎笔下知识分子灵魂的漂流等，都是精神层面的挣扎与隐性的死亡。比精神层面死亡更高层次的是灵魂的自省，鲁迅的白话文小说写作开了死亡叙事的先河。《狂人日记》首先揭示了中国封建文化、封建伦理"吃人"的本质。《孤独者》（1925）中魏连殳的精神妥协和对启蒙的绝望与孤独，以及与传统文化对抗中的危机意识，都是死亡叙事的最好写照。20 世纪 40 年代路翎小说中人物灵魂的漂流、对旷野的执着、对人群的渴望和逃避、漂泊和流浪，都是在对自我的深度反省与严苛审视中完成的。

20 世纪 80 年代以前，受制于对死亡避讳的集体无意识心理，学界对文学中的死亡叙事和死亡意识进行研究的文章和专著都比较少。80年代以后，特别是 21 世纪以来，中西文化交流日益活跃，西方哲学和文学的影响投射在中国文学研究中体现为对死亡话语的论述日见其多，学界对中国现代小说死亡叙事话语和审美特征的研究，相对于其实际成就而言，还显得非常欠缺，研究的广度和深度都亟待拓展，研究方法和视角亦需更新。本选题重新选择这一概念，从死亡叙事角度重新解读中国现代小说，意欲使以个体生命意识为本位的死亡叙事在中国现代小说中的重要价值凸显出来。死亡意识来源于自我意识和个体意识的觉醒，作为中国文学现代性进程的一个标志，死亡意识是中国文学重要、独特和深刻的表现，死亡叙事在三十年小说叙事发展中的变迁对整个中国现代文学史举足轻重的价值值得重新审视。

在现代文学的大背景下，被压抑的主体性的生存环境对死亡叙事起着关键性的映射作用，对死亡叙事的形态书写、审美特征背后的死亡叙事深层动因及其流变、死亡本质的深层思考和死亡审美领域的多元挖掘，以及与之形成观照的生命意识的影响，都有巨大的研究空间和完善空间。文学史更是人类的精神史，作家主体的生命意识与死亡意识，与该时代的根本性联系在一起，作家内心与现实环境的冲突，成为死亡叙事的创作动力和现代小说研究的核心，可以抵达人类精神发展的更深层次。

本书立足于中国现代小说的创作实际，力图运用叙事学、社会学和历史学等理论把握小说文本，在较为具体的历史语境的"复原"中把握死亡叙事流变的现代性及审美特征和独特价值，以期对现有的研究有所推进，对死亡叙事的变迁以及其在中国现代小说史上的特殊意义有所揭示。

二　研究现状与学术空间

生命是审美的重要对象，审美是生命的内在需要。个体的价值、生命的自由、对生命的留恋、对死亡的拒斥，都是中国现代小说死亡叙事的精神内涵。现代性理论已经构筑出审美的生存态度与生存的悲剧性达成和解的法则，所以，死亡叙事在现实世界、精神世界和哲学世界之间呈现出审美的独特性。

在西方哲学中，人类面对死亡的态度经历了对死亡的诧异、对死亡的渴望、对死亡的漠视、对死亡的直面四个具有差异性的阶段，这种对死亡哲学的动态考察反映了死亡哲学发展的必然性和独立性。文艺复兴时期，欧洲的人文主义者就以科学理性的态度探讨死亡的本质和意义等问题，研究著作数不胜数。在中国，可能受到传统的"重生轻死"观念的束缚，关于这一话题的研究相对比较薄弱。鲁迅在《中国小说史略》第二十四篇"清之人情小说"中写道："颓运方至，变故渐多……先有可卿自经；秦钟夭逝；自又中父妾厌胜之术，几死；继以金钏投井，尤二姐吞金；而所爱之侍儿晴雯又被遣，随殁。悲凉之雾，遍被华林，然呼吸而领会之者，独宝玉而已。"① 这说明在清代小说中已经开始表现出鲜明而浓重的死亡意识。但是，受到中华民族传统审美心理的影响，直面死亡的审美心态和悲剧意识及相关研究始终没有成为创作和研究的中心。

与20世纪80年代前的研究相比，近四十年来，学界对小说中的死亡叙事的关注与研究热情在上升。仅在中国期刊网上就可以找到以中国现代小说中的死亡意识和死亡主题作为研究对象的论文近80篇，其中学位论文有40多篇，包括硕士学位论文39篇和博士学位论文4篇。中国现代小说死亡叙事研究的既有成果，具有以下几方面的特点。

（一）研究对象普遍以单个作家作品为主

第一，最常见的是作家作品分析，研究者重点考察作家的生死观或创作中死亡意识或死亡书写等主题意蕴与审美特征，集中在鲁迅、郁达夫、巴金、冰心、萧红、废名、沈从文、老舍、路翎、张爱玲、林语堂、师陀等作家及其作品上。考察单一作家作品的死亡意识，最有代表

---

① 鲁迅：《中国小说史略》，上海古籍出版社，2006，第151页。

性、研究成果数量最多的是鲁迅研究，论述最多的是鲁迅及其作品中的死亡意识，发表在期刊上的学术论文，从 1988 年张鸿声的《从狂人到魏连殳——论鲁迅小说先觉者死亡主题》① 到 2012 年薛文礼的《略论鲁迅作品中丧葬仪式描写的悲剧性和文化意义》②，作为解读现代文学的第一扇窗口，鲁迅精神始终是被阐释的历史对象。研究者从不同角度挖掘鲁迅的精神世界——与生命意识并重的死亡意识、绝望体验、幽暗意识，死亡意识、生命意志与道家文化的关联，鲁迅向死而生的基本生存方式和基本思想方式，研究成果突出，观点丰富深刻。另外，还有一系列鲁迅研究专家，继王瑶和唐弢等前辈之后，严家炎、李泽厚、王富仁、钱理群、汪晖、王乾坤、王晓明、朱晓进、魏韶华等以各种角度研究鲁迅，开掘鲁迅各类文本的复杂性和多义性，对鲁迅精神有较成熟的学术梳理。不过，这类研究大多探讨鲁迅丰富而复杂的精神世界、文化信仰和哲学内涵，肯定了鲁迅具有"生命悲凉感"和"反抗绝望"的精神世界，以及鲁迅作为思想界先驱唤醒民众的启蒙作用，而较少从死亡叙事的角度切入小说文本并对其对后世叙事的影响进行学理性探讨。

作家研究之外，作品研究较为集中且较有代表性的成果有：刘贤平的《〈财主底儿女们〉中的死亡意识》③，探讨隐藏在文本之后的死亡意识如何通过人物对生的渴求变形地表现出来；硕士学位论文如韩文萍的《难以走出的人生困境——论鲁迅小说集〈呐喊〉、〈彷徨〉中的死亡焦虑》④、肖国栋的《论〈呐喊〉〈彷徨〉死亡叙事的意蕴及特点》⑤ 和魏

① 张鸿声：《从狂人到魏连殳——论鲁迅小说先觉者死亡主题》，《中国现代文学研究丛刊》1988 年第 3 期。
② 薛文礼：《略论鲁迅作品中丧葬仪式描写的悲剧性和文化意义》，《文艺理论与批评》2012 年第 2 期。
③ 刘贤平：《〈财主底儿女们〉中的死亡意识》，《海南大学学报》（人文社会科学版）2005 年第 3 期。
④ 韩文萍：《难以走出的人生困境——论鲁迅小说集〈呐喊〉、〈彷徨〉中的死亡焦虑》，华东师范大学硕士学位论文，2005。
⑤ 肖国栋：《论〈呐喊〉〈彷徨〉死亡叙事的意蕴及特点》，东北师范大学硕士学位论文，2006。

霜霜的《历史悖论中的悲剧生命抗争——论路翎〈财主底儿女们〉》①等，这类研究的优势是对独立作品的感悟和理解比较深入透彻，但因为选材比较单一，往往像作家研究一样，将研究对象孤立化，或忽略该问题的复杂性，或缺少比较开阔的研究背景和宏观视野，没有形成自觉的史的意识。

第二，对某一现代文学流派死亡意识或死亡主题的研究，五四乡土小说、新感觉派小说和七月派小说中的死亡意识与生命意识成为研究的重点。较有代表性的成果为近年来的硕士学位论文，如冯爱琳的《死亡视域中的张爱玲和新感觉派》②、杨丽的《论五四乡土小说的死亡叙事》③、刘小容的《论七月派小说的死亡叙事》④ 等。流派研究有利于从整体上把握同一时期不同作家之间死亡叙事创作动因或审美风格上的共性，从横向上进行比较也更有利于突出作家作品的独立品格，但在群体选择的同时，研究往往保持文学流派的相对独立性，难以体现死亡叙事历史发展的纵向脉络。

（二）研究视角和方法具有差异性

一是个案解读。以往研究中数量最多的是从现象学或阐释学方面展开对作家作品的个案分析式的解读。如袁盛勇的《萌发与沉落：自我意识与鲁迅小说中的死亡》⑤，通过分析小说集《呐喊》和《彷徨》中死亡主题的时代内涵和文化特性，分析死亡形态面前自我意识的可能性，考察自我意识与个体死亡的关联，以及在自我意识的萌发与沉沦的双重展现中，鲁迅小说所获得的一种现代感。黄健的《论郁达夫早期小说创作中的死亡意识》⑥，考察作家如何将性观念的矛盾和信仰的缺

① 魏霜霜：《历史悖论中的悲剧生命抗争——论路翎〈财主底儿女们〉》，山东大学硕士学位论文，2006。

② 冯爱琳：《死亡视域中的张爱玲和新感觉派》，广西师范大学硕士学位论文，2001。

③ 杨丽：《论五四乡土小说的死亡叙事》，山西大学硕士学位论文，2007。

④ 刘小容：《论七月派小说的死亡叙事》，西南大学硕士学位论文，2010。

⑤ 袁盛勇：《萌发与沉落：自我意识与鲁迅小说中的死亡》，《鲁迅研究月刊》2005年第9期。

⑥ 黄健：《论郁达夫早期小说创作中的死亡意识》，《贵州社会科学》2008年第2期。

失凝聚为死亡焦虑，以及如何进行超越，认为死亡意识既验证了五四启蒙语境中知识分子的困惑，也为郁达夫创作的转型指明了方向。还有从文艺与民俗的角度解析文本的，如范志强的《民俗控制与祥林嫂之死——对〈祝福〉的另一种解读方式》①，从隐喻型民俗和奖惩型民俗对大众的约束出发，对《祝福》进行了另一种解读，具有一定的创新性和文化意义。

二是比较研究。比较是认识事物的基础，是人类认识、区别、确定事物异同关系最常用的思维方法。现代文学进行比较研究的途径较多，如将中外作家作品进行横向比较，孙亦平的《生命哲学的文化观照——鲁迅与陀思妥耶夫斯基死亡意识比较》②，通过二者死亡意识的比较，考察他们对待生的态度，以及在探索这个哲学命题时的文化差异和死亡沉思中人类生命的一体性；吴小华、靳明全的《论郭沫若与川端康成的死亡意识》③，通过两位作家在生死临界点上态度的不同反观死亡意识的文学表达和中日文化的差异；张连桥的《〈边城〉和〈雪国〉的死亡意识比较》④，通过比较小说中的死亡细节，分析沈从文和川端康成两个作家的死亡体验，挖掘两个作家的死亡观和死亡意识的差异，追问死亡体验和宗教在两个作家创作中的影响以及不同的悲剧观等。中外比较的开阔视野有利于从作家的文化背景、哲学背景和审美差异等角度切入，通过与不同民族文学的接触，发现作家之间或作品之间存在的实际联系。但是，外国文学对中国作家的影响有时不是显性的，文学思潮的渗透或呼应，直接影响或间接影响有大有小，比较研究如果只是停留在作品表层细节比较，局限于外力作用下接受、模仿或类的研

---

① 范志强：《民俗控制与祥林嫂之死——对〈祝福〉的另一种解读方式》，《华北电力大学学报》（社会科学版）2007 年第 1 期。

② 孙亦平：《生命哲学的文化观照——鲁迅与陀思妥耶夫斯基死亡意识比较》，《江西教育学院学报》（社会科学）2004 年第 4 期。

③ 吴小华、靳明全：《论郭沫若与川端康成的死亡意识》，《重庆工学院学报》2005 年第 10 期。

④ 张连桥：《〈边城〉和〈雪国〉的死亡意识比较》，《贵州教育学院学报》（社会科学）2008 年第 8 期。

究，是难以得出令人信服的富有启示性结论的。

除中外比较外，古今作家作品纵向比较也有一定的成果。吴小美、肖同庆的《是复归与认同，还是告别与超越——对鲁迅与屈原关系的思考》①，通过对鲁迅与屈原的"流放意识"、先哲精神、人生旅程及行为方式抉择的比较，探讨鲁迅对屈原的超越；田美丽的《论张爱玲小说与〈红楼梦〉的死亡意识》②，分析张爱玲和曹雪芹小说中对死亡的不同理解和对时间不同的处理方式等。古今比较研究的价值在于，在深度挖掘创作主体的死亡意识时，体现作家的精神资源和精神世界。

比较研究的第三种途径是同时代作家作品比较。有的透过作家生死观的异同审视作品中死亡书写的异同，如吴小美的《鲁迅与老舍生死观的比较》③、张云峰的博士学位论文《乡愁与中国现代生命诗学——以鲁迅、萧红、穆旦为中心》④ 中第二章第四部分"死亡是人类永远的故乡"。时代和社会的土壤铸就了作家对现实和对死亡的深刻洞察，作家们民族文化心理结构的同质性，以及作家之间时空距离的切近，使这类横向比较研究成为具有整体意义的文学史现象。

比较研究有时还在同一个作家的不同作品之间进行，如薛文礼的《略论鲁迅作品中丧葬仪式描写的悲剧性和文化意义》⑤，主要以鲁迅的《明天》、《孤独者》、《铸剑》和《记念刘和珍君》四个文学文本为考察对象，从民葬、族葬、国葬、公祭等丧葬形式的文化意义出发，分析鲁迅站在批判国民性的立场，对时代现实不断深入的文化批判和对民族整体悲剧的揭示，具有较强的理论价值。

三是综合研究。较有代表性的成果是肖百容的专著《直面与超

① 吴小美、肖同庆：《是复归与认同，还是告别与超越——对鲁迅与屈原关系的思考》，《兰州大学学报》（社会科学版）2001 年第 5 期。
② 田美丽：《论张爱玲小说与〈红楼梦〉的死亡意识》，《培训与研究（湖北教育学院学报）》2001 年第 6 期。
③ 吴小美：《鲁迅与老舍生死观的比较》，《中国现代文学研究丛刊》2010 年第 6 期。
④ 张云峰：《乡愁与中国现代生命诗学——以鲁迅、萧红、穆旦为中心》，东北师范大学博士学位论文，2007。
⑤ 薛文礼：《略论鲁迅作品中丧葬仪式描写的悲剧性和文化意义》，《文艺理论与批评》2012 年第 2 期。

越——20 世纪中国文学死亡主题研究》①，作者使用实证主义研究、跨
学科研究、比较研究等多种方法对 20 世纪诗歌和小说进行考察，在第
二、三、四章里，强调五四时期的自杀观是人的主体性和人的自由精神
被高度张扬的一个表现，30 年代的自然主义死亡观是对生命和自然的
顺应，考察社会现实条件下鲁迅、冯至、沈从文、林语堂、废名等作家
不同的死亡观，以及他们的小说和诗歌中死亡主题的形成和发展及不同
的审美特征，并将新时期文学中探索死亡的个体价值和个人情感认同为
对五四传统的继承和恢复，在 20 世纪文学的大背景下显示了研究视野
的开阔性和现代性。但是该专著将 30 年代下半期到 70 年代末的四十多
年时间里的死亡书写归结为普遍的英雄主义思潮和社会心理，未免忽略
了 40 年代的巴金、张爱玲、丘东平、路翎等作家小说中的疾病隐喻、
人性扭曲、原始强力等悲剧内涵变化的特殊性，而且就小说这一文体而
言，三十年里的叙事流变完全没有被挖掘出来。新时期小说的死亡叙事
虽然承继了五四文学对民族意识的接受与改造，但作家主体所经历的十
七年历史和十年"文革"的动荡，与三四十年代不同性质的战争背景
截然不同，对死亡意象的选择与审美观照也截然不同，显示在创作中的
死亡叙事风格也是截然不同的。

　　通过对前人研究成果的分类梳理和分析可以发现，关于中国现代小
说的死亡叙事研究，论著数量比较可观，涉及的范围较广，但是目前的
研究对象比较集中，且成果零散。大部分研究者都是根据自己的兴趣研
究某一作家或作家的某一部分作品，微观研究成果较多，宏观研究成果
较少。绝大部分研究聚焦于死亡形态及其社会意义，对死亡叙事的价值
取向和审美趣味的论述还不是很多，特别是对中国现代小说死亡叙事的
变迁、中国现代小说中的死亡叙事充分发掘个体意识的现代性欠缺系统
的梳理，对死亡叙事创作的深层动因还缺少正面的深入的研究，中国现
代小说死亡叙事的审美特征和精神内涵还有很大的阐释空间，尚需进一
步挖掘。因此，从中国现代小说创作中死亡话题的嬗变出发，研究中国

---

① 肖百容：《直面与超越——20 世纪中国文学死亡主题研究》，岳麓书社，2007。

现代作家在死亡叙事中的精神取向、现代小说死亡叙事的文化隐喻和叙事策略，以及小说中的死亡叙事展现出来的审美风格，最终体现为"人的文学"的现代性审美指向研究，可能会给已有的研究成果带来一定的突破。中国现代小说中的死亡叙事研究的重要意义，也便由此凸显出来。

三　研究框架与研究方法

本书以中国现代小说中死亡叙事的文本为主要研究案例，以死亡叙事中作家的精神取向、死亡叙事的形式策略、死亡叙事的审美风格和死亡叙事的文化隐喻等为具体研究对象，通过对死亡叙事的基本要素的梳理和分析，对死亡叙事的审美风格和文化特性做初步的概括。现将本书中论述的要点概述如下。

第一章，中国现代小说中的死亡叙事现象及成因。该章主要采用文学的外部研究的方法，对现代小说创作中的表现形态进行概述，总结出死亡叙事在中国现代小说中的表层形态。概述中国现代文学起源的历史语境，以及现代历史语境中的死亡话题在现代小说中的变迁。着重从现代作家死亡意识的形成及在小说中的创作嬗变角度来论述。死亡意识在不同历史时期与个体生命意识、时间意识、革命意识、民族意识等不同程度的交织重叠，表现为小说中死亡叙事内涵的不断被置换、改写。

第二章，中国现代小说中死亡书写的精神内涵。个人的独特生命体验成就了死亡叙事的本质，本章以现代作家的创作心理和作品为研究对象，探索作家死亡意识的产生以及对小说创作的影响，通过因果互证的方法来加深对作品中死亡内涵的理解。从作家的生命意识与小说中死亡主题的互动出发，探析现代小说中死亡话语的精神内涵。对作家而言，存在、超越与自我拯救是现代作家永远的精神困境。

第三章，中国现代小说中的死亡叙事策略。该章在文本分析的基础上，从艺术形式角度出发，运用叙事学的理论探讨中国现代小说的死亡叙事与形式追求。首先探索死亡叙事对小说艺术形式的挑战，并以西方理论家托多罗夫、热奈特等人的叙事学理论来探讨小说中叙事视角的转变、叙事序列的多样性和叙事话语的策略等小说中死亡叙事艺术形式的转变。而死亡叙事变迁的深层动因表现为话语转型、作家创作心理和审美意识的转变。

第四章，中国现代小说中死亡叙事的审美风格。在小说的艺术形式探析的基础上，梳理现代小说死亡叙事的审美风格。死亡叙事中的暴力审美体现了中国传统审美的突破，死亡叙事的中和之美体现了对中国传统审美的继承，战争的历史语境使三四十年代小说的死亡叙事体现出悲壮美和崇高美，政治话语中解放区小说的死亡叙事呈现为叙事功能缩小的特殊性。

第五章，中国现代小说中死亡叙事的文化隐喻。通过死亡意象的选择与凝练，揭示出小说中死亡叙事的文化隐喻。"铁屋子""家""旷野"等死亡意象与中国社会、中国传统文化和知识分子精神流浪之间形成对应关系，对死亡意象的审美书写隐喻了作家对中国传统文化的反思。该章揭示生命意识的觉醒与现代小说家的现代性、革命政治的信仰与现代小说家的启蒙困境、人类精神家园的寻找与现代小说的哲学命题等重大课题，在分析现代小说死亡叙事的文化隐喻的基础上，从文艺心理与民俗的关系出发，挖掘小说的文本世界中丧葬习俗的审美功能和文化意义。

第六章，中国现代小说死亡叙事的后续影响。就创作主题而言，死亡是人类永远的故乡。死亡书写的后世影响与审美突破，直面死亡的态度，体现了现代小说向传统文学的挑战。20世纪80~90年代的死亡书写出现了更多的审美形态，体现为无功利性的审美尝试，并再次回归到中国现代小说死亡书写的文学史意义，即"人的文学"的现代性审美指向。

结语，"人的文学"的现代性审美指向及文学史的沉思。文学关注的始终是人——人的生存和人的精神。中国现代小说通过死亡叙事对生命个体的存在给予了足够的关注，民族文化中对失落个体的寻找与发现，是五四时期开始的小说的价值内涵。

| 第一章 |

中国现代小说中的死亡叙事现象及成因

　　自 1915 年陈独秀在上海创办《青年杂志》（第二卷改名为《新青年》），五四新文化运动的号角开始吹响。1917 年《新青年》举起"文学革命"的旗帜，为中国现代小说的诞生提供了新的舞台。阿 Q 是中国现代小说中第一位进入世界文学画廊的人物。阿 Q 之死，折射出半殖民地半封建社会中国人民在水深火热中的挣扎，社会最底层的受压迫的人民身上还残留着大量的封建正统思想和传统意识。杀死阿 Q 的，表面看来是官府的粗暴与昏庸，但实际上，小说结尾处围观群众的狼一样的眼光逼视着猎物一样的阿 Q，在他死后还要用谬论来断定阿 Q 之死的合理性，才是小说的最深刻处，鲁迅对民族精神和民族文化的深刻反思也体现在这里。中国现代小说文本中的夏瑜之死（《药》）、祥林嫂之死（《祝福》）、孔乙己之死（《孔乙己》）、陈士成之死（《白光》）、虎妞之死（《骆驼祥子》）、林青史之死（《一个连长的战斗遭遇》）、蒋纯祖之死（《财主底儿女们》）、汪文宣之死（《寒夜》）等，在表层的死亡叙事现象背后，都寄寓着现代作家强烈的死亡意识和深沉的哲学反思。

　　中国现代文学三十年的发展历程，正值新民主主义革命发生和发展的时期，革命事业不仅对历史产生了深远的影响，也促进了中国人民的觉醒。五四时期，知识分子自我主体意识加强，获得了独立自由的精神品质。随着战争的推进和民族解放的需要，知识分子在一定程度上放弃了自我内在价值和信念的定位而服从民族需要。在不同的历史语境中，基于政权的鼓励或禁锢、言说空间的宽松或狭窄，现代作家群体的整体品质和精神资源发生了变化，死亡意识得以萌发与形成。在不同历史阶段和不同的个体生存体验之下，形成了小说文本中死亡叙事不同的表现形态和精神内涵，使中国现代小说的死亡叙事经历了从死亡表象的描绘到死亡意识的挖掘和死亡哲学的思考的变迁。

第一节　现代小说文本中的死亡叙事现象

死亡是人类无法回避的困境，所以，小说文本中的死亡叙事形态始终渗透着作家对死亡的理性思辨，融汇着知识分子对个体生命价值的探寻，对个人命运乃至整体人类命运的观照。现代作家郁达夫说，"性欲和死，是人生的两大根本问题，所以以这两者为材料的作品，其偏爱价值比一般其他的作品更大。""世上若骂我以死作招牌，我肯承认的。"①通过作品也可以看出，郁达夫小说中的死亡意识是非常强烈的，是在不同文化的撞击中作家精神痛苦的审美反映。

作家死亡意识的复杂性、中西文化渗透程度的不同、作家审美角度的不同，直接导致了死亡叙事的多样性和复杂性。也许任何一种分类方法都会显得拙劣多余，但是，不以一定的特征为标准进行细分，难以发现小说当中和隐藏在文本背后的死亡叙事的审美规律与变迁。

文本世界中的死亡叙事，来源于作家的想象力建构，直接或间接地来源于外部的客观世界。在现代小说中，死亡叙事的表现形态并不是孤立存在的，有时是相辅相成于同一个文本，即使是同一个人物，也存在于不同的叙事层面上。

一　死亡书写的丰富性

在成就斐然的现代小说文库里，大量文本直接描写死亡的过程。鲁

---

① 郁达夫：《郁达夫全集》（第五卷），浙江文艺出版社，1992，第91、77页。

迅的《明天》（1920），通过描写宝儿的精神状态，叙述了单四嫂子一步步求仙问药的过程，表达了她一步步涌上来的悲哀与绝望，她的迷信，不但无法挽救宝儿的生命，也预示了"明天"的黑暗与寒冷。施蛰存的《石秀》（1931），将石秀的变态心理和在石秀鼓动下杨雄血淋淋的杀人过程一起交代清楚。或者具体描写死亡的形态，有意无意地重现死亡的丑陋形态。许杰的《惨雾》（1924）中发生在环溪村与玉湖村之间的械斗，造成了死伤很多人的悲剧。小说这样描写玉湖村勤谨的癞头金桂死后被发现的场景："那边的石滩上面，已经流了四五大堆的血，鲜血被酷热的太阳晒干了，转成黑色，凝在石块上，有几分厚薄。他的死尸躺在那边，除了一群苍蝇知道，会集起它许多的朋友来吃食以外，什么人也不曾知道。……"① 彭家煌的《活鬼》（1927）中，咸亲向荷生描述了王大嫂自缢的情形："竹山里呢，就有王大嫂上过吊，哎呦，那吊死的样子呵，真吓人！舌子掉出来尺把长，眼睛珠子暴出来比算盘子还大，那么的惨死，保不定冤魂不散！"② 这些直观表述，令人毛骨悚然，是中国现代作家自觉接受现代悲剧美学突破传统审美的真实写照。萧红的《生死场》（1934）更是真实地展现了一幅幅死亡的场景，如王婆服毒、月英瘫痪、五姑姑难产和小金枝夭折等，生活艰难，人们不堪重压。王婆因为儿子被枪毙而伤心自杀时，"她的肚子和胸膛突然增涨，像是鱼泡似的。她立刻眼睛圆起来，像发着电光。她的黑嘴角也动了起来，好像说话，可是没有说话，血从口腔直喷，射了赵三的满单衫"③。这些触目惊心的描写，可见死亡对形体的毁灭是多么惨不忍睹。可是，文本世界中的人物对自身苦难处境缺少深刻的认识，死亡毁灭了他们的形体，同时也毁灭了他们的精神。作家以先觉者的焦灼姿态去关注现实苦难的人生，所以小说体现为浓重的悲剧气氛。施蛰存的《黄心大师》（1937）中，"及至外边冶厂里开始把铜液浇灌入模子里去

① 严家炎编《中国现代各流派小说选》，北京大学出版社，1988，第46页。
② 严家炎编《彭家煌：皮克的情书》，华夏出版社，1997，第23页。
③ 萧红：《生死场》，江苏文艺出版社，2006，第74页。

时，她缓步过去，高声宣赞着佛号，在那冶炉边绕行了三匝。突然，出于众人意外地，踊身一跃，自跳入在沸滚的大炉中，顷刻间，铜液像金波一般的晃动着，一会儿，不见了她的毫发"①。施蛰存用讲故事的方法描绘了黄心大师的死亡传奇，讲故事的技巧差点遮盖了小说对死亡的直接描写，却也展示了人物微妙的内心世界。台静农的《新坟》（1926）中，四太太的女儿被奸、儿子被杀，生活失去希望之后，四太太流落街头，终至疯癫误将自己烧死。吴组缃的《樊家铺》（1934），在安徽残破的农村，线子为搭救入狱的丈夫亲手杀死了吝啬成性的放高利贷的母亲，从伦理道德的角度显示了农村惊心动魄的现实。这些文本，不仅增加了小说死亡叙事的丰富性，更真实地再现了现代社会沉重而真实的画面。

还有大量文本对死亡采取了非直接书写的态度。死亡作为背景，被叙述者一带而过，如鲁迅的《药》（1919），革命者夏瑜死亡后，经由康大叔给茶馆里的人讲述，革命者的鲜血成了革命大众治病的一剂药方，夏瑜之死的荒谬和华小栓之死的必然分明成为小说的两条叙述线索。在康大叔与花白胡子、二十多岁的人、驼背五少爷等的对话中，为革命事业献身的启蒙者夏瑜成了民众眼中的"疯子"，充分说明了启蒙者和被启蒙者之间的错位，表达了革命闯将的寂寞。许钦文的短篇小说《父亲的花园》（1923）开头写道："父亲的花园在这一年可算是最茂盛的了，那时蕊姊还未出嫁，芳姊还没有死。"② 结尾写道："我想父亲的花园就是能够重行种起种种花来，那时的盛况总是不能恢复的了，因为已经没有了芳姊。我不能再看见像那时的父亲的花园了！"③ 在小说的中间部分，芳姊死亡的原因和过程并没有交代，但是，她的缺失、家庭的变故，使得叙述者变得落寞孤寂，其乐融融的快乐和幸福一去不返，单纯得令人动容。"父亲的花园"成为一种美好事物的象征，与花园里

---

① 吴立昌编《施蛰存·心理小说》，上海文艺出版社，2018，第186页。
② 中国现代文学馆编《许钦文代表作：鼻涕阿二》，华夏出版社，2009，第44页。
③ 中国现代文学馆编《许钦文代表作：鼻涕阿二》，华夏出版社，2009，第46页。

的花　样，繁华落尽，往事不再。沈从文的小说《边城》（1934）中，对于翠翠父母的死，采取了重复叙事的方式，被祖父一再提起，但死亡过程同时也被一再省略。翠翠母亲的死，作为情节，作为祖父的心事，推动着叙事的进一步发展。祖父精心为翠翠的未来做打算，才有了对歌，有了天保的意外死亡和傩送的出走，也有了祖父与顺顺的误会和最后祖父的郁闷死亡。再如穆时英的《公墓》，主人公在墓地萌生爱情，也只能到墓地凭吊玲姑娘的亡灵，寄托无尽的哀思。施蛰存的《宏智法师的出家》中法师太太的死，《诗人》中"诗人"之死，通过被讲述的方式来展开叙事；《残秋的下弦月》通过妈妈精神失常说的"坟上做一个天使"之类的话，省略了女儿之死的过程，突出了女儿之死给绝望之中的妈妈带来的巨大伤害。即使是借助死亡意象的提炼、死亡意境的塑造、风俗和乡情甚至多视角的叙述技巧等手段曲笔写死亡，也都起源于作家对死亡的冷静思考，表现出不同的审美倾向。

　　根据小说的情节逻辑和审美需求，有时也基于人物形象的构思考虑，有的文本突出了人物死亡前的心理过程。比如巴金的《激流三部曲》之《家》（1931）中丫鬟鸣凤之死，作者突出了鸣凤投湖前的心理描写，鸣凤以死抗争，保全了自己对觉慧的爱，保护了自己的清白之身。在正义无处伸张、邪恶得不到惩处的环境中，死亡是她对平等的人的最后的呐喊，小说有力地控诉了封建制度的黑暗对美好生命的扼杀。另一位女性钱梅芬之死，小说中突出了她生前的凄惨和死后的寂寞，长期的精神苦闷和压抑的环境使她抑郁成疾，最终吐血而死，死后她的灵柩被安置在一座荒凉破败的庙宇中。而对于瑞珏之死，重点写她与丈夫生离死别的过程，高老太爷死后，为避"血光之灾"，即将临产的她被迫迁出城外，在医疗条件没有保障的情况下难产而死。封建礼教的狂风暴雨摧毁了年轻的生命，而导致这封建礼教杀人的直接罪魁祸首是高公馆的姨太太和太太们，同样是女性，她们不但没有觉悟，没有设身处地地为瑞珏着想，反而站在男权话语的立场，首先提出让瑞珏搬出城外，导致了悲剧的发生。可见，封建礼教的规矩已经成为她们思维的习惯和权威，死亡叙事中渗透着作者对旧家庭旧礼教的深切的控诉和谴责，同时也渗透着作家对生命的独特思考。

也有一些文本借助隐喻和自然的象征描写死亡，如《边城》中，祖父之死与白塔的倒掉在同一时间发生，暗示了自然界的力量与人类生活的呼应。张爱玲的小说善于刻画精神死亡，通过家庭生活的隐喻，写现代社会之中人性的冷酷，如《金锁记》（1943）中曹七巧对亲生儿女的精神摧残。

二　死亡叙事的文本功能

死亡叙事根据文本功能的不同可划分为情节性死亡、意义性死亡、审美性死亡等不同类型。

情节性死亡是指死亡叙事推动小说文本叙事的进行，不管人物是死于疾病、饥饿还是战争灾难，不管是偶然性死亡还是必然性死亡，这一死亡事件必然推动情节的发展，使故事继续进行，或者使人物得以继续塑造，小说结构得以完善等。比如巴金的小说《家》中鸣凤之死、瑞珏之死，既控诉了封建礼教和封建家庭对人的戕害和对生命的漠视，又有力地推动了觉慧和觉新性格的塑造，推动了叙事的顺利进行。赵园这样评价小说中的死亡："我们的文学作品中，'死'通常只有'情节意义'。死是一个过程的终结或转折，是突变或完成。'死'常常被用于'济穷'：当着作品难以进行下去或无意继续下去之时，召唤死神是方便的选择。"① 这说明情节性死亡是小说文本的重要组成部分。情节性死亡在小说文本中体现出死亡原因的多样性，以 40 年代小说为例，主要有以下几类。第一类是死于饥饿与困苦。如《一个女人的悲剧》中周四嫂因为周阿四被抓了丁，孤身一人抚养几个孩子，支撑残破的家。在受尽乡长、地主、商人、乡丁甚至巫婆的压迫和欺诈之后，儿子病死，她和两个女儿在这个"鬼世界"实在活不下去了，于是她抱着两个女儿爬上山崖，跳崖自杀。再如《饥饿的郭素娥》中的郭素娥，受

---

① 赵园：《地之子：乡村小说与农民文化》，北京十月文艺出版社，1993，第 122 页。

尽鸦片鬼丈夫的欺凌，又被卖给大户，她的蕴含了生命原始强力的反抗没有能够抵挡黑暗势力的挤压，却搅动了一个世界。第二类是疾病导致的死亡。如《第四病室》中的第十一床、第六床，《寒夜》（1946）中的汪文宣，以平庸懦弱善良的性格默默忍受生命的消耗，对抗黑暗的时代和强大的社会，终于敌不过疾病的折磨。作家对身体疾病的隐喻性书写，也体现为疗救国民的现代知识分子的精神历史和形态。第三类是死于封建宗法制度。如《燃烧的荒地》中的张少清，他杀死吴老二之后被判决。《呼兰河传》（1940）中的小团圆媳妇，死于愚昧无知的封建伦理迫害。第四类是死于战争。死亡是战争给人类的最直接的毁灭性打击，如《风萧萧》中的史蒂芬、白苹，《四世同堂》中的小文夫妇、钱仲石、小崔、孙七、李四爷等，《八太爷》中的王二铁，同样死于抗日战争背景之下，但是人物的死亡价值完全不同。第五类是精神意义上的死亡。如《金锁记》中的长白和长安生命早已经被母亲扼杀，《燃烧的荒地》中的郭子龙被他眼中的奴隶张少清彻底击败，他们虽然还活着，但是已经没有灵魂，没有作为人的自我意识和理性精神，失去生命真正的意义。第六类是赵树理小说中的死亡现象。《孟祥英翻身》和《传家宝》中，吞鸦片烟、上吊自杀成为女性争取自己权益解决婆媳矛盾的手段却没有产生真正的死亡后果，体现了赵树理的女性参与公共事务改变家庭秩序的女性解放观。所以，40年代小说死亡叙事内容和类型的多样性决定了死亡叙事的精神内涵及其审美特征的丰富性与复杂性。

意义性死亡指人物之死的社会意义远大于一切。比如《祝福》（1924）中的祥林嫂之死，以鲁四老爷为代表的封建礼教拥护者的虚伪本质被揭露无遗，祥林嫂的悲惨命运唤起读者的悲悯情感，达到了作者通过小说塑造人物"引起疗救的注意"的目的。再比如《菊英的出嫁》（1926）中为菊英举办的冥婚，《水葬》中骆毛因盗窃被沉潭，《明天》中单四嫂子为儿子求仙问药延误了治疗等，死亡叙事直指一个终点，即社会陋习害人性命。作者批判了封建礼教控制下人的愚昧、冷漠和苟活状态，宗法制度的无情与狭隘，个体生命意识的淡漠，展现了在灾荒、贫穷、战争等因素的制约下，人类普遍的无奈与绝望。在政治落后、经济贫困、思想保守的当时农村，这个循环是恶性的，是无休止的，是沉重的。作者借助人物之死对当时的黑暗现实进行猛烈抨击，对民众麻木的精神状态表示出愤慨，现代小说承担的社会功能也由此可见一斑。

在中国古代小说中，《金瓶梅》对死亡的过于赤裸和丑陋的描写与《红楼梦》对死亡的过于抽象和唯美的描写形成鲜明的对照。审美性死亡叙事在五四初期的现代小说中并不多见。但是，30年代施蛰存的大量小说提供了很好的范本。在《石秀》中，作者依据弗洛伊德、霭理斯的心理学理论，挖掘石秀的潜意识，将他杀人的深层动机和变态心理透视出来，即在杨雄杀迎儿和潘巧云的过程中石秀获得了视觉上和心理上最大的满足。与《水浒传》中塑造历史人物的方法不同，作者无意去挖掘历史或社会的因素，探寻石秀的社会意义，纯粹艺术上的尝试给读者提供的是视觉盛宴，给小说的死亡叙事打开了另一扇现代之门。

现代小说从对个别状态的死亡场景的描写和渲染开始，一步步上升到对死亡做出一般意义的阐释与呈现，小说的感染力既来自作品的艺术价值取向，又表现出了抵抗死亡和超越死亡的文化意蕴与哲学建构。

作为时代思想意识的代言人，现代作家承担改造国民灵魂和改革现实人生的历史使命，他们在生存的经历中不断体验死亡的险境，从他人身上或自身又不断地汲取生命意志，表现在创作中就是在依托虚构和想象建立起来的文学世界中不断探求和提升。在现代文学史上，死亡叙事承担了现代小说中具有独特性和超越性的重大使命。

第二节　现代作家死亡意识的形成

中国封建社会延续到清代，已经有两千多年的历史。17世纪中期，满族贵族在中国建立了清王朝的统治。清朝在顺治之后的康熙、雍正和乾隆年间，由于采取了一系列巩固国家政权、发展社会经济的措施，达到了统治的鼎盛。然而，在乾隆之后迅速由盛转衰。传统的封建主义的生产方式、高度集权的君主专政制度、以封建宗法制度为核心的社会结构、以封建经学为统治思想的意识形态和文化结构，已经成为社会进步和发展的巨大阻碍。

经济上的残酷剥削、政治上的高度集权、思想上的故步自封、文化上的专制主义，使得整个社会万马齐喑，死气沉沉。政治腐败还导致了军备废弛，军力衰退。在对外关系上长期实行闭关锁国的政策，既严重影响中国的对外贸易和社会经济的发展，也严重制约中国人学习世界先进思想文化和科学技术，体现出统治者的顽固与愚昧。

而当清王朝封建统治腐败不堪，危机四伏，社会停步不前的时候，世界却发生了巨大的变化。西方资本主义国家经过产业革命，正在迅速发展的上升时期。为了扩大资本积累，扩大本国工业品的销售市场和工业原料来源，西方列强不断以武力掠夺别国领土，拓展殖民地。

1840 年，英国为保护鸦片贸易而发动了蓄谋已久的对华战争。由于清政府的昏庸无能和投降派的屈膝求和，历时两年之久，战争失败。通过战后一系列不平等条约的签订，外国资本主义打开了入侵中国的大门，中国的领土主权完整被破坏，独立主权受到侵犯，开始成为世界资本主义的商品市场和原料供应地，社会开始发生根本性的变化，沦为半殖民地半封建社会。1856 年开始的第二次鸦片战争，历时四年之久，清朝统治者完全屈服，之后的一系列不平等条约使中国在半殖民地半封建社会的道路上越陷越深。

两次鸦片战争以后，特别是 19 世纪 70 年代，随着西方列强在中国特权的扩大和巩固，外国资本主义对中国的经济侵略也日益加紧并奏效。其不但逐步控制了中国沿海沿江的通商口岸，而且开始深入内陆和广大农村，把整个中国国民经济卷进世界资本主义市场的旋涡。外国资本主义势力的入侵，还促使中国封建社会原有的自然经济结构开始解体，外国商品的倾销造成中国城乡手工业迅速衰落。外国资本在中国建立了买办制度，形成了买办资产阶级，这一切，都加速了中国传统社会经济向半殖民地半封建经济的转化。

当中国社会日益向半殖民地半封建社会演变之际，世界各资本主义国家正向帝国主义阶段过渡。为寻找新的投资场所，占据更多的殖民市场，西方列强支持新起的日本向中国发动侵略战争，以便获取更多在中国的特权。甲午战争的失败和《马关条约》的签订，掀起了帝国主义在中国划分势力范围的狂潮，他们控制了中国的铁路、矿产资源，操纵和垄断轻重工业和交通运输业等，控制中国的经济命脉，还通过大量的政治贷款操纵中国的财政，进而控制中国政权，中国面临被瓜分的危险。1900 年八国联军侵华，1901 年迫使清政府签订丧权辱国的《辛丑条约》，标志着帝国主义已经彻底控制清政府。帝国主义侵略势力和中国封建势力相勾结，使近代中国彻底沦为半殖民地半封建社会。

西方的坚船利炮打破了清王朝妄自尊大的心理，也唤醒了国人抵御外侮侵略要求革新呼吁变法的意识。太平天国运动、洋务运动、资产阶级改良派的维新运动、义和团运动、辛亥革命等，虽由于各种主客观因素的局限性，战争失败，变法失利，维新运动遭到血腥镇压，辛亥革命的胜利成果被窃取，但是，在这个王朝走向衰落的过程中，林则徐、魏源、康有为、梁启超、谭嗣同、严复、孙中山等政治家和思想家早就开始睁眼看世界，面对民族危机和忧患，他们积极采取应变措施，翻译介绍西方文化，引进西方科学技术，主张"师夷长技以制夷"，特别是从思想和文化领域不断探寻革新社会的手段。

而以五四新文化运动为背景成长起来的现代文学，一开始就被死亡阴影所笼罩、冲击，体现出被动的现代性。从作家创作的现状看，死亡话题是非常普遍的存在，几乎渗透于所有的文体、所有的作家甚至所有的创作时段中。

死亡意识就是关于死亡的感觉、思维等各种心理活动的总和，既包括个体关于死亡的感觉、情感、愿望、意志、思想，也包括社会关于死亡的观念、心理及思想体系。死亡意识是人类自我主体意识的开始，随着社会实践的发展，人类的主体意识和理性精神逐渐完善，死亡意识也随之觉醒。

一 自我主体意识的高度觉醒

在人类的"童年"时期，由于主体意识的缺席，死亡是神秘的、偶然的。随着人类文明的发展和线性时间概念的出现，人类面对死亡现象的思维能力大大提高，原始的死亡观念开始崩解，个体生命的独特性逐渐显露，死亡的终极性凸显出来，人类开始意识到生命的有限性。

欧洲文艺复兴以来，新兴的资产阶级表现出对知识和精神的空前解放与创造，人们开始从宗教的外衣之下慢慢探索人的价值，肯定人在世界存在的意义。以"我思故我在"闻名于世的欧洲近代哲学奠基人笛卡儿，用数学方法强调理性的自我意识的存在及价值，凭借自由思考和自由意志强调认识中的主观能动性。

现代性的表征之一就是自我主体意识的觉醒，主体意识是现代社会价值与文明的基础，而以农业文明著称的中国宗法社会是缺乏这种精神的。儒家文化作为封建意识形态的统治思想，始终强调"克己复礼"，主张伦常，消灭个人意识，维护大局观念。以儒家文化为主流建立起来的中国传统思想，已经成为阻碍社会进步束缚个人自由的桎梏。因此，促进个体意识的觉醒，成为中国文学现代化的中心问题。

《中国新文学大系散文二集·导言》中，郁达夫说："五四运动的最大的成功，第一要算'个人'的发现。从前的人，是为君而存在，为道而存在，为父母而存在的，现在人才晓得为自我而存在了。"[1]鲁迅提出"立人"的思想，周作人提出"人的文学"的主张，根本目的都是倡导"人"的发现，呼吁在传统文学中备受压抑的人性回归。

死亡意识是主体意识自觉的结果，是对生命理解和感悟的重要体现。"就人类自我意识的形成过程看，生死意识是人类最早的自我意识。人正是有了生与死的自我意识，其心灵才产生了强烈的震撼。"[2]

---

[1] 郁达夫编选《中国新文学大系散文二集·导言》影印本，上海文艺出版社，1935。

[2] 靳凤林：《死，而后生——死亡现象学视阈中的生存伦理》，人民出版社，2005，第341页。

所以，死亡意识的觉醒正是作家开始死亡书写的起源。"在这个意义上，死亡是人类有限与无能的终极象征，人类从此由无限的存在转而为有限的存在；从视死如归转而为视死如敌；生命从无足轻重转而为弥足珍贵。人类从此躲避、抗拒、仇视与死相关的事物，亲近、欢迎、创设一切有益于生的东西，人对生存意义的理解是从对死亡的感受中建立起来的，没有死亡意识，人类就无法意识到人生的整体存在。"① 只有意识到了自我的存在、自我的独立性，死亡意识才会凸显出来。五四时期，很多诗人直接对死亡进行讴歌，像郭沫若的《死的诱惑》、徐玉诺的《死的慰藉》《人生之秘密》、朱湘的《死》、闻一多的《死》《忘掉她》、徐志摩的《毒药》《我的彼得》、穆旦的《潮汐》《我》等，直接表达死亡对诗人的巨大吸引力，以对死神的讴歌与追问表达了诗歌现代性的审美趋向。散文作品中，鲁迅的《野草》、梁遇春的《人死观》、废名的《死之 beauty》中，更是将死亡当作一种艺术，以纯粹而率真的思考，与小说中铺天盖地的死亡书写遥遥呼应，产生震撼人心的艺术效果。

虽然国外的艺术家显示了不同的民族精神气质，对待生命与死亡问题有不同的文化心理，但是他们更加擅长从死亡中寻找灵感，法国著名现代派诗人波德莱尔在《穷人们的死亡》中有这样的诗句：

> 是死亡给人安慰，唉！使人活下去；
> 它是人生的目的，是唯一的希望，
> 它像仙酒一样，使我们陶醉、鼓舞，
> 给我们坚持走到日暮时的胆量；
>
> 它是透过严霜和雪、透过暴风雨，
> 在黑暗的地平线上颤动的光明；
> 它是记在书册中的著名的逆旅，

---

① 王卫东、赵兰芳：《死亡意识与艺术活动》，《思想战线》2002 年第 6 期。

可以在那里吃吃睡睡，安然栖身；

它是个天使，她那有磁力的手指，
把握着睡眠和迷人之梦的赠礼，
她替光身的穷人们再铺好卧床；

它是诸神的光荣，是神秘的粮仓，
它是穷人的钱袋和古老的家乡，
它是通往未知的新天国的柱廊！①

死亡的奥秘吸引着人类的宗教情感、哲学思考和艺术追寻，这种追寻始终伴随着人类自我意识的觉醒和张扬。所以，帕斯卡尔说："人只不过是一根苇草，是自然界最脆弱的东西，用不着整个宇宙都拿起武器才能毁灭他，一口气、一滴水就足以致命了。然而人却是一根会思考的苇草，纵使宇宙毁灭了他，人却仍将要比致他死命的东西高贵得多，因为他知道自己要死亡，以及宇宙对他所具有的优势，而宇宙对他却一无所知。"② 这充分说明，人类自我意识的强化，文学对死亡自身的思考和书写，都促使死亡叙事成为寻求生命突围的信仰和慰藉。

二　社会环境的影响

死亡是任何人都无法逃避的命运，在中国社会漫长的历史进程中，以儒学为主体的封建主义思想，长期作为社会的精神支柱，牢牢约束着个体的思想和行为的自由发展。社会伦理道德成为死亡的价值判断标

---

① 〔法〕波德莱尔：《穷人们的死亡》，《恶之花》，钱春绮译，人民文学出版社，1986，第328页。

② 〔法〕帕斯卡尔：《思想录》，何兆武译，商务印书馆，1985，第157页。

准，并形成较稳定的观念模式，使文学面对死亡时习惯于根据是否合乎社会教化而采取相应的褒贬态度。五四新文化运动倡导个性解放，追求民主和科学，突破了封建专制主义对人的压迫，顺应了社会发展的必然趋势。

20 世纪的前半叶，中国历史一直处于动乱中。1911 年爆发的辛亥革命推翻了两千多年的帝制，但胜利果实很快被窃取。重大的政治事件如军阀混战、北伐战争、日军侵华、国民党的黑暗统治等，使国家动荡，社会疮痍满目，个体生命孱弱无奈，在灾难和战乱中，世事无常，许多作家的生活受到了冲击，充满了磨难，小说作为作家生命体验的一种表达方式，凝聚着浓重的悲悯情怀和死亡意识也在情理之中。特别是抗日战争时期，民族危亡的残酷现实和作家个人的生存体验共同影响了作家死亡意识的改变。在战争的直接影响下，作家的死亡意识明显发生改变。以巴金为例，在 1928 年写成的第一部中篇小说《灭亡》中，巴金塑造了一位患有肺病的为理想而献身的早期革命者形象——杜大心，他目睹过底层人民生命的被践踏，经历过同类的仇视与冷漠，亲身感受了同胞张为群被砍头的场景。巴金在创作题记中强调杜大心憎恨人类的原因是不断恶化的肺病。肺病的无情侵蚀和环境的极端摧残，使他的身份和性格不为群众所理解，他觉得自己是最孤独的人。所以，张为群牺牲后，杜大心选择了以自杀式的复仇结束自己长久不息的战斗。遭到杜大心暗杀的戒严司令没有死，反而得到了巨额奖赏。以壮烈牺牲为理想的杜大心死后，头被装入竹笼而腐烂。这展示了因信仰而孤寂和苦闷的作家巴金在这一时期的死亡观。在对革命的认识有了转变之后，巴金的死亡意识也有所改变。

《新生》中的革命者李冷，获知自己将被枪杀后，梦见慈爱的母亲教育他将自己的幸福放在人类的幸福和群体的幸福里面寻找。他在挣扎中发现了自己心底的力量：

  没有个人底感情，没有个人底爱憎，没有个人底悲哀。以群体底感情为自己的感情，把自己底生活放在群体底生活里面。这样我就把我底生命和群体底生命连系在一起了。

……我是人类底儿子，我不会灭亡。①

他没有恐怖，没有留恋，因为在革命者的信仰中，死亡并不是完结。当守兵告诉他枪决就在今天晚上时，他坦然面对：

"我已经把我自己的生命连系在人类底生命上面了。我用我底血来灌溉人类底幸福；我用我底死使人类繁荣。这样在人类永远走向幸福和繁荣的道路的时候，我底生命也是不会消灭的。那生命底延续、广延将永远继续下去，没有一种阻力可以毁坏它。在这里只有人类的延续，并没有个人的灭亡。

……

也许今天晚上我的血就会溅在山岩，我的身体就会埋在土里，我的名字就会被人忘记。但是我决不会灭亡。我的死反会给我带来新生。在人类的向上繁荣中我会找出我的新生来。"②

与同在监狱中被死亡吓得发抖的王炳相比，革命者李冷认为自己的死不是终结，为信仰而战斗会给自己带来新生。所以，在人民当中获得的力量使他面对死亡时表现得非常从容镇定："没有留恋，没有恐怖，没有悲哀，没有痛苦。有的只是死。死是冠，是荆棘的冠。让我来戴上这荆棘的冠昂然地走上牺牲的十字架罢。"③ 李冷在革命热情的支持下表现出乐观向上的牺牲精神。

但是，抗战全面爆发后，1937 年 8 月，巴金在散文《生》中说："'死'只是一个障碍，或者是疲乏时的休息。有勇气、有精力的人是不需要休息的，尤其在胜景当前的时候。所以人们应该憎恨'死'，不愿意跟'死'接近。贪恋'生'并不是一个罪过。每个生物都有'生'

---

① 巴金：《巴金全集》（第 4 卷），人民文学出版社，1987，第 321 页。

② 巴金：《巴金全集》（第 4 卷），人民文学出版社，1987，第 323 页。

③ 巴金：《巴金全集》（第 4 卷），人民文学出版社，1987，第 323 页。

的欲望。蚱蜢饥饿时甚至吃掉自己的腿以维持生存。这种愚蠢的举动是无可非笑的，因为这里有的是严肃。"[1]从这里可以看出，作家生命意识和死亡意识的变化受社会大环境的影响非常之大。战争背景下，巴金小说中死亡叙事的风格开始向沉郁内敛转变，表现小人物之死的必然性和普遍性，充满人道主义关怀。

三　个人的生存体验

现代作家死亡意识的形成，除社会环境因素之外，更重要的是来自个体内部的因素，如个体的成长经历、个体的心理因素、个体的审美情趣等。虽然每一个作家的成长环境都与别人不同，每个人都是不可复制的，都是独特的，但是，在童年时代过早地面对了亲人的死亡，产生过对死亡的恐惧认知和强烈的死亡意识是他们共同的生存体验。比如在鲁迅的成长历程中，早年祖父的科场案使家里被死亡的阴影所笼罩，父亲的病与死又使他过早体验了世态炎凉，无奈和悲哀过早地将他的精神世界包围，也许正因为这样，他的文本世界中才有了那么多的深邃复杂和寂寞绝望。再比如废名七岁的妹妹夭折，使他遭受了巨大的精神创伤。"我，一个小孩子，有多次看着死的小孩埋在土里的经验。"[2] 这些生活经历不仅使废名隐隐感受到死亡的威胁与痛苦，也成为他哲学思考的起点。东北作家萧红，童年时代便经历了祖母的死、母亲的死和祖父的死，一次比一次更加令萧红悲痛欲绝，她在散文中这样描写自己当时的心情："我若死掉祖父，就像死掉我一生最重要的一个人，好像他死了就把人间一切'爱'和'温暖'带得空空虚虚。我的心被丝线扎住或被铁丝绞住了……我懂得的尽是些偏僻的人生，我想世间死了祖父，就没有再同情我的人了，世间死了祖父，剩下尽是些凶残的人

---

[1]　巴金：《生》，《巴金选集》（下卷），人民文学出版社，1980，第525页。
[2]　王风编《废名集》（第3卷），北京大学出版社，2009，第1440页。

了。"① 这些生命体悟，在萧红的小说和散文里也被多次提及，可见在萧红短暂的人生历程中，始终贯穿着严肃的生命思考。同样酷爱描写死亡的作家路翎这样回忆他幼年居住的地方："河水很臭……经常浮着自杀和他杀的尸体……给我留下的记忆色彩是那么的阴暗、凄惨。"② 这些残酷恐怖的生活经验日后就成为作家在文学创作中的无意识的流露，凝成作家笔下独特的死亡风景。在左翼作家叶紫的家庭中，父亲、叔父和二姐都是湖南农民运动的领导者，但是在 1927 年的马日事变中都被杀害，婶婶也惨死在码头，这些惨痛的经历使叶紫从家乡逃跑，漂泊异乡，当过兵，讨过饭，做过苦力，贫病交加的处境使他更加充分地认识到了尖锐的阶级对立和社会矛盾，也更加敢于直面严重的社会危机和惨淡现实，这些现实使叶紫的小说不仅依靠想象和虚构来描写大革命前后中国农村的面影，还依据自我不同的人生体验和文化体验，使小说集《丰收》中的死亡叙事超越了个人的悲欢，超越了左翼文学的功利主义色彩，充满了审美追求的独特性。

疾病是人类基本的生活经验之一。在中外文学史上，有大量作家因为患病而传达出个同的生命经验。比如英国的夏洛蒂·勃朗特三姐妹、济慈，法国的莫里哀，奥地利的卡夫卡，俄国的契诃夫，中国的鲁迅、萧红等作家，无一不是因为肺结核而离世，也因此留下了经典的作品。疾病隐喻的无论是黑暗的社会现实，还是民族精神状态，最终的指向都是死亡。废名在中小学时患有淋巴结核，深受疾病之苦，在小说中多有反映。郁达夫、冰心、巴金等都通过疾病书写和死亡书写的纠葛来完成社会隐喻和文化隐喻。《药》、《孤独者》、《明天》、《灭亡》、《寒夜》、《公墓》和《残秋的下弦月》等小说文本，从疾病隐喻到死亡意象的书写都是非常引人注目的。

所以，面对疾病带来的肉体和精神上的压抑，面对死亡带来的焦虑与恐惧这类最深刻的情感体验，作家运用小说独特的艺术表现形式努力

① 萧红：《萧红全集》（下卷），哈尔滨出版社，1998，第 1171 页。
② 张以英编《路翎书信集》，漓江出版社，1989，第 56 页。

宣泄，并超越疾病与死亡所造成的思维定式和精神素质。

四　传统文化中死亡意识的积淀与传承

在中国传统文化中，儒家思想在政治、伦理、道德等方面一直占有正宗地位。儒家学说对死亡本身的直接关注并不多，儒家文化强调"死生有命，富贵在天"（《论语·颜渊》）和"死生者，命也"（《荀子·宥坐》），认为生死是一种自然规律，个体生命的消亡是无法抗拒的，所以要珍惜生命，尊重生命。但儒家的人生价值是以社会理想为出发点的，个人从属于群体，个体生命从属于社会秩序，个体生命价值从属于社会价值。孔子的"未知生，焉知死"（《论语·先进》）规定了儒家文化由生观死的内在理路，对死亡采取了回避的态度。儒家文化主张通过家族的嗣续，重生乐死，立德、立功和立言等途径实现死亡超越，重视道德价值的开掘，充满实用主义和理性主义色彩。儒家"比较注重从个人同他人、同社会的关系来规定死亡的意义和价值，比较注重死亡的社会性"①。孔子说，"志士仁人，无求生以害仁，有杀身以成仁"②，意思是贪生怕死损害仁德，勇于牺牲成全仁德。他强调死亡的伦理价值，在礼治教化的旗帜下，该学说往往掩盖个体生命的自由和价值。孟子强调"舍生取义"③，将生和死看作仁义的载体，注重死亡的伦理学意义和社会学意义，体现了儒家文化的人生价值观念和死亡价值选择取向。

道家文化拓展了中国传统文化的生死思维，与儒家互补而存在。道家的死亡哲学对生与死、有限与无限等问题有深刻的理性认知，思想豁达超脱，旨在为人们平静地面对死亡提供精神力量。道家主张超越时间，超越生死，返璞归真，顺其自然，"力求摆脱一切现实的束缚，追

---

① 段德智：《西方死亡哲学》，北京大学出版社，2006，第15页。
② 杨伯峻：《论语译注》，中华书局，2006，第184页。
③ 杨伯峻：《孟子译注》，中华书局，2008，第205页。

求无待自由和人性的复归"①。庄子希望达到天人合一无拘无束的状态，获得精神上的自由，达到"死生无变于己"（《庄子·齐物论》）、"不死不生"（《庄子·大宗师》）的境界。"庄生梦蝶"的典故把蝴蝶比喻为生命的另一种状态。庄子在丧妻之时"鼓盆而歌"，是因为"察其始而本无生，非徒无生也而本无形，非徒无形也而本无气。杂乎芒芴之间，变而有气，气变而有形，形变而有生，今又变而之死。是相与为春夏秋冬四时行也"（《庄子·至乐》），这充分说明了庄子观念中死生之间的相互转化与依赖，生与死之间的变化是相对的，是顺应自然四季运行的。所以，庄子甚至认为死后的哀哭也没有必要："适去，夫子顺也。安时而处顺，哀乐不能入也。"（《庄子·养生主》）人类不必执着于生与死的区别和由此带来的痛苦，而应该超越和解脱，顺其自然，"生而不说，死而不祸"（《庄子·秋水》）。这些观点与行为，对于现代作家发现自我，弘扬个体生命价值，以及达到超越生死的精神境界，都具有特定的意义。总之，作为中国传统文化的重要组成部分，儒家思想和道家思想都逐渐进入人们的生活观念和思维模式，对后人产生了潜移默化的影响。

除了中国传统文化的影响之外，佛教、基督教等浓郁的宗教文化情结同样潜在地影响着作家的文化价值选择。内忧外患的社会现实、个体生命悲剧与群体生命苦难的交织，使作家对死亡的认知蒙上了儒道释三家甚至更为复杂的伦理学、宗教学、文化学、哲学等相互交叉的色彩。中国传统文化在尼采、叔本华等生命意志学说等西方哲学的影响下开始出现转变。

两汉之际传入中国的佛教，经过与传统文化的融合，也逐渐在中国传统文化的土壤中扎根。佛教观念与儒家的伦理政治和道德规范从开始的相互抵触到相互融合，中国传统文化对外来文化进行了选择和改造，务实求生的中国式佛教既满足了民众的生存欲求，断绝生死、超脱轮回的境界又影响了中国民间关于生死的信仰，生命的希望寄托于渺茫的来

① 李霞：《生死智慧——道家生命观研究》，人民出版社，2004，第334页。

世，因果相袭既包含对心灵的抚慰，又蕴含生生不已的文化传统。

荣格认为："一切伟大的艺术并不是个人意识的产物，而恰恰是集体意识的造化。"[①] 中国传统文化积淀成为一种文化心理结构，潜在地影响着现代作家的小说创作。在审美理念中，现代作家的死亡意识不断呈现出儒家、道家等哲学思想和佛教、基督教等宗教文化等相融合的丰富文化图景，从对死亡的体验和书写中生发出对生命的形而上思索。

不同的死亡意识可以产生不同的人生态度，确立不同的文化价值系统。正因为中国传统文化的积淀既影响着作家的题材选择，也制约着作家的审美追求，现代文学共同体现了对中华民族传统审美心理的突破。现代文学中，不但鲁迅、郁达夫、巴金等作家的小说对死亡大书特书，强烈而清醒的死亡意识也出现在石评梅、梁遇春等的散文里，陈梦家、穆旦等的诗歌里，田汉、曹禺等的戏剧里，也就是说，现代作家直面死亡，大胆书写死亡是不争的事实。在丰富的小说文本里，死亡叙事的呈现因其复杂多样而格外引人注目。

第三节　现代小说中死亡主题的变迁

中国现代小说中的死亡书写在一定程度上体现了现代作家对生命价值和主体性的体认，在不同的文化语境中，作品内部积淀着不同的深层文化根源，展示了现代小说中死亡主题的变迁。

一　现代小说中死亡书写的两个层面

在近代以来中国传统社会向现代社会转型的过程中，西方启蒙现代性中的理性精神逐渐融入中国文学现代性的追求。人道主义，个性解放，表现人性、尊重个体生命意识的自由观念，形成了正面价值建构中的理念和标准。与此同时，对中国传统文化的反思与批评，对封

---

① 童庆炳、程正民主编《文艺心理学教程》，高等教育出版社，2001，第 36 页。

建礼教的鞭笞和对封建宗法制度的深刻批判，都伴随着现代小说的死亡书写。

中国现代小说中死亡书写的内涵，可以从两个层面来理解。

一是肉体层面的死亡，即生理性死亡。中国现代文学中的三个十年正值中国长期战争时期，旱灾水患、外敌入侵、兵匪蹂躏、盗贼瘟疫、饥馑逃亡等长期存在，所以死亡成了民众生存中的日常性内容，在小说中有许多题材直接涉及"死亡"的相关内容，可以称作直接的死亡书写。比如五四乡土小说作家展示了经济凋敝的农村生活的惨状，小人物的生死在文本中随处可见。鲁迅的短篇小说《明天》，单四嫂子延误了最佳治疗时机，信巫不信药，导致宝儿病死。30 年代叶紫的小说集《丰收》中，描写了湖南农村黑暗现实及农民的悲惨状况：《电网外》中王伯伯的儿子参军，儿媳和孙子被杀；《刀手费》中少云婶的大儿子被关押斩首，二儿子被押做人质，少云婶在走投无路中自杀身亡；中篇小说《星》中，梅春姐的生活几经周折，孩子被虐而死，她离家出走。虽然小说笔调舒缓，但呈现出的死亡叙事背景阴沉肃杀，寒气逼人。所以，肉体的死亡虽然仅仅是死亡的表层现象，但作家的用意绝不仅仅是描绘因疾病、贫困和战争而死亡的现实人生悲剧，而是用真实而深刻的笔触展示中国底层人民的生存现状和苦难生活，他们饱受欺压、贫困、缺少起码的生存保障，在思想观念上又恪守正统的封建伦理道德，守旧、愚昧，甚至冷酷自私，缺乏创新性和持久的斗争性。现代作家不时地将小说的社会功能放大，急切地想通过小说文本揭露中国社会的各种弊端，并热切呼唤社会改革和革命，建立良好的秩序，促使国人拥有良好的精神状态。

二是精神层面的"死亡"。中国五四新文化运动以全盘性的反传统为特征。很多文化先驱把传统文化视为"死"的东西，认为传统的封建礼教、等级观念或者传统政治制度和思想专制所造成的"国民性"等具有"死亡""陈腐""朽败""病弱"的特征，所以用"死亡"来表述与中国传统的社会制度、文化观念、民族性格等相关的范畴，如鲁迅笔下的国民劣根性以及看客和庸众的状态就具有一种精神层面的

"死亡"意味。《药》中的康大叔、花白胡子、二十多岁的人等，在他们无聊地将夏瑜之死作为谈资的时候，庸众的精神面貌就已经被生动形象地勾画出来。夏瑜的革命行为被封建统治者镇压，革命者被反动派绞杀，革命者的鲜血却成为民间治疗痨病的一剂偏方。《示众》中在刑场围观的各类群众，《风波》中随时可以改变立场的村人，《水葬》中观看骆毛被沉潭的扶老携幼的村民，《柚子》中为了观看杀人而奔走相告兴奋不已的民众……自鲁迅开始的乡土小说的传统中，国民性被形象地挖掘出来。20 年代小说中的庸众们不但自己麻木不已，还在实际上成为残暴压迫者的帮凶。在广阔的社会生活里，庸众是普遍存在的，愚昧落后，麻木软弱。几千年精神奴役的创伤所培养出来的国民的精神气质、性格特点、价值观念和思维方式已经具有相当的稳定性，已经植根于人们内心的文化模式，精神的空虚化为病态的文化心理和冷漠无情的性格。现代小说中的诸如骆驼祥子（《骆驼祥子》）、高觉新（《激流三部曲》）、曹七巧（《金锁记》）等人物，虽然没有在小说结尾处死去，但他们已经是行尸走肉，作为生命个体的人，他们已经迷失心灵，生命逐渐委顿，独立人格逐渐丧失，成为精神死亡的典型形象。

如果精神层面的死亡是从启蒙者的角度审视民众，指的是民众的普遍性的麻木、委顿，缺乏生命力，那么更高层面的死亡则主要是从知识分子这个群体来说，作为启蒙文化的主体，由于特殊的历史语境，他们在清醒审视和批判传统的同时，自身的精神世界也充满了分裂和焦灼，当这种分裂和焦灼发展到极端的程度，往往呈现为一种虚无感、游离感和疯狂感，在现代小说中表现为任凭知识分子灵魂漂泊流离而无所归依。

"人们只有以人类的总体的无限性时间意识朗照个体的无限性时间意识，个体生命存在才能产生真正的历史感和使命感。"① 存在的历史性沉潜于作家内心，传统文化的积淀使知识分子的思考从未停止过。

---

① 彭公亮：《存在的超越：审美无限性时间意识的生成》，《理论月刊》2002 年第 11 期。

二 现代小说中死亡主题的历史线索

在浩如烟海的小说文本中，死亡书写的普遍性使得关于中国现代小说死亡叙事的研究有了比较深厚的基础，现代作家的死亡价值观及审美趣味成为备受研究者瞩目的热点。然而，细读文本就会发现，现代小说中死亡主题经历了不断变迁和死亡话语的不断置换。在不同的历史语境中，现代小说中的死亡内涵是有差异的。

近代知识分子先驱思想意识的转变开始于民族危机重重的 19 世纪中期，始于 19 世纪末年的轰轰烈烈的文学改良运动是其中的一个突出反映。1902 年，梁启超发表《论小说与群治之关系》，发起"小说界革命"，强调小说启迪民智的社会功能，提高了小说在文坛的地位。据不完全统计，1902 年到 1919 年的 85 种文学刊物中，冠以"小说"字样的达 30 多种，还不包括其他一些有小说专栏的文学期刊。出版小说的机构达 100 家之多。① 这一切都说明小说的文化生存环境有了很大的变化，其是五四文学革命的良好契机。晚清小说已经超越传统小说英雄武侠和男女私情的题材范围，将政治和教育等主题纳入小说的范围，甚至以女子教育、科幻、侦探等陌生的文本世界带给了读者全新的阅读体验。在文化启蒙和社会改革的浪潮中，晚清的社会小说盛极一时。在从章回体小说向现代小说转型的过程中，新颖的观念和叙事方式不断冲击读者的阅读感受。林纾用文言翻译的西方文学，苏曼殊小说对英国浪漫派表现手法的继承，甚至鸳鸯蝴蝶派的语言和叙事方式，都对五四第一代作家产生了巨大的影响或启发。

在五四的思想启蒙大潮中，《呐喊》和《彷徨》在思想价值和美学品格方面首先代表了五四小说的高峰。1918 年，第一篇现代白话小说《狂人日记》一诞生就担负起了强烈的社会使命，以反封建的强烈精神指出封建社会的"吃人"本质，呼吁作为生命个体的"人"的觉醒。

---

① 钱理群等：《中国现代文学三十年》（修订本），北京大学出版社，1998，第58页。

作为现代文学的开创者，鲁迅以及他所开创的乡土小说流派的作家，如许杰、许钦文、蹇先艾、鲁彦、彭家煌等，在 20 年代初期的乡土小说的死亡叙事文本中，大都通过人物死亡的悲剧性结局，试图达到改造国民性、唤起民众觉醒的良好目的。与此同时，郁达夫、冰心、庐隐、王统照、许地山等小说家，即便受到不同文化的熏陶和不同宗教精神的影响，也无不通过小说文本中的死亡叙事进行人道主义的呼吁，强调对个人的生存价值的重视，大胆追求个性解放和精神自由。当小说扮演思想启蒙的重要角色的时候，死亡叙事话语中的个人话语与社会话语穿插在同一时期的小说主题中。

20 世纪 20 年代后期，在政治形势的推动下，无产阶级革命文学登上舞台，文学主潮随着社会的变革出现了政治化的倾向，马克思主义文学理论的传播和运用使得包括小说在内的文学在很长一段时间内成为政治斗争的工具，小说文本中的死亡话语成为革命斗争的符号。蒋光慈、胡也频、殷夫、柔石等作家不但把宝贵的生命献给了革命事业，他们的小说也展示了小资产阶级革命青年从五四运动到大革命时期的思想和生活的变化。在有组织的集体主义思想转型的客观要求下，现代作家完成了从五四时期的新青年到革命者身份和立场的转变。这一时期的小说表现的最多的是青年的觉醒、战争中奔赴疆场、青年的苦闷和挣扎，如《菊芬》中的菊芬和《冲出云围的月亮》中的王曼英的复仇之路虽然不同，但共同表现了政治大屠杀之后小资产阶级青年在极度绝望和苦闷中的反抗与挣扎。20 年代到 30 年代，与左翼文学并存的还有老舍、废名、沈从文等不同风格的小说作家，他们用不同风格的死亡叙事保留了自己对民族文化、文学审美和生命价值的深层思考。老舍小说从文化角度出发进行理性启蒙，京派小说家笔下的死亡叙事呈现出温情的一面。与此同时，施蛰存等运用弗洛伊德的性本能理论尝试进行无功利性小说创作，《石秀》等作品将现代小说中死亡叙事的暴力审美推向极致。

30 年代的中国，社会矛盾加剧，阶级斗争激烈，反映在文学中就是小说的时代感增强，小说艺术出现了多元化发展。左翼小说、京派小说、新感觉派小说以及通俗小说等在市民读者中都有很大的影响。鲁迅、茅盾、巴金、老舍、丁玲、叶紫、艾芜、吴组缃、萧红、萧军、端木蕻良、白朗、废名、沈从文、林徽因、施蛰存、穆时英、刘呐鸥等作家，都有在这一时期完成的重要作品，承载着现代作家真切的深刻体验。"九一八"事变之后，随着民族意识的高度觉醒，从生与死的哲理层面思考人生的作品开始出现。萧红于流亡关内的途中完成的《生死场》和稍后完成的《呼兰河传》，展示了农村和市镇的沉滞与闭塞，带有强烈的本真色彩和抒情性，堪称死亡叙事文本的经典。萧军的《八月的乡村》反映东北的抗日游击队在血雨腥风中艰难成长的历程。在抗日战场上，中国将士浴血奋战，用生命捍卫祖国的尊严，七月派小说中死亡叙事的文本世界呈现出悲壮的美和崇高的美。这一时期，丘东平、路翎等七月派作家以广阔的视野写作，从枪林弹雨的前线到形式复杂的大后方，从贫穷落后的农村到灰暗阴冷的城镇，表现不同阶层的人在时代动荡背景下的抗争，丘东平的《暴风雨的一天》、路翎的《饥饿的郭素娥》，都显示了七月派小说注重个人的主观体验和粗犷的气息，人民的原始强力在生死面前展现得淋漓尽致，在硝烟弥漫的时刻带有浓重的乡土情怀。

40 年代也是中国现代小说的丰收期，特殊的时代环境使这一时期的作家大都经历过战乱，遭遇过四处迁徙和人心惶惶，无论个人还是家庭，都经历过朝不保夕的恐惧，但在小说艺术上显示了现代作家对人生对社会的多样追求，文本中的死亡意识呈现出强烈的复杂性。左翼作家沙汀和张天翼继续进行讽刺小说的创作。海派小说家张爱玲侧重表现工业文明的压迫之下都市人性的复杂，用冷峭阴郁之笔揭开了人性阴暗恶毒的一角，具有挖掘畸形心理和病态人生的文化深度。老舍的《四世同堂》以战争为契机，思考民族传统文化的根基。巴金的《寒夜》以人道主义的眼光关注小人物的悲惨世界。战乱之下，人心惶惶，社会阶层分流，逃亡中人性的变异，在路翎的长篇小说《财主底儿女们》中展示出来。钱锺书的《围城》借助机敏的讽刺艺术，揭示了灵魂无所归依的知识者众生相。解放区作家赵树理笔下也涉及死亡叙事，比如上吊、吞鸦片烟等方式的描写，但死亡只是作为社会斗争、家庭斗争的手段，并没有产生真正的悲剧性结局，出人意料又模式化的结局只会给主人公带来斗争的胜利果实和积极向上的性格。当战争成为抒写语境，文学的审美心态也向世俗化、民族化和政治化的方向发展，30 年代后期到 40 年代中期，在民族救亡的旗帜下，人性的微妙、对历史与民族文化的重新审视、知识分子道路的探寻与反思、个性解放与精神奴役的创伤等话题与死亡意识纠缠在一起，共同成就了 40 年代死亡叙事的宏伟壮观。

　　总之，死亡意识在中国现代小说文本中的不断被置换，个人话语与社会话语的对照，革命话语与启蒙话语的交织，现象描绘与哲学思考的并置，历史语境与现实语境的变迁，传统文化与外来文化的交融，既体现了现代作家死亡观的转变和审美上的不同选择，体现了客观环境对创作主体的明显影响，也充分证明了小说中死亡主题的变迁和艺术追求的尝试。

| 第二章 |

中国现代小说中死亡书写的精神内涵

近代中国，一方面，闭关自守的封建古国在帝国主义的洋枪洋炮下土崩瓦解；另一方面，漫长的封建社会所形成的传统的价值信念产生了动摇。在尖锐的阶级矛盾、动荡的社会现实、深重的民族危机之下，古老中国的文化和文明受到严峻挑战，现代知识分子在向西方寻求救国救民真理的同时，也经历了苦闷、迷惘与感伤的交织。现代作家作为知识分子的一部分，在复杂的历史际遇和黑暗混乱的社会现实面前，经历着生存上的物质困境和精神上的无所归依。启蒙话语被革命话语搁置，个人话语被社会话语取代，抗战又使民族救亡主题超越一切，孤独的生存体验被敏锐的作家充分把握与书写。死亡主题作为一种普遍现象，在现代小说文本中的表现异彩纷呈。然而，死亡叙事的精神内涵又因为死亡主题的历史变迁而各不相同。现代作家个体生存体验之下的生命意识、死亡意识和时间意识的觉醒，存在主义哲学的精神指归，知识分子的漂泊，启蒙理性的光辉，使得小说文本中的死亡叙事既承载着现代作家的文化批判、人道主义关怀、精神困境，又承载着现代作家精神上的超越与自我拯救。

第一节　现代小说的死亡主题

死亡既是中国传统文化中的现实禁忌，又是人类思索生命存在和体验生命本相的哲学思维方式，是文学艺术永恒追逐的话题。早在五四时期，人的主体性和自由精神高度张扬，死亡意识就成为众多作家观照生命个体存在的依据，作家们敢于直面死亡的勇气，拓宽了新文学的表现领域，丰富了新文学的审美对象。到了 40 年代，生死存亡关头的民族冲突和政治冲突，一方面，使国家和民族主题进一步凸显；另一方面，特殊的战争环境造成以生存为核心的自我意识的强化，个体意识的高度觉醒反映到文学创作中，成为对五四话语的继承和突破。以往研究已深入发掘 40 年代文学的"场效应"[1]、"土地意识"[2] 和"世界化与民族化"[3] 等课题，但对 40 年代小说死亡主题的现代性审美指向关注较少，而 40 年代小说在死亡叙事的主题选择和叙事处理上的美学特征，都体现了对现代性的凸显而不是背离。死亡现象作为作家们审美意识形态和文化观念的一种载体，具有典型的意义内涵，死亡叙事话语出现了异彩纷呈的局面。40 年代血与火的战争打破了作家原有的生活秩序，动荡的年代使作家普遍经历了生存和灵魂的煎熬。严酷的现实不仅丰富了作家的生活阅历，也使他们的思考更有深度。历史特殊时期暴露出来的黑暗和现实，在文学方面表现在对生存的直接关注使小说具有了独特的精神，文学由宏大的国家叙事转向日常生活现场，对人类生存的思考更加真实，也更加冷静，贴近苦难，进而也贴近了人生。

一　工业文明对人性的压迫与精神死亡

20 世纪是西方工业文明产生以来生产力迅猛发展的时期，也是人类普遍感受到时间焦虑和物质焦虑的时代。在这种生存困境下，不同流派的现代主义者对人类生存境况的揭示似乎有不同的见解。鲁迅等文化先驱开创了五四启蒙传统，暴露几千年精神奴役的创伤，挖掘现代国民的劣根性，以引起疗救的注意。而张爱玲以女性特有的敏感细腻和独特

---

① 杨洪承：《一个文学过渡期的"场效应"——20 世纪 40～60 年代中国文学结构分析和生成思考》，《江海学刊》2005 年第 2 期。
② 贺仲明：《论 20 世纪 40 年代中国文学中的传统主题》，《江海学刊》2002 年第 1 期。
③ 朱德发：《论四十年代中国文学的世界化与民族化》，《中国社会科学》2002 年第 6 期。

体验，呈现十里洋场的封建旧家庭的原生状态，她冷静处理家族题材，超然物外地叙述一切人的幸与不幸，暴露封建家庭对人性的扼杀和没落家庭的空旷凄冷。在这里，礼教是阻碍人精神自由的外在力量，而人性自身的弱点，如自私、嫉妒、怯弱等天性则成为内在的破坏力量，是人性深处最原始的悲怆。《金锁记》中的曹七巧，年轻健壮时也有过对青春的美好幻想，而她成为利益交换的牺牲品，嫁给姜家患有骨痨病的二少爷并一生被囚禁的过程，也是她的自然生命一点一点被毁灭的过程。身体欲望的不能满足导致她心理失衡，时间侵蚀她的心，她一点点被物化，终于将抓在手中的金钱和地产看作人生唯一的依靠。她教育女儿长安："表哥虽不是外人，天下的男子都是一样混帐。你自己要晓得当心，谁不想你的钱？"[1] "你好不自量，你有哪一点叫人看得上眼？趁早别自骗自了！姓童的还不是看上了姜家的门第！"[2] 当长安渐渐失嫁，偶尔有机会来临时，曹七巧的提防也是完全物化的。"也有人来替她（长安）做媒。若是家境推板一点的，七巧总疑心人家是贪她们的钱。"[3] 物质压迫彻底扭曲了她的心灵，天然的母性渐渐消失，她一点一点地让女儿失去对爱情的期望，并将女儿的婚姻梦斩首，终于导致女儿彻底失嫁。曹七巧戴着黄金枷锁成了金钱和物质的奴隶。心理失衡之后，她嫉妒儿子和儿媳的幸福生活，不惜采用卑劣手段拆散长白和芝寿，占有儿子的夜晚，让长白替她烧烟，并想方设法折磨少奶奶芝寿和姨太太绢姑娘，直到她们年轻的生命在她的视野里消失。从此，曹七巧通过鸦片长久麻醉着儿子和女儿的生命，他们陪她一起死去了。

张爱玲善于通过营造阴森怪异的鬼魅世界来表达她对现实社会外部世界的奇异感觉，《沉香屑·第一炉香》中葛薇龙眼中的梁太太"一身黑，黑草帽檐上垂下绿色的面网，面网上扣着一个指甲大小的绿宝石蜘

①　张爱玲：《张爱玲文集》（第2卷），安徽文艺出版社，1992，第107页。
②　张爱玲：《张爱玲文集》（第2卷），安徽文艺出版社，1992，第119页。
③　张爱玲：《张爱玲文集》（第2卷），安徽文艺出版社，1992，第110页。

蛛，在日光中闪闪烁烁，正爬在她腮帮子上，一亮一暗，亮的时候像一颗欲坠未坠的泪珠，暗的时候便像一粒青痣"①，显得狰狞恐怖；《金锁记》中，童世舫眼中的曹七巧——"只见门口背着光立着一个小身材的老太太，脸看不清楚，穿一件青灰团龙宫织缎袍，双手捧着大红热水袋，身旁夹峙着两个高大的女仆。门外日色昏黄，楼梯上铺着湖绿花格子漆布地衣，一级一级上去，通入没有光的所在"②，令人毛骨悚然。这两个面目模糊、杀气腾腾的女性，在时间已逝、青春不再的残酷现实中扭曲了性格，她们的生命在时间一点一滴的消逝中被磨损，缓缓地接近死亡。在时间的胁迫下，她们用各种手段挽留青春，通过毁灭年轻的生命来抵消内心的恐惧。

死亡意识和时间意识的密不可分，归根结底还是因为时间的不可逆转性给生存带来了悲伤和恐惧。作为现代文明的标志之一，时间是生命存在的本质形式。1944 年，当《传奇》再版时，张爱玲说："出名要趁早呀！来得太晚的话，快乐也不那么痛快。""快，快，迟了来不及了，来不及了！"③ 强烈的时间意识显露了一定的思想恐慌。她这样表述个人与时代的关系："个人即使等得及，时代是仓促的，已经在破坏中，还有更大的破坏要来。有一天我们的文明，不论是升华还是浮华，都要成为过去。如果我最常用的字是'荒凉'，那是因为思想背景里有这惘惘的威胁。"④ 导致这种令人不安的氛围的，除了香港战争带来的破坏性，还有时间的快速流逝带来的不稳定因素。在小说中，张爱玲凭借自己对时间的独特感知方式来观照个体生命，擅长通过"过去"和"现在"的时间场域的对比，操纵故事时间发展的进程，死亡以隐匿的方式渗透在日常生活中，成为人类存在的基本境遇，人与他所依存的现实世界之间形成悲剧性的紧张关系。在《金锁记》的结尾，曹七巧隔着三十年的时间距离回忆：

---

① 张爱玲：《张爱玲文集》（第 2 卷），安徽文艺出版社，1992，第 4 页。
② 张爱玲：《张爱玲文集》（第 2 卷），安徽文艺出版社，1992，第 122 页。
③ 张爱玲：《张爱玲文集》（第 4 卷），安徽文艺出版社，1992，第 135 页。
④ 张爱玲：《张爱玲文集》（第 4 卷），安徽文艺出版社，1992，第 135 页。

她自己也不能相信她年轻的时候有过滚圆的胳膊。就连出了嫁之后几年，镯子里也只塞得下一条洋绉手帕。十八九岁做姑娘的时候，高高挽起了大镶大滚的蓝夏布衫袖，露出一双雪白的手腕，上街买菜去。喜欢她的有肉店里的朝禄，她哥哥的结拜兄弟丁玉根、张少泉，还有沈裁缝的儿子。喜欢她，也许只是喜欢跟她开开玩笑，然而如果她挑中了他们之中的一个，往后日子久了，生了孩子，男人多少对她有点真心。①

这时候的曹七巧形同槁木，衰老不堪，甚至令人毛骨悚然，她在似睡非睡的状态中回忆青春，然而生命是不容假设的，时间的单向性和不可逆转性，决定了生命的秩序和客观。张爱玲擅长用刹那感受永恒，用瞬间照亮一生，在内在的生命时间把握中，体验时间带来的焦虑和时间对人的消磨，时间场域的对比，充满人生的苍凉与无奈。这种价值判断打破了中国传统儒家文化"或重于泰山，或轻于鸿毛"的两极生死观，在一定程度上促成了作家对现代主义表现手法的认同。张爱玲小说深入开掘死亡意识在个体心理中的积淀，虽然没有直观展示血淋淋的死亡现象，但死亡成为反射主体深层心理的一面镜子，死亡的不可抗拒及其带来的空虚感，成为末世中人的真实心理体验。

除却工业文明造成的时间焦虑和物质文明的压迫，现代小说在深入审视人性的同时还隐含着诸多充满现代性的死亡叙事要素，其表层叙述中潜藏着震撼人心的美学力量，如人性厮杀的惊心动魄。与曹七巧亲手扼杀了女儿和儿子的幸福导致了他们的精神死亡一样，现代小说中的人性死亡并不少见。《骆驼祥子》（1936）中，祥子堕落成了没有羞耻心的动物。《生死场》（1934）中，月英的丈夫成业丧失人性，亲手杀死自己的女儿。吴组缃的《樊家铺》（1934）中，线子为了营救丈夫，杀死自己啬啬成性的母亲。《财主底儿女们》（1944）中，蒋蔚祖在父亲

① 张爱玲：《张爱玲文集》（第2卷），安徽文艺出版社，1992，第124页。

自杀后成为游魂，恍惚中跳下悬崖而死；王桂英在对家人的极度失望的心理失衡中亲手杀死自己的女儿，以极端的方式显示了面对绝境时爆发的巨大能量……母女关系、父女关系、夫妻关系等温情脉脉的家庭伦理关系，都在激烈的矛盾冲突中瞬间变成仇敌关系，又都随着人性死亡的开始而结束。这些疯狂的行为都是恶俗的社会所致，这些痛苦的心灵体验令人不寒而栗。这一切，都与以儒家文化为主体的传统道德相背离，与传统文化规定的血缘关系、家庭关系相忤逆，显示了现代小说在思想上的大胆反叛，以及对传统道德价值和情感的彻底颠覆和解构。

女作家对时间的感知似乎格外敏锐，萧红的《呼兰河传》被茅盾评为"一串凄婉的歌谣"，死亡叙事的意蕴无比丰富。在这里，死亡叙事的平静美被充分揭示出来，而造成这种美感的，恰恰是时间。比如王寡妇的独子掉到河里淹死，这件轰动一时家喻户晓的事情，很快被邻人、街坊和亲戚朋友忘记了，即便王寡妇疯了，隔三岔五到庙台或大街上哭一场，她"仍是平平静静地活着"①。染缸坊里面两个年轻的学徒为争一个妇人，一个淹死，一个被判无期徒刑，人们对这件事情的态度是："不声不响地把事就解决了，过了三年两载，若有人提起那件事来，差不多就像人们讲着岳飞、秦桧似的，久远得不知多少年前的事情似的。"② 其他的像豆腐店、造纸房等地方，小团圆媳妇的死、王大姑娘的死，人们对待死亡的态度是麻木与冷漠，到处都在上演人间悲剧，但是，作者都将其处理为平静的生老病死，与春夏秋冬的交替一样自然。小说从生存本身的意义上展现人们的生存困境，平静的死亡反衬了生的寂寞与荒凉，时间意识在萧红小说中是被淡化处理的，却又暗示了作者真正焦虑的所在。时间是一去不返的，1940 年，故乡对远在香港的萧红来说是遥不可及的，童年和故乡在时间和空间距离上成就了萧红的写作。皇甫晓涛说："萧红之成为萧红，正是由这无处不在的寂寞、困扰始。她的独特，她的悲剧，她的犀利和魅力，都是这寂寞氛围不断

① 萧红：《萧红小说全集》（下），时代文艺出版社，1996，第 511 页。
② 萧红：《萧红小说全集》（下），时代文艺出版社，1996，第 511 页。

深化的衍生，直至她把这深隐的寂寞情怀升华为笼罩一个民族和时代的历史身影，她便开始真正代表这个民族和现代化世界进行了历史性对话。"①生与死的煎熬，生命的异化，传达出女作家直接的生命意识和痛苦的生命体验。

二　知识分子的精神困境与流浪

从鸦片战争开始，西方的坚船利炮迫使古老的中国文化开始在西方文明的坐标下接受检阅，近代中国社会开始经历政治、经济和文化等各方面的蜕变。具有现代意识的知识分子开始思考中国文化的走向，20世纪初期中国知识分子对现代西方文化思潮和学说的认同与抗拒，复杂地交融于作家的心灵深处，觉醒者和探索者的身影既出现在严酷的现实环境中，也潜隐地出现在各种文学作品里。

五四新文化运动之前，章太炎、王国维等知识分子已经表现出文化主体性的觉醒。现实的境遇、域外的思想共同磨砺出知识者超越个人的自我灵魂深处的生命体验。随着封建社会格局的瓦解，古老乡村和现代都市也逐渐分化，文化空间随之转移。现代作家普遍具有出国留学的经历，他们既经历了生存空间的转移，又体会了文化空间的迁徙，漂泊者的艰难探索和焦灼不安一直渗透在现代作家的灵魂深处，他们用不同的艺术形式记录了相同的生命体验，在心灵的开掘中始终融汇着知识分子对个体生命价值的探寻。

在各种外来文化和思潮中，存在主义对现代小说的影响尤为明显。存在主义者克尔凯郭尔对人的存在状况的分析集中在孤独的个人身上，他认为只有孤独的个体才能在内心真正体验到自己的存在。海德格尔、雅斯贝斯（也译作"雅斯贝尔斯"）和萨特都继承了他的这一思路。海德格尔在他的著作《存在与时间》中集中表述了他的死亡思想："死

---

① 皇甫晓涛：《萧红现象——兼谈中国现代文化思想的几个困惑点》，天津人民出版社，2000，第51页。

亡，作为此在的终结仍是此在最本己的可能性。"① 向死的存在表明了存在的悲剧特质——存在的真正根基是虚无。雅斯贝斯把他的哲学称为"实存哲学"，强调人的本然的自我存在，他说："人永远不能穷尽自身，人的本质不是不变的，而是一个过程；他不仅是一个现存的生命，在其发展过程中，他还有意志自由，能够主宰自己的行动，这使他有可能按自己的愿望塑造自身。"② 存在主义的后期代表人物萨特认为，人就是自由，他强调存在的荒谬和孤独无助，在哲理剧《禁闭》中发出"他人即地狱"的呼喊，他人成为自身存在的观照，也成为自身存在自由的限制。萨特强调"自为的存在""意识的存在"，这种对自身存在的理解和领悟，是人区别于宇宙万物的认识能力和超越能力，也是人创造自身的前提。尼采否定平庸，主张张扬人的独立自主性，把个人的自主性推向了极端，成为权力意志；热情呼吁孤独者，形成"超人"理论，否定社会和群体，也走向了极端。存在主义对个人与他人、个人与群体、个人与社会关系的看法，虽然有一个变化的过程，但是个人的非理性的情绪体验却是存在主义者普遍提倡的。

现代小说史上，"呐喊"和"彷徨"作为小说集的名称，也印证了20世纪20年代鲁迅的精神历程。闯将的寂寞、呐喊的孤独、彷徨于无人之地的焦虑与无助，都深深嵌在这一时期的小说创作中。《故乡》（1921）中叙述者"我"对故乡的情感变化，就是作家精神漂泊的一个见证。过去的故乡是充满希望的，是年轻的，"我"对故乡充满留恋，对过去的故乡充满诗化的想象并饱含深情，而现在的故乡颓废衰败，失去了叙述者所向往的魅力，失去了精神皈依的价值。二十年前的少年伙伴闰土，已经被岁月的摧残扼杀天性，衰老的肉体已经提前进入死亡的轨道，变成阶级分明的衰老的社会人，少年时代纯真的友谊已经被阶级身份的差别取代，中间隔着一层厚墙壁了。记忆中美丽的故乡不会重

---

① 〔德〕海德格尔：《存在与时间》，陈嘉映、王庆节合译，三联书店，1987，第310页。
② 〔德〕雅斯贝尔斯：《存在与超越——雅斯贝尔斯文集》，余灵灵、徐信华译，上海三联书店，1988，第209页。

现，真正的故乡又成为虚幻，通过对比，再次离乡的心情便充满悲凉和悲哀。鲁迅孤独的灵魂在旷野徘徊，他不断向深远的精神空间探索，追问个体生存的意义。《在酒楼上》（1924）中有一段"我"的自白："北方固不是我的旧乡，但南来又只能算一个客子，无论那边的干雪怎样纷飞，这里的柔雪又怎样的依恋，于我都没有什么关系了。"① 叙述者反思自我与传统的内在联系，对于精神故乡的苦苦找寻，在两极间摇摆的生存困境以及隐藏在背后的绝望，何尝不是鲁迅内心真实的声音。《过客》（1925）中，"有声音在前面催促我，叫唤我"②，文化先觉者的使命感和责任感，使过客的探索脚步不能停止，即使前面的终点是坟，他也不能停下，不能懈怠，尽管他已经明白自己的悲剧性处境，已经不记得自己的名字，不记得自己来自哪里，只知道从能记得的时候起就一直在走。过客在困顿中保持倔强的精神，与旧世界决裂，向新世界迈进，他的这一执拗行为表明了自己"向死而生"的生存方式，即使面对人生的虚无，也不能不有所追求以反抗绝望和虚无。这一具体的人生选择过程，在小说《孤独者》中也得到了体现。知识者魏连殳的整个世界是荒诞虚无的。抚养他长大的祖母去世，魏连殳首先感受到的是人生无常，他体验到的是内心深处对祖母之爱的留恋，从此他不必再为道义和情感所牵绊，所以他大哭，"他流下泪来了，接着就失声，立刻又变成长嚎，像一匹受伤的狼，当深夜在旷野中嚎叫，惨伤里夹杂着愤怒和悲哀"③。在寒石山的人眼中，他没有家小，是异类，是不可理喻的。魏连殳发现本真的自我是不能被发现和理解的，自己是无助的、孤独的。寒石山的族人用常规的丧仪展示对异己力量魏连殳的约束，族长的威严和村里的社会秩序更进一步使魏连殳感觉到人生的毫无意义与毫无根据。在传统文化和现代文明的夹缝中，他保持着清醒的启蒙意识。在 S 城的房东家，见到小孩子，他眼里立刻发出"欢喜的光"，他将小

① 鲁迅：《鲁迅全集》（第2卷），人民文学出版社，1981，第25页。

② 鲁迅：《鲁迅全集》（第2卷），人民文学出版社，1981，第191页。

③ 鲁迅：《鲁迅全集》（第2卷），人民文学出版社，1981，第88页。

孩子看得比自己的性命还宝贵，他相信孩子"天真"的天性就是中国的希望，他平等甚至低声下气地对待孩子，希冀能够和他们友好交往。但是，被尊称为"老太太"的大良、二良的祖母将魏连殳视为异类而排斥他，她习惯了等级制度的存在，反对秩序的改变，拒绝被启蒙；被鄙薄为"老家伙"之后，她反而与孩子们一样，欣然接受了"魏大人"的奴役。这些残酷的现实，使保有平等观念的启蒙者魏连殳感到绝望。所以，做了军事顾问的魏连殳，努力糟蹋自己的身体，糟蹋物品，东西胡乱买进，后又胡乱卖出，努力挥霍青春与金钱，意识到自身存在虚无的魏连殳，以被动的方式与现实抗争。这个先觉者从自身开始认识和反省，他早就没有了父母，被抛弃在这个世上，是孤独无助的状态，没有任何存在的理由和根据，然而他又不得不把在世的这一事实承担起来，独自肩负起自己的命运。他从自己的直觉体验中感到了存在的暧昧不明和荒诞以及孤立无依的悲凉。祖母不是父亲的亲生母亲，自己却要靠她养活。房东老太太的前倨后恭，不是因为魏连殳社会地位的变化，而是因为魏连殳对待他们的态度由尊重改为奴役。作为下等人，被尊重的感觉带来了严重的恐慌，当魏连殳恢复了与常人一般的等级秩序时，这种恐慌就烟消云散，他们眼中的魏连殳就没有那么可怕了。启蒙者的孤独，被启蒙者的恐慌与拒绝，构成了魏连殳现实世界的荒谬，在写给"我"的信中，魏连殳说："这人已被敌人诱杀了。谁杀的呢？谁也不知道。""我已经真的失败——然而我胜利了。"① 这是魏连殳真实的生存境遇和精神困境。存在方式虽由他自己来自由选择，他却也因此背上了沉重的精神负担，生存的危机和精神的危机同时出现在他选择的道路上，他以死亡来与旧文化抗争。在鲁迅的小说里，出现了知识分子各式各样的行走和漂泊，为了超越死亡、虚无和死寂，他们选择离开故乡，走异路，如《故乡》中的"我"；与传统文化决裂，如《孤独者》中的魏连殳；或者向现实妥协，不战而败，用颓废来掩饰逃避，如《在酒楼上》中的吕纬甫。鲁迅一直在寻找自己的文化之根和人生意义。1933

---

① 鲁迅：《鲁迅全集》（第2卷），人民文学出版社，1981，第101页。

年，作家吴组缃借助小说的叙述者表达了对故乡的感受，《黄昏》中，"我"回到阔别的古旧家乡，游子的亲切之感还没散开，发生在周遭的故事和响起的各种声音就使"我"产生了故乡没有活路的担忧："我觉得我是在一个坟墓中，一些活的尸首在呻吟，在嚎啕，在愤怒地叫吼，在猛力挣扎。"①"欺诈""偷盗""灾难""哭泣""死亡"等成了故乡的代名词，故乡成为绝望的所在，难以呼吸，难以逗留，敏感的知识者不想沉沦，只有挣扎着离开，去寻找别的出路。离乡和寻找的脚步，也许仓促，也许坚实；出路也许模糊，也许清晰；心路历程也许曲折复杂，也许惊心动魄。其在现代小说中的具体体现也有不同历史语境中的多样化的差别。

与左翼作家蒋光慈的生活同步的中篇小说《少年漂泊者》（1925）中，以汪中写给文学家维嘉的一封长信展开叙事，描绘了汪中遭受的社会迫害，通过佃农的儿子汪中抱恨漂泊的生命历程，展现从"五四"到"五卅"的社会矛盾与斗争。汪中的不幸身世使作为劳苦大众的他逐渐觉醒和进行反抗，参加革命最后英勇牺牲。30年代的新感觉派小说集中表现都市社会中人的精神漂泊，作家同小说中的人物一样经历着严重的精神危机，对上海这个殖民化都市怀有矛盾的态度，既熟悉又陌生，既依赖又恐惧，在持有独特的审美心态的同时，也在都市中经历着无根的漂泊。新感觉派小说反映了人在都市的极端压抑之下的人性扭曲与生存焦虑，以及都市对人的心灵的侵蚀和束缚，畸形的都市文明给人类精神套上了枷锁。但人类不能脱离环境而存在，新感觉派作家游走在都市的边缘，在异质的生存空间里寻找着现代人疲倦灵魂的栖息之地。都市生存中死亡的阴影无处不在，在《上海的狐步舞》《夜总会里的五个人》中，为了缓解死亡带来的焦虑，作家眼中的繁华都市变成了荒芜的沙漠。"我觉这个都市的一切都死掉了。塞满街路上的汽车，轨道上的电车，从我的身边，摩着肩，走过前面去的人们，广告的招牌，玻

---

① 吴组缃：《黄昏》，严家炎等编《中国现代文学作品精选》（增订本），北京大学出版社，2001，第509页。

璃，乱七八糟的店头装饰，都从我的眼界消灭了。我的眼前有的只是一片大沙漠，像太古一样地沉默。"[1]刘呐鸥小说中的都市死亡幻象与饮食男女的精神失衡结合在一起，寂寞、空虚、孤独是现代人灵魂的核心。与20年代鲁迅小说中知识分子"无家可归的悬浮感，无可附着的漂泊感"，在精神指归上是一致的。

40年代的战争背景下，动荡使现实生活变得更加难以把握，兵士、工人和学生等在战争爆发后迅速失去现代公民的身份，开始无根的漂泊。旷野因为其广袤与深远，成为这个时代知识分子生存体验之下灵魂漂泊的最好归宿。乱世体验中疯狂的生命状态，是长篇小说《财主底儿女们》的最好写照。蒋纯祖无疑是其中最成功也最为复杂的人物，如胡风所评，在人物形象塑造上，路翎"追求油画式的，复杂的色彩和复杂的线条融合在一起的，能够表现出每一条筋肉的表情，每一个动作的潜力的深度和立体"[2]。蒋纯祖在精神世界的艰难探索真实地展现了知识分子的心灵漂泊历程。他以贵族少年的傲岸面目出场，在战争逃亡和旷野漂泊中直面生死的残酷和人性的复杂，最后试图真正走向人民，却在苏德战争胜利消息传来时死去。旷野上的逃亡与漂泊，既成就了蒋纯祖的成长，也完成了路翎对知识分子心灵的拷问。在远离现代社会秩序的旷野，人类的生存更多地依靠原始的生命强力。生存权利的争夺、生命尊严的捍卫、不同价值观念的较量，使蒋纯祖见证了人性深层的冷酷与丑陋，那些蕴含生死爱恨的复杂情绪使他的成长过程中充满焦灼。蒋纯祖内心的搏斗，以更加错综复杂的形式诉说着他的生命困境：狂暴的英雄主义席卷了他的激情，强悍的原始生命力战胜了道德，精神的救赎战胜了基本的生存欲望，非理性的召唤又生发出极端的行为，内心的多重对峙使这种搏斗显得惊心动魄。人类的相互仇视、相互取暖，孤独又庄严，种种矛盾贯穿旷野生活的始终，使蒋纯祖的精神在煎熬中趋向分裂。

---

① 刘呐鸥：《刘呐鸥小说全编》，学林出版社，1997，第2页。
② 胡风：《序》，路翎：《饥饿的郭素娥　蜗牛在荆棘上》，人民文学出版社，1988。

蒋纯祖虽然没有也不能够拯救整个世界，但他那条带着血痕的探索之路和他那痛苦不安的灵魂却震撼了不止一代人。大家庭的分崩离析，战争中的逃亡，同伴的自相残杀，革命演剧队中的小团体主义，以及自身难以克服的对绝对自由的追求，使蒋纯祖最终与世界彻底分裂。他既失去了一切可以依附的东西——纯真的爱情、英雄主义的理想、伟大的革命事业，同时又被石桥场那异己的外在力量——社会、群体、他人所包围，这些力量妨碍了个人的自由和孤独个体真正的存在。国破家亡中，蒋纯祖既想保持独立自由的意志，又希望自己和他人融成一个整体，而整体又妨碍了创造和自由，个性主义和理想人格的坚守与革命现实需要之间的矛盾使他的挣扎与抵抗从一开始就充满了悲壮的色彩。在《启蒙与救亡的双重变奏》中，李泽厚认为，在长期的军事斗争和战争形势下，"救亡的局势、国家的利益、人民的饥饿痛苦，压倒了一切，压倒了知识者或知识群对自由、平等、民主、民权和各种美妙理想的追求和需要，压倒了对个体尊严、个人权利的注视和尊重"[①]。长期的阶级或民族斗争，要求的不是自由、民主等启蒙宣传，因为"一切服从于反帝的革命斗争，是钢铁的纪律、统一的意志和集体的力量。任何个人的权利、个性的自由、个体的独立尊严等等，相形之下，都变得渺小而不切实际"[②]。20世纪以来，现代文明带来文化本身的分裂，作家们对此都有深刻的洞察和体会，他们一方面深刻揭露传统文化的弊端，另一方面难以切断与本土文化的血缘关系。社会的变革、集体的斗争、国家和民族的解放，不能取代个人的努力，不能解除个人的责任。然而个体生命对待人生痛苦的方式，是寻求精神的慰藉还是自主地完成个体承担，路翎将人物灵魂放逐，反复进行孤独的自我拷问。路翎小说在40年代小说乃至中国现代小说史上以另一种姿态傲然存在，这位"残酷的天才"在将客观对象的生命拥入自己的主观精神世界时，成功显示了人物灵魂深层的挣扎与流浪。蒋纯祖强悍的生命意志和沉闷的现实环

---

①　李泽厚：《中国思想史论》（下），安徽文艺出版社，1999，第850页。

②　李泽厚：《中国思想史论》（下），安徽文艺出版社，1999，第850页。

境的冲突构成了生存悖论，旷野上的漂泊成为他生命存在的唯一方式。肉体的放逐、精神的流浪，使他内心经历着激烈的动乱和碰撞乃至毁灭，但旷野给了他强大的精神支撑，高度完整地保护了他在世俗环境中尽管伤痕累累但永不停止探索的叛逆者姿态。

　　在写给胡风的信中，路翎说："前面总是要去的；只是，怕弱小的自己死亡在这苦痛的现实里，摔倒在这黑暗的鸿沟中罢。但也惟有这'死亡'与'摔倒'，才能使将来更美丽，而人们更勇敢。"[1] 抗争中的自觉意识，使知识分子不安定的灵魂不肯停息，进行着艰难的蜕变。肯定自我和否定自我中的徘徊游弋，自我审视和自我解剖中强烈的质疑精神，是对五四时期人的觉醒的继承，由对自我主体的高度关注，逐渐完成知识分子精神的成长。蒋纯祖式经由灵魂的漂泊更加渴望寻找积极的力量完成精神的归依，更加积极地尝试完成知识分子个人品格的坚守，对这一主题的选择，显示了作家对五四人文精神之追求个性解放的继承与超越。带着对毁灭与新生的严肃思考，路翎对知识分子生命潜能的深度探索与对生命意志的言说和领悟，由知识分子价值追求而延伸到对整个民族命运的探索，以及由此被革命文学主流话语所驱逐，充满了悲剧性的意蕴。

三　个体生命的关怀：疾病隐喻与人道主义精神

　　费尔巴哈说："死亡是我们获得存在的知识的工具，死亡确实显现了存在的根由，唯有它才喷射出本质的光焰。"[2] 没有死亡，没有死亡意识，文学就不会穿透时空贴近生命的本质。死亡叙事就是在对人的关怀基础上建立起来的，它从人类的希望和恐惧的角度把握人类的命运。五四新文化运动的重要贡献是"人"的发现，人道主义的觉醒，对个体生命价值的肯定和探寻。20 年代的大量小说表现了对社会人生的关

---

① 路翎著，徐绍羽整理《致胡风书信全编》，大象出版社，2004，第 18 页。
② 段德智：《死亡哲学》，湖北人民出版社，1996，第 435 页。

注和对个体生命的关怀。抗日战争直接引发了七月派作家对死亡和生命价值的思考，他们从战争入手，进而探寻其中存在的生命个体的价值意义。早在 30 年代后期，丘东平小说中大量血腥的战争场面描写已经增强了作品的真实感，也使作家生死瞬间的感性体验代替了抽象的思考。战争的残酷带来个体生命被毁灭的痛苦，作家对个体生命尊严的深情关注充满了浓厚的人文主义关怀。

对死亡问题的关注，既有来自作家的心理本能的因素，又关系着来自特定时空背景下的个体生存的体验。疾病是人类最顽强的敌人，来自疾病的死亡威胁也是最直接最真切的。疾病体验增强了生命的病痛感受和清醒的自我意识，所以，疾病在小说艺术中既象征着人类的生存境况，又拥有充分的审美和社会隐喻功能。五四前后，鲁迅认为自己创作小说的动机是"引起疗救的注意"，他疗救的不仅是国民孱弱的体格，更指向肉体之上的带有痼疾的国民灵魂，去掉现代国民灵魂中的历史污垢和历史负担，驱除几千年精神奴役的创伤。这种精神上的疗救，在现代文学创作中始终没有停止过，疾病的隐喻在小说创作中也始终没有停止过。在现代小说史上，以疾病隐喻个体以及民族历史苦难的表现非常突出。其中，从历史现实和创作实际来看，肺病是被充分审美化了的疾病，小说中关于肺病的描写也是最普遍最生动的。疾病除了现实性存在外，还转化为作者审美情感体验可以把握的艺术化对象，作家按照自己的思维形式和情感逻辑去阐释和书写肺病。小说中，患肺病的人物形象也数不胜数。鲁迅笔下的华小栓、魏连殳，郁达夫笔下的吴迟生、文朴，丁玲笔下的莎菲，巴金笔下的杜大心、钱梅芬、汪文宣等，从普通的底层民众到知识分子，从叛逆女性到中规中矩的小公务员，主人公和他们所携带的疾病使个体陷入颓废和绝望，直至最后生命的消亡。巴金在《怀念·前记》中说："从一九三八年（到）一九四五年这八年中间，我一共失去八位好友（这里面有一位还是我的哥哥。病故的七人中只有世弥一个死于产褥热，其余六人则都死于肺病。抗战期间的中国好像成了肺病的培养所，'胜利'后情形也未见改善），所以这里也有八篇纪念文章。……"① 在这里，肺病隐喻着战乱环境中民众的疾苦与压抑，个体与外部环境的对抗、生存的焦虑和不断咯血的状态象征着民族的生命力不断衰微，即使到了40年代也还存在进行疗救的迫切性。

如果说鲁迅小说中通过大量的看客形象来批判国民精神的麻木、庸众的冷漠，需要引起疗救的注意的话，40年代小说则通过死亡叙事将这一疗救的社会责任进一步具体化。巴金承接了五四文化精神中对个体生命的关注，将写作的触角伸向平民。《寒夜》中的汪文宣，承载了现代国民灵魂中沉重的历史负担，体现了现代人灵魂和精神的异化，小说表现了水深火热中小人物的血泪和呼号。作为一个普通的知识分子，汪文宣受过高等教育，善良正直，有办教育的理想和爱国的政治热情。在民族危难之时，在国民党当局的腐败统治中，他不仅无法实现改造教育的理想，而且微薄的工资无法维持家庭生计。同样学教育出身的妻子曾树生到银行做职员，弥补经济收入的不足。在汪文宣的家庭中，母亲与妻子之间的婆媳矛盾不可调解，他无所适从，在两个最爱他的女人之间挣扎；最终，追求自由的妻子在母亲的辱骂中选择了出走，追随陈经理去兰州工作。在公司里，汪文宣因为不善于献殷勤拍马屁和说谎，处于进退两难的卑微境地，特别是患肺病后，被同事排挤冷落，没有尊严，最终失业。也就是说，家庭的争吵、疾病的痛苦、性格的懦弱、工作的失败，无一不使汪文宣陷入焦虑和恐慌。经历着身体劳累和精神压抑的双重折磨、新旧伦理道德的冲突、生活重担的挤压，汪文宣的生命在现实秩序中无法获得正常的维持，精神就出现了失衡，死亡成为生活中无处不在的阴影，他那无声的"我要活"的叫喊和渴望，没有阻止死亡结局的来临，在抗战胜利后锣鼓喧天的欢呼声中，汪文宣孤寂死去。巴金借助对汪文宣这样的小人物命运的辩护，对剥夺人的生存权利的社会黑暗体制和腐蚀人的精神品质的腐朽文化进行诘问，对个体生命与社会之间关系进行强有力的自省与思考。与30年代的小说相比，战争使巴金的生死观更加明朗，汪文宣体现了

---

① 巴金：《巴金全集》（第13卷），人民文学出版社，1990，第470页。

最底层平民百姓的生存之苦与精神之痛，表达了作者对个体生命的关怀，对个体尊严的崇高性和无限性的张扬，对人基本生存权利的召唤。战争环境下对个体生命的关注，展示了人类的悲悯情怀和作家内心深处的人道主义思想。放在整个小说史的长河中进行考察，它的意义就更加突出了。

巴金的《第四病室》，叙述了在一所后方医院中，在国民党反动政权的腐败和黑暗统治下，金钱成为社会运转的最高砝码，医生和看护对病人漠不关心，病人与病人之间也冷漠无情，人类在疾病和灾难面前缺乏同情心，显得渺小自私，甚至可怜。谈及小说的写作，巴金回忆他住院期间的一段经历：

> 那个烧伤工人的惨死给我的印象特别深。我至今还不曾忘记他那充满痛苦的号叫。他在断气之前不知道叫了多少声，却始终没有人为他做任何事情，就只见工友来把他那只鲜血淋淋的胳膊绑在板凳脚上。[1]

> 我从来不是一个伟大的作家，我连做梦也不敢妄想写史诗。……所以，我只写了一些耳闻目睹的小事，我只写了一个肺病患者的血痰，我只写了一个渺小的读书人的生与死。但是我并没有撒谎。我亲眼看见那些血痰，它们至今还深深印在我的脑际，它们逼着我拿起笔替那些吐尽了血痰死去的人和那些还没有吐尽血痰的人讲话。……[2]

这些记载说明了巴金的创作与日常生活的关系，巴金的创作就植根于这些刻骨铭心的焦虑体验和痛苦之中，这些亲身经历，已经成为巴金生命存在的一部分。小说文本中，人物回归底层，巴金的创作姿态也回

---

① 巴金：《巴金全集》（第8卷），人民文学出版社，1989，第208页。
② 巴金：《巴金全集》（第8卷），人民文学出版社，1989，第703页。

到了与人物同等的生存场域，他与他们共同呼吸、受煎熬。《第四病室》里每天发生的琐碎事件，困扰折磨着巴金，当有人因为贫穷无助得不到及时救治而死亡时，当人间至情至性的声音被死亡摧残和戕害时，潜伏在作者内心深处的忧患意识超越了阶级和历史，上升为对丧失生存权利的普通百姓最真切的悲悯情怀。

苏珊·桑塔格认为："疾病是通过身体说出的话，是一种用来戏剧性地表述内心情状的语言，是一种自我表达。"① 在文本世界里，不论何种疾病，都是表达身体和思想的语言，带有病症的人物背后隐藏着复杂的文化含义。黄子平在《病的隐喻与文学生产——丁玲的〈在医院中〉及其他》一文中指出，"文学疗救"存在于特定的历史语境中，五四时代所界定的文学的社会功能、文学家的社会角色等，势必接受新的历史语境的重新编码；"文学疗救"把国家、社会、种族等看作一个身体机能的有机体，治疗社会和人的精神。所以，自五四时代起，作为文学家的思想界的先驱，一直承担着唤醒民众的社会责任，他们通过文学的方式疗救社会的病痛。30 年代，中国已经进入无产阶级领导革命的历史时期，经历了大革命的风暴之后，时代提出的要求已经不是像五四时期那样用民主和平等去开启民智。巴金的小说创作"想找寻一条救人，救世，也救自己的路"②，他自觉继承了鲁迅等人用文学疗救国民精神的手段，将病态的人生展示出来，利用疾病的想象和隐喻来疗救颓废的社会现实和国民精神，疾病隐喻同时也承载了现代生命的本真生存状态。在《寒夜》中，作者以不在场的方式参与文本，其中隐含的作者的声音以平等的身份参与叙述，无论是小说内容体现出来的人道主义关怀精神，还是小说叙述话语的策略，都显示了死亡叙事的平民化风格。

"将死亡情结作为悲剧文学的灵魂，作为悲剧的生命一点也不过

① 〔美〕苏珊·桑塔格：《疾病的隐喻》，程巍译，上海译文出版社，2003，第41页。
② 巴金：《文学生活五十年》，李存光编《巴金研究资料》（上卷），海峡文艺出版社，1985，第184页。

分。悲剧震撼人心的效果正是死亡情结所显现出的张力。有生命方有死亡，无论是以何种方式死亡，死亡总归是生命的大悲剧。"① 小说文本中的死亡情结将生命的苦难凸显出来。现代小说中死亡叙事的沉潜表现在，作家展示了人类心灵的复杂性，通过普通人的特殊境遇和遭受的精神折磨表达了对人类生存的思考。特别是在 40 年代小说中，日常生活叙事代替了宏大叙事，平民百姓代替了英雄人物，死亡叙事融合了作家关于死亡意识的历史沉思，人物肉体和灵魂的抗争演绎着耐人寻味的现代性审美指向。现代作家民族文化心理结构的同质性，作家之间时空距离的切近，以及作家自我意识的强化和充分体现，使现代小说创作中死亡叙事在精神内涵和审美特征上呈现现代性的独立品格，成为具有整体意义的文学史现象。

第二节　现代作家的生存困境

从某种意义上说，生与死是人类小说世界中古老的话题。现代小说中形形色色的死亡叙事作品，都包含了现代作家对"生与死"文学命题的重新认识和思考，包含了时空转换中死亡叙事的无限可能性，是人类历史长河中不断重复的精神现象。

死亡意识潜隐于作家的内心深处，它直接或间接地影响着作家的创作。所以，现代小说中随处可见的死亡描写和死亡想象，都是作家形而上的死亡意识的直接显现。有的研究者认为，写作是以不朽意识取代自我意识和必死意识的一种置换，不朽意识具有使人类消除死亡恐惧的诱惑力，在创作冲动中占有突出的地位。② 从创作主体的创作心理角度分析，该观点不无道理。

正如第一章所概括的，现代文本中的死亡包含两个层面——肉体的

①　陈宪年：《死亡情结：悲剧文学的内在构成》，《内蒙古社会科学》（汉文版）2000 年第 1 期。

②　冯川：《死亡恐惧与创作冲动》，四川人民出版社，2003，第 17、25 页。

死亡和心理、精神的死亡，分别从人类存在的角度、文化和哲学的角度定位小说文本中出现的死亡话语，与之相对应的内容分别是社会批判、文化批判和哲学思考。

从 19 世纪中期西方的坚船利炮打开中国的大门开始，积贫积弱的中国就逐渐沦为半殖民地半封建国家。动荡不安的社会大环境给绝大多数人造成的是颠沛流离甚至家破人亡的生活，战乱和灾难造成的心理动荡和文化动荡，成为现代作家普遍恶劣的生存背景。在病态社会里，最能代表中国知识分子对死亡的最高认识的当数鲁迅。祖父的科场案、父亲的病与死使年少的鲁迅体验到了世态炎凉的同时更深刻体会到了生命的沉重，1925 年的"五卅惨案"、1926 年的"三一八惨案"、1927 年的"四一二"反革命政变、1927 年的"广州血案"、1931 年的左联五烈士被杀等，军阀的凶残、炮火的轰炸，青年的血的淤积，一次次令人震撼和悲愤的杀戮，都使鲁迅一步步增强了死亡体验，晚年的疾病也使鲁迅对死亡的洞察越发透彻。在对中国传统文化的批判上，鲁迅小说中一个复杂且饶有兴味的主题就是对"吃人"与"被吃"的揭示。《狂人日记》《祝福》等对这一主题做了最好的阐释。《在酒楼上》中，以传统文化为后盾的吕纬甫，虽然肉体不曾毁坏，但已经丧失生命价值，是个活死人；《孤独者》中的魏连殳是一个决绝地与传统文化为敌的人，他以肉体的毁灭体现了旧我的死亡，宣告了与旧时代、旧文化的同归于尽，其独立的人格价值在死亡中得以实现，有深刻的文化含义。30 年代的小说中，《故事新编·起死》讲述了生死之奥秘，在被复活了的骷髅眼中，生死并不重要，死亡被降低了价值，生命的价值同样也跟着回落，降到了与"衣服""伞""包裹"同等重要的地位。骷髅在前，象征死亡，汉子在后，复活后象征新生，鲁迅以死生反常的时间顺序即死生位置颠倒的悖论赋予死亡与生命同等重要的意义。这既是艺术表现的需要，又是作家对时间之维的思考，是对存在主义哲学的深刻体悟和对人生残酷现实的冷峻洞察。"交出自己的生命意味着走出自我，敞开自我，做出承诺并去爱。在这种肯定中，生命就在真正属人的意义上活了起来"，"从未活过的生命不会死"。① 鲁迅也曾这样表述："过去的生命已经死亡。我对于这死亡有大欢喜，因为我借此知道它曾经存活。死亡的生命已经朽腐。我对于这朽腐有大欢喜，因为我借此知道它还非空虚。"② 作家对死亡和生命的感叹，正是基于他强烈的生存体验。

不以直接的死亡书写为主的作家穆时英，16 岁时父亲破产，21 岁时父亲病逝，其间还经历了祖母的亡故。曾经富裕温馨的家庭的破败，反映在小说中就成为作家不断流露出对精神家园的向往。《夜总会里的五个人》中的破产的金子大王、失恋的大学生、失业的政府公务员、失去青春的交际花、迷失方向的研究者，共同陷入了"什么是你！什么是我！我是什么！你是什么！"的无望追问中，他们在疯狂旋律中的颓废，体现了孤寂的生命个体的沉落，也是作家生存状态和内心世界的真实流露。小说中的人失去了精神生命，这显示了现代文明之下人的主体性的沦丧。通过人的物化和符号化，"要表达的正是衣食无忧后人的生存状态"③。生命意识的缺失和人性的丧失都使人沦落，家庭也好，公共空间也罢，人在这里成了行尸走肉。

左翼作家洪灵菲曾借笔下人物来表达为革命而亡命的心理体验："我时时刻刻都有被捕获的危险，因而在未被捕获以前，我时时刻刻都觉得异样的快活和自足。我这时的心境正和儿童的溜冰，探险家的探险一样……啊！我从今天起，开始了解生命的意义了！"④ 革命流亡生涯使作者的生存体验贴近死亡，在社会矛盾加剧、阶级斗争风起云涌的20 年代末 30 年代初，这些政治激情小说浓缩了作家真实的心路历程。郁达夫在《茑萝行》中将生计问题比作"缚在我周围的运命的铁锁圈"，漂泊和躁动不安的心态使郁达夫的小说以死亡和性的苦闷作为突

① 〔德〕莫尔特曼：《创造中的上帝：生态的创造论》，隗仁莲等译，三联书店，2002，第367 页。
② 鲁迅：《鲁迅全集》（第 1 卷），人民文学出版社，1981，第 159 页。
③ 吴福辉：《都市漩流中的海派小说》，湖南教育出版社，1995，第 211 页。
④ 洪灵菲：《洪灵菲选集》（乙种本），开明书店，1952，第 34～35 页。

破口表达对传统道德的大胆反叛。萧红曾哀叹:"我一生中最大的痛苦和不幸,都是因为我做了一个女人。"① 女性人物翠姨、月英、王婆、小团圆媳妇等人物的死亡设计和处理,体现了作者内心的孤独和焦虑。

因为死亡是人类必然的命运,所以,生老病死与爱恨情仇是文学永恒的主题。世界著名艺术家无一不是通过生与死、死与爱、时间与永恒等主题来探索人生,展示作家不同的审美情趣的。美国思想家贝克尔说:"死亡恐惧与生俱来,人皆有之,它是一种根本性的恐惧,影响着其他各种恐惧。"② 当自我意识形成后,死亡恐惧内化为一种人的本能。作家借助叙述人的视角,写死亡在现实世界的种种形式,体现其独特的思考。中国哲学家李泽厚说:"人类学本体论的哲学(主体性实践哲学)的探讨心理本体中,当然要对'生'、'性'、'死'与'语言'以充分的开放,这样才能了解现代的人生之诗。"③ 所以,对作家而言,创作主体只有将隐藏在人类内心的生存悲剧感展示出来,超越死亡带来的恐惧,才会使小说充满震撼人心的艺术效果,使读者产生心灵共鸣。作为生命自然规律之一的死亡现象表现在小说中,承载着作家感受和认识世界的非同寻常的意义。

作家个人体验之下生命的本真性和直观性,促使作家开始自觉思考和表现生命与死亡的主题。在对生命本体论意义的追寻和对人生命运的极度关切中,作家们死亡意识中的精神力量,不是对死亡和毁灭的绝望与沉沦,而是对生死之间内在关系的深刻洞察,从死亡的震撼中发掘生的意识,建构新的生命价值。因为文学和哲学的必然联系,作家在现代小说中构筑自己的死亡世界时,势必会丰富现代小说的审美对象,升华现代小说中死亡叙事的话语内涵。

---

① 季红真:《萧红传》,北京十月文艺出版社,2000,第165页。
② 〔美〕贝克尔:《拒斥死亡》,林和生译,华夏出版社,2000,第16页。
③ 李泽厚:《美学四讲》,天津社会科学院出版社,2001,第60页。

第三节　死亡叙事中现代作家的自我拯救

五四新文化运动的巨大成绩在于改造了中国人的文化心理结构，传统思维方式受到了前所未有的冲击并进行转换。时间意识的觉醒和人类对精神家园的寻找融入了现代小说的哲学命题，对生命存在的追问以及内心的焦灼使现代作家普遍经历过在信仰和启蒙之间徘徊的精神困境。死亡叙事承载着作家的文化批判、人性反思和人道主义关怀，作家敏锐的触角不仅探察到死亡的覆灭性及由此衍生的恐惧感，还以展示死亡的荒诞性来还原死亡的本真面目。

一　时间意识的觉醒与死亡的荒诞性

自人类诞生之日起，死亡就成为潜伏在人类身边困扰人类的神秘力量。古往今来，人类面对死亡现象时产生的绝望与无奈促使人类不停地关注和思考死亡的价值与意义。生命的存在、生命的有限性、生命的延续都要依托一定的时间来完成，所以，死亡意识是一种特殊的时间意识，因为存在的时间性，时间的不可占有与不可逆转才导致了死亡的不可避免。

死亡的荒诞性，在现代小说死亡叙事中的表现不胜枚举。《药》中的夏瑜死后，革命者的鲜血没有引发群众的觉悟，启蒙者的牺牲行为没有唤起被启蒙者的理解，反而被嘲笑，使夏瑜的母亲感到羞愧，死亡的悲剧内涵由此加深，夏瑜之死的荒诞性也由此体现出来。《阿Q正传》（1921）中，赵家遭抢，阿Q本没有参与，即使参与了，也罪不至死，但他很快被判处死刑。对于阿Q之死，未庄的舆论是："自然都说阿Q坏，被枪毙便是他的坏的证据；不坏又何至于被枪毙呢？"[1] 至于阿Q坏在哪里，为什么被抓，被枪毙，其中的因果则无人问津。所以，国人

---

① 鲁迅：《鲁迅全集》（第1卷），人民文学出版社，1981，第527页。

长期缺乏信仰，缺乏节操，没有独立的思考和判断，已经养成盲从的心理。不光未庄，在当时生产力水平普遍低下、受教育水平普遍较低、民众普遍愚昧的社会环境中，思想落后的状况也较普遍，死亡的荒诞性随处可见。

个体生命存在的焦虑感产生了死亡的荒诞性。《灭亡》中的杜大心，时刻准备为革命事业交出自己的生命，他以枪杀戒严司令为张为群复仇，但小说结尾，"戒严司令并没有死，他正在庆幸杜大心底一颗子弹，使他得到二十万现款，他底几个姨太太也添了不少的首饰，然而杜大心底头却逐渐化成臭水，从电杆上的竹笼中滴下来，使得行人掩鼻了"[①]。理性世界失去了秩序，杜大心复仇的崇高动机被庸俗丑陋的死亡消解了，他成为自己观念中的英雄。在《爱情三部曲》的《雨》中，革命者陈真死在汽车轮之下，被肇事者评价为"不要紧，碾死了一条狗"。一心梦想献身社会运动的殉道者没有死于战场，没有死于敌人的屠刀，成为革命烈士，虽然他们不怕牺牲，他们愿意为人类的解放事业奉献自己的生命，但是事实出乎意料，偶然性的死亡充满了荒诞色彩。

二　启蒙理性的超越

废名小说回避了对死亡赤裸裸的描写，以意境营造的艺术表现技巧、温情的人文关怀和唯美主义的情感体现了对死亡叙事的哲学超越和理性超越。

当现代作家用文学疗救国民精神的时候，启蒙成为贯穿始终的情结，对自由的启蒙精神的追求在小说中一直没有中断。文学研究会提倡文学"为人生"，用文学诅咒灰色的人生，揭示社会的黑暗。现代作家的理性意识和情感意向所关注的也是超越物质的思想、制度和文化。

在小说《药》中，革命者夏瑜的鲜血成为华小栓治疗痨病的灵丹妙药，几千年精神奴役造成的愚昧和创伤，使启蒙者与被启蒙者之间的

---

① 巴金：《巴金全集》（第4卷），人民文学出版社，1987，第160页。

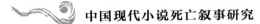

精神医疗关系被生理上的医疗关系所颠覆,这种颠覆已经暗含鲁迅对启蒙前景的担忧和绝望。

在小说中,叙事主体作为叙事活动中主观因素的承担者,既消化与掌握着叙事材料,也控制着叙事方法,担负着控制文本的功能。老舍的长篇小说《四世同堂》体现了老舍的理性反思在创作中的渗透,他通过战争对中国现代化进程中民族精神的荡涤来思考中国传统文化的去向。同样是参加抗日战争,徐訏的《风萧萧》通过纸醉金迷背后的间谍情报来拉开抗战的序幕,史蒂芬和白蘋的死亡昭示着战争的推进和蔓延,使得以哲学思考为兴趣的叙述者——"徐",逐渐走向战争的中心,感受死亡的庄严、战争的残酷和哲学研究的价值。随着叙事场景的转换,赌场、舞场、酒会、教堂、公寓等场所的人都经历着你死我活的血腥残杀,史蒂芬的死亡使叙述者"徐"认识到生与死的距离中唯有宗教是"我们"的桥梁,要为爱、自由、理想、梦而战,唯美感伤的气息非常浓厚。而老舍的短篇小说《八太爷》中的王二铁也死于日本人的刺刀之下,却充分显示了抗战的盲目性。王二铁一心想做个像康八太爷一样惊天动地的英雄好汉,他之所以杀日本人,是因为痛恨日本人压倒了他的风头,甚至在被刺死之前,他还希望日本人把他拖到菜市口,他好眼睁睁看自己怎么死。在死以前,他会喊喝:"我打死他们六个,死得值不值?"等大家喝完了彩,他再说:"到大柳庄去传个信,我王二铁真成了康八太爷!"① 所以,王二铁死于盲目的自我想象,是无知的,老舍以知识分子特有的理性审视和思考,对国民精神进行了批判。《四世同堂》描写一个典型的小羊圈胡同在面对战争动乱之时的生存努力,是北京平民在现实面前所做的抗争,老舍称道的是像钱默吟老人这样健全的国民理想人格。小说中,祁天佑的自杀,是对日本侵略者的反抗,作者用平静安详的笔调来写祁天佑的死,对他的尊严和民族气节表示赞赏;而冠晓荷等汉奸的死亡处理,往往采取令人恐怖的写法,以表示对民族败类的痛恨和唾弃。有人认为老舍自杀"是人物形象的

---

① 老舍:《月牙儿》,江苏文艺出版社,2006,第321页。

演绎"①，其实老舍本身就是民族精神悲壮的回响。理性反思的自我意识是现代人成为人的基本尺度。现代意义的死亡意识具有建构生命本体论的意义，从死亡意识出发对死亡的透彻观察和深刻认识，有助于建构新的生命意识，死亡叙事中的理性反思正是其现代性的因素之一。

在编辑《抗战文艺》的时候，老舍就曾宣誓："在我入墓的那一天，我愿有人赠我一块短碑，刻上：文艺界尽责的小卒，睡在这里……"② 抗日战争中，民族危亡的现实使知识分子对古老中国的传统文化又一次进行审视。老舍用儒家思想中的死亡价值的社会学意义完成了对死亡本身的超越。反思民族的生存状态和文化传统，不仅是抗日战争的需要，更是五四时期启蒙精神的历史延伸。家族衰亡作为映射民族文化的镜子，作家情感的纵深和叙述的复杂都在战争背景下显示了家国同构的典型意义。

三　自我拯救的资源和动力

在近代思想动荡的大背景下，与五四时期西方文化思潮大量引进相伴而生的是中国知识分子对传统文化的反思、对个体生命的追问和对生存环境的重新审视。鲁迅在散文集《野草》中释放了先觉者对人类生存的全部质疑与困惑。在非人间的生存环境中，探索精神和生命意志的自由飞翔，需要强大的动力和勇气。受到尼采和克尔凯郭尔的存在主义精神影响，鲁迅在黑暗与虚无的社会中反抗绝望，这种思想观念和自觉承担的意识一直贯穿在他的文学创作当中。

第一，虽然五四新文化运动以"批判旧道德"为口号，但现代作家在批判的同时，又继承了传统文化中知识分子的使命。他们上下求索，四处漂泊，找寻更好的治国治家的方式。在散文《谈"流浪汉"》中，梁遇春历数许多中外大文豪和经典文学形象所具有的流浪汉气质，

---

① 吴小美：《鲁迅与老舍生死观的比较》，《中国现代文学研究丛刊》2010 年第 6 期。
② 舒乙：《老舍最后的两天》，花城出版社，1987，第 222 页。

赞美他们勇往直前的精神，他说："无论如何，在这麻木不仁的中国，流浪汉精神是一服极好的兴奋剂，最需要的强心针……"① 显示了追求个性解放和自由的精神品格。在西方现代文化思潮的影响下，现代作家以清醒的头脑反思个体解放背景下生命个体的价值。

第二，战争的现实使大量作家开始面对死亡的真相，血淋淋的现实使作家放弃了瞒和骗，开始直面一切。沈从文的散文《从文自传》和《湘西》中，都涉及砍头杀人的血腥场景，对他人死亡体验进行了直接描绘，在生与死对峙的残酷现实中透露出对群体生命悲悯的复杂情怀。

第三，《故事新编》在内容和结构模式上具有神话文本的特点，体现了打破传统时空、建立人类历史、建设精神家园的努力。其与远古文化的互文性，具有现代性的特点。正是在对远古文化的重新发现和改写中，鲁迅的心灵得到了慰藉。

在寻找资源自我拯救的过程中，在反抗荒诞、反抗绝望、反抗虚无、体验恐惧焦虑的过程中，个体的自由、个体的解放、一般个人所能经历的从生到死的存在体验，都经过了艺术的创造，成为现代作家所表现的共同的存在主义主题：死亡提醒人成为他自己，自觉承担，自觉选择。

所以，死亡叙事既承载着作家个体生命存在的困惑，又在一定程度上消解着作家的死亡焦虑，使作家的心灵在战火纷飞的动荡不安中暂时获得一定的稳定感和安全感，在抽象的历史和时间中感知具体的生命。现代作家以无畏的勇气和创作来反抗虚无，自我拯救，印证自身存在的意义。

第四节 作家生命与人物精神的叠加

现代作家的精神挣扎在文学史和思想史上留下了很深的印记，小说拥有作家隐藏自己和表现自己的最广阔空间。路翎是中国现代小说史上

---

① 梁遇春：《谈"流浪汉"》，《春雨》，海南出版社，1997，第68页。

罕见的创作天才，他二十二岁就写出了近八十万字的《财主底儿女们》，并因这一"中国新文学史上一个重大的事件"而蜚声文坛。他凭敏锐的艺术感染力和汪洋恣肆的激情以特有的力度和深度刻画了40年代前后知识分子的精神苦难与心路历程，塑造了一批充满旷野情怀的姿态独特的流浪汉形象。七月派的小说作家大都侧重大面积的心理描写，路翎尤其专注于对人物深层心理的透视，著名小说史家杨义先生称他为"灵魂奥秘的探索者"，说他"侧重于挖掘人物内心深处的潜隐意识，写出复杂的心理结构，揭示人物沉重的精神负担，剖示了在一个动荡的时代和急剧变化的生活中，人们为了摆脱这种精神负担而进行的痛苦的灵魂搏斗"[1]。路翎善于"在对于血肉的现实人生的搏斗里面"展示真实而强大的精神苦难，他积极地探索"人民的原始的强力，个性的积极解放"，自觉将笔触伸向人民的"随时随地都潜伏着或扩展着几千年的精神奴役底创伤"，从而创造了中国现代文学史上无人与之匹敌的三种深层心理悲剧典型——原始强力的悲剧（如郭素娥、何秀英）、个性解放的悲剧（如蒋纯祖）、精神奴役创伤的悲剧（如郭素娥、张老二），从而丰富了新文学画廊。

一　将人的灵魂的深刻显示于人

路翎的写作风格，颇似古希腊的雕塑，以展示力度的美为内容又有其深刻性。这不只是因为他个人的激情澎湃，还表现在诸多方面。比如说人物形象的塑造。路翎笔下，鲜明又成功的几个女性形象都不是温和娴静的，路翎大笔一挥勾勒出的是郭素娥的强悍、粗野甚至贪婪，何秀英的勇猛、泼辣，金素痕的冷酷、恶毒和工于心计。人物性格的转变很少春风化雨，往往一刮就是狂风巨浪。

在显示人的灵魂的深刻时，路翎很有些陀思妥耶夫斯基的残酷性。

---

[1]　杨义：《路翎——灵魂奥秘的探索者》，杨义等编《路翎研究资料》，北京十月文艺出版社，1993，第177页。

"他布置了精神上的苦刑，一个个拉了不幸的人来，拷问给我们看。"
每一个作家笔下的人物都有心理活动，但没有一个像路翎笔下的那些人
物那样无时无刻不在经历心灵的暴风骤雨。从主人公到微不足道的小角
色，路翎给他们设计了一层又深一层的内心冲突，他常把他们置于极为
悲惨艰难的濒临疯狂和死亡的绝境，对他们的灵魂进行反复的透视，让
他们的执拗和挣扎暴露在他们自己看不清的视线中，并不动声色地看着
他们越来越向非常态发展，一步步走向崩溃毁灭的深渊。

集"天使"和"恶魔"于一身的蒋家长媳金素痕完全不像《家》
和《四世同堂》里面的瑞珏和韵梅般贤惠善良忍让，她逼疯了蒋蔚祖，
气死了老太爷蒋捷三，掠走了蒋家财产，使这个大家庭在战争未来之前
就乌烟瘴气。但是，她并没有因"糊涂的英雄心愿和炽热的财产欲望"
的实现而走向胜利和幸福。逞强、凶悍之后，她的良知又在残酷的环境
中复苏，疯了之后的蒋蔚祖用理性抵制了她的求和，反过来折磨她，使
她更加痛苦。她的行为方式、情感方式、思维方式在动荡中呈现一定的
稳定性，这就形成了她独特复杂的性格。路翎挖掘人物的深层心理是层
层深入、层层"拷问"的，外在的性格特征受内在逻辑的制约。女性
的本能使她在失去蒋蔚祖这一"往昔的寄托"后变得孤零零，再嫁反
而更加不幸。所以她胜利的同时又失败了。路翎风卷残云式的写法使金
素痕前期的极度追求浮华虚荣与后期的顺从淡漠形成了对照，更加重了
胜利后悲剧的气氛。金素痕不是循着一个单纯的理念而被创造出来的人
物，我们也不能只循着一种视角去观察她。"所谓现实主义的深入，正
是深入到人的内心世界，努力地表现出历史、时代、社会在人的心灵中
的巨大投影。"路翎通过对人物灵魂的开掘，深刻地反映出人物性格的
内在丰富性和复杂性，从而使典型深化。

最能体现人物灵魂开掘之深的恐怕要数蒋蔚祖。他自身是一个矛盾
的集中点，路翎恰好又没有放过这些矛盾。自小聪明温顺谦恭有礼的蒋
蔚祖始终充当着父亲和妻子实现自己愿望的工具，他们不约而同地利用
了他的软弱对他哄来哄去，清醒的蒋蔚祖抵抗不了金素痕的蛊惑又无法
征服她永不满足的心，只能忍着妒忌折磨，由她背叛，独自痛苦；疯了

以后的他反而变得理智，对金素痕有了切实的把握，当面揭露她的虚
伪，拒绝她的哄骗的温柔，夺取了处理他们关系的主动权，他快乐，然
而陷入了更深的绝望。这似乎是矛盾的，却受作者所选定对象的内在逻
辑的约束，符合作者的创作宗旨。能在这种逻辑里驰骋纵横结出硕果
的，现代文学史上唯路翎一人。他"让自己的主人公承受一种独特的
精神折磨，借以迫使主人公把他接近极限的自我意识的意见说出来"①。
蒋蔚祖满脑子仁义道德，妻子却做了不仁不义之事，不但背叛他，还摧
垮了他父亲苦苦建立起来的家业和威望。精神失常的蒋蔚祖发现自己不
可战胜的缺点是软弱，他教育儿子说："做强盗、做贼、杀人放火都
好，就是不要学我。"② 这些话出自一个饱受礼教熏染的书生之口实在
令人震撼。他比平常人更能看清周围世界的本质——"不仁不义，男
盗女娼"，发出了"这是禽兽的世界！禽兽的父母！禽兽的夫妻！"的
哀号。这使他的思想更加深刻，他的性格具有更强的穿透力。马克思
说："人的本质不是单个人所固有的抽象物，在其现实性上，它是一切
社会关系的总和。"③ 既然是一切社会关系的总和，人就必然带有一定
历史条件下时代的烙印，蒋蔚祖处在复杂的社会关系中的某个特定的点
上，既在一次次的矛盾冲突中展现了真实的灵魂，又揭示了特定历史条
件下社会的一些本质规律。他在一个又一个矛盾的对立两极中往返，终
于无法逾越既定的性格逻辑，走向了不可自拔的深渊，结束了他的生命
和痛苦。正是这一回深似一回的发掘，使路翎的小说与他人的小说区别
开来。路翎所做的是将人的灵魂的深刻显示于人，这使他的小说区别于
一般的现实主义小说，带有突出的心理现实主义的风格特征，这是路翎
对五四以来现实主义深化的贡献。

　　当然，路翎笔下偶尔也有性格平和不偏执的人物，他们离纷扰的现
实世界似乎远一些，如《财主底儿女们》中的蒋淑华和汪卓伦，他们

---

① 〔俄〕巴赫金：《巴赫金文论选》，佟景韩译，中国社会科学出版社，1996，第66页。
② 路翎：《财主底儿女们》，人民文学出版社，1985，第314页。
③ 《马克思恩格斯选集》（第一卷），人民出版社，2012，第135页。

两个几乎不染尘埃，活得诗意、温馨、庄严、理想而高尚。但不久就一个病死，一个战死，人物性格扁平而苍白，是没有生命的纸花。

二 三种深层心理悲剧的典型

路翎在对他笔下人物进行反复拷打残酷透视的时候，在投注他的生命热情自觉寻求"人民的原始的强力，个性的积极解放"，挖掘潜伏着或扩展着几千年的"精神奴役底创伤"的时候，已经不自觉地使他创造的各种精神悲剧具有了独特的色彩，继鲁迅、巴金、老舍、丁玲、沈从文等人之后为中国现代小说人物画廊塑造了蒋蔚祖、蒋纯祖、郭素娥、郭子龙、张老二（张少清）等典型形象，同时为中国现代小说提供了绝无仅有的充满力度和深度的深层心理悲剧典型。

其中，原始强力的悲剧和精神奴役创伤的悲剧侧重于底层劳动人民，个性解放的悲剧侧重于受五四以来西方民主自由思想熏染的年轻知识分子。

（一）生命的呐喊：原始强力的悲剧

路翎的小说世界中呈现出了对原始强力的极大关注。他看到几千年来积累下来的各种形式各种程度的封建社会的无形的存在使人民因袭了怎样的精神重担，同时又感到了寻求自由和解放的生命力的活跃和奔突。他继鲁迅对国民灵魂的无情解剖后自觉挖掘并极力张扬蕴藏在下层劳动人民身上的潜在的原始生命力，以及这一强悍、坚韧的源自本性的力量怎样强烈地呼唤"做一个完整的人"的自由平等的要求，与整个旧的社会形态封建伦理进行誓死抗争。这种朦胧的自发的反抗体现在郭素娥身上是强烈的求生欲、人性的自由发展；体现在蒋纯祖身上是个性的完全解放、打破一切束缚自由的枷锁；体现在何秀英身上是追求光明磊落的幸福爱情，拥有自己热恋的土地，过上平常人哪怕艰苦但平安健康的生活……但与他们的自主要求相对的是整个封建宗法制度及其残余，是愚昧封闭的整个顽固的社会及群体，他们在激烈抗争时发射出悲壮而耀眼的光芒，但结局仍然是毁灭性的，或死或虽生犹死。

郭素娥的悲剧是从她不幸的命运开始的。这个强悍而美丽的农家姑娘因饥饿而离开了故土陕南，遭了土匪后独自漂流，路上饿昏后被刘寿春捡走，成了这个大她二十四岁的鸦片鬼"捡来的女人"。她生活在"用劳动、人欲、饥饿、痛苦、嫉妒、欺骗、犯罪"构成的世界，这里虽也有"追求、反抗、友爱、梦想"，但已经注定她不可能找到一个叱咤风云的革命者带她远走高飞，或者杀了鸦片鬼替她复仇，再带领群众解放这小山沟，客观环境决定了她只能把张振山作为救命稻草来改变生存境遇，即使不是张振山，也是另外一个看起来强壮凶狠有力的矿工。郭素娥的生命本真热辣，在她的逻辑里张振山是可以给她一个新世界的，但张振山有自己的考虑，他犹豫不定，这给了阴暗罪恶势力一个惩罚郭素娥的看似很小但极好的机会，从而导致了郭素娥的更大的悲剧。她"饥饿于彻底的解放，饥饿于坚强的人性。她用原始的强悍碰击了这社会的铁壁，作为代价，她悲惨地献出了生命"。郭素娥在绝望地抵抗暴力追求生命价值的同时也发出了"我是女人，不许动我！"的呐喊，这可以看作她女性意识同时也是人的意识的觉醒的开始，然而也是终点了。

一面是欲望的窥视，本能渴求满足，另一面是外来法则的约束、现实环境的限制，于是就产生了精神和物质、灵与肉、理想与现实之间的不调和，"生命力愈旺盛，这冲突这纠葛就该愈激烈"，愈激烈，灵与肉分离的痛苦就愈大，悲剧就愈惨烈。路翎不像鲁迅侧重刻画中国漫长的封建社会给人民造成的不觉悟、自轻自贱，而是更突出这几千年精神奴役的创伤使人性怎样扭曲得惨烈，疯狂得不可遏抑，人民的原始强力怎样顽强地撞击这社会的铜墙铁壁爆发出火辣辣的生命之花，使悲剧的色彩更加浓厚。

与彻底失败的郭素娥相比，《燃烧的荒地》中的寡妇何秀英的反抗性更强。作为一个普通的劳动妇女，对土地和美好的田间劳作生活的热爱和对幸福自由生活的向往使她的原始生命力更加旺盛。她顶着世俗的压力，冲破封建伦理道德的束缚，在赌鬼丈夫病死后，与帮助她的憨厚勤劳的张老二结合，做了兴隆场第一个不"安分守己"的女人，执着地追求实际生活。但张老二并没有完全将自己纳入两个人生活的轨道，他怯懦、驯顺，认为他们的关系是罪恶的、不道德的，却又因何秀英对他的不顺从而大打出手。何秀英为争取自己的权利先是让步，家庭关系破裂后自己继续抗争，落入郭子龙的圈套，又逃出来，还在为她的房屋和田地的所有权和租种权而努力。正是在她的感召下，被奴役了一生的张老二苏醒了，杀了地主吴顺广，用生命挽回了尊严。然而，曾经与他相依为命的何秀英从此以后永远孤单了，人们脑子里根深蒂固的封建观念使他们不会很快去同情这个女子并帮助她，那些"无形的存在"还会在兴隆场盘桓很久。中国现代文学史上，追求个性自由的女性形象并不少见，如子君、沙菲、梅行素、繁漪、曾树生等，然而她们大都是接受过教育的知识女性，像郭素娥、何秀英这等没有接受现代文明熏染的普通女子为自己的权利进行勇敢抗争却又被旧社会的厚墙壁撞得如此惨烈的典型，实不多见。五四运动过去了近二十年，中国封建社会的根基还是这样牢固不动，可见路翎的初衷"只是竭力扰动，想在作品里'革'生活的'命'"是何等敏锐与痛切。这一幕幕的精神悲剧"充满着那么强烈的生命力！一种人类灵魂里的呼声，这种呼声似乎是深沉而微弱的，然而却叫出了多少世纪夹在旧传统磨难底下中国人的痛苦、苦闷与原始的反抗，而且也暗示了新的觉醒的最初过程"①。

不可避免的是底层劳动人民尤其是劳动妇女源于原始强力的自发反抗有很大的盲目性，路翎也注意到了这一点。郭素娥从未理智地清醒地看清张振山的内心波动，也不分析跟他一起逃走的成功的可能性；何秀英一度追随她和张老二的共同敌人郭子龙。这些盲目性正是她们自身的局限导致的，却又使她们的悲剧成为必然，使她们在具有自己的悲剧特色的同时又具有一些共同的特征，从而成为个性与共性相统一的原始强力的悲剧典型。

① 张耀杰：《批评家笔下的路翎——路翎研究综述》，《新文学史料》1997年第4期。

（二）艰难的探索：个性解放的悲剧

关于知识分子和个性解放，路翎有比较系统的论述。他认为知识分子的觉醒是从"个人的反叛"出发的。这种"个人的反叛"必须有反映历史群众的客观要求的主观斗争要求，个人才能真正地达到和人民结合。"对于战斗的知识分子和文艺作家，应该到处都是战场，对旧的意识文化，旧社会的奴役关系，旧的人生感情作战。"[1] 路翎认识到了中国资产阶级先天的软弱性和妥协性，其在任何一个历史阶段都无法代表被压迫的人民，反帝反封建的任务只能由革命的工农及作为其同盟者的知识分子来承担。路翎也认为，"个性解放的要求，是反封建的基本历史要求"，"作为反封建的基本行动的个性解放这一行动就一定也带着新的社会性质，它已经不是资产阶级的个性解放"，而是"反映着和推进着工农群众底这个客观上的历史要求"。然而，当我们细读《财主底儿女们》和其时路翎与胡风的来往书信时却发现，1944 年路翎倾注其生命创作这首"青春底诗"时，他的思想尚未如此清醒、深刻，而是复杂得多。

同样写知识分子，鲁迅突出觉醒者的孤独、闯将的寂寞，路翎更侧重于展示追求个性解放者终究被身外的顽固力量和他自身一些不可战胜的弱点粉碎这样触目惊心的精神悲剧，在深度上更深入了一层。文学史向来以追求个性解放的知识分子定义蒋纯祖，实际上，蒋纯祖与高觉民和高觉慧（《家》）、祁瑞全（《四世同堂》）等知识分子形象无法归入一类，蒋纯祖是独一无二的。

作为一个典型的精神悲剧的载体，蒋纯祖的个性有丰富的内涵，他的性格发展是有轨迹可寻的。诸多矛盾交织在这个"举起了他底整个的生命在呼唤着"的追求个性解放者身上，加之路翎在表现出"青年作家的可惊的才力和情热"的同时还表现出了"有时招架不来的窘迫"

---

[1] 路翎：《论义艺创作底几个基本问题》，张业松编《路翎批评文集》，珠海出版社，1998，第 94 页。

和他对这个人物自始至终的复杂态度，使蒋纯祖的形象在中国现代文学史上呈现空前绝后的复杂性，路翎对人物深层心理透视的得与失在他身上都显得格外突出。

在蒋家诸多的兄弟姐妹中，蒋纯祖是最边缘的一个。这种边缘位置决定了父亲蒋捷三在精神上不会给他最大的支持，在物质上也不会给他最多的财产，除了二哥蒋少祖，也几乎没有人关心他的学业和思想。然而，这个被大家忽视了的蒋纯祖一出场就"用明亮的眼睛看着大家，怀着一种敌意"，他孤独、傲岸，燃烧着激情，把自己幻想成救世主："我要拯救这个世界，而除非他们伏在我底脚下，我是决不饶恕！……多好啊！"① 贵族少年的个人英雄主义初露端倪。很快，战争摧毁了他心中的一切，使他苦闷、绝望、混乱，这个曾经只感觉到自己热烈的生命的不可一世的少年的热情也遭受了打击，他斩钉截铁地拒绝了和全家人一起去汉口。

接下来的旷野上的漂泊和逃亡使蒋纯祖颇吃了些苦头，他的原本就有些混乱的信仰开始摇摆不定。生存的需要使旷野上的人群表现出暂时性的亲和，当蒋纯祖目睹了同伴为争夺对对方的统治权发展为仇恨甚至冷酷的相互残杀时，这个单纯的青年在设计圈套借刀杀人为朋友复仇后变成了"老练的漂泊者"，之后又因这一"壮举"而哀叹"生命太艰难"并大哭。成熟起来之后的蒋纯祖的灵魂和肉体是分离的，他表面上顺从、软弱、单纯，骨子里却继续着英雄式的孤傲，反抗强权。在大家眼中，逃亡回来的弟弟值得怜悯和同情，但他自己呢？"他是荷着野心，又觉得自己卑微，以孤独为慰藉。他是怀疑自己，觉得自己卑劣、卑微、羡嫉一切人；但又荷着大的野心，猛烈地轻蔑一切人。"② 这个孤独的英雄已经不再"为赋新词强说愁"，以自我为中心的性格特征在旷野的特殊生涯中得到了强化，并逐渐发展为盲目的自我膨胀。当蜻蜓点水式地爱上了他的外甥女又觉得愧对姐姐时，他拿出了英雄的

① 路翎：《财主底儿女们》，人民文学出版社，1985，第 540 页。
② 路翎：《财主底儿女们》，人民文学出版社，1985，第 791 页。

大无畏来使自己镇静："至于我，是不怕毁灭的；在这个世界上，我有什么？我没有什么！我所希望的东西，都是我正在反抗的！"① 通过这些我们可以看清他内心的软弱，他躲在悖论式的自我安慰中宽宥自己的失败。

演剧队生活里，他的个性受到了更强烈的束缚，与此相应的是他的反抗也更强烈，对自我的认同也更多。初加入演剧队时，由于乐观，他以反叛为荣。"他只求在他自己底内心里找到一条雄壮的出路"，"他只注意他底无限混乱的内心……在集团底纪律和他冲突的时候，他便毫无疑问地无视这个纪律；在遇到批评的时候，他觉得只是他底内心才是最高的命令、最大的光荣和最善的存在"。② 这个貌似狂妄的个人中心主义者终于招致了这个集团的权威有组织有目的的批判，如"小资产阶级个人主义"、"革命阵营"的"破坏者"等。蒋纯祖遭了"左"倾教条主义的围攻，一方面他认清了敌人的卑劣，更加尖锐有力地反击，另一方面他又陶醉在"唯有自己底心灵，是最高的存在"的念头中。蒋纯祖对"左"倾教条主义进行反击的精神上的胜利，为他浮华的梦想涤清了道路。为了掩盖自己的软弱，他用各种观念和行为把自己演绎得自私、苛刻、骄傲。在剧团，生性敏感的蒋纯祖看透了社会的黑暗、混乱，平庸的实际生活和"左"倾教条主义一样紧紧束缚着他，他拿出自己的理论来高声呐喊："为什么不应该有自由的、独立的心灵？为什么要奴隶似地束缚起来！""打碎旧的一切，永远的前走！"但现实生活和固有的秩序纹丝不动，蒋纯祖茫然、疑惑，也焦急。这时候，路翎对蒋纯祖的性格发展倒是保持着清醒的头脑："他牢不可破地相信着自己是和别人不同的，他未曾看到，在这里，他是毫无一点点独创的才气，盲目地奔向那条毁灭的路了。"③ 路翎已预见了蒋纯祖的失败。失去信仰的蒋纯祖走近了音乐，然而他继续幻想着他的雄心、他的虚荣的抱

---

① 路翎：《财主底儿女们》，人民文学出版社，1985，第839页。
② 路翎：《财主底儿女们》，人民文学出版社，1985，第910页。
③ 路翎：《财主底儿女们》，人民文学出版社，1985，第372页。

负，在痛苦的混乱里折磨自己。路翎这时候像个不动声色的鉴赏家，他眼睁睁地看着蒋纯祖的灵魂在挣扎却不加挽救。蒋纯祖向他的情人高韵解剖自己，继而又蔑视自己的虚伪，自我和本我势不两立。他发现他离不开这爱情，却又无法容忍爱人的"荒淫无耻"，他试图尝试绝望痛苦中的快乐，但坚强只是他的幻想，傲慢在真实面前被摧毁。"假如以真实的心灵为原则，心灵又常常是脆弱的，蒋纯祖屈服，但挣扎、审判"，这时候，蒋纯祖迷失了自己。这种迷失的根源在于他哲学思想的迷失，极度推崇"自我"想拯救全世界的蒋纯祖信奉尼采的"超人"理论，但当时的他正陷入悲观主义哲学家叔本华的预言，人生像钟摆，摆过来是追求，摆过去是厌恶。蒋纯祖在他的时代像只无能为力又渴望自由的困兽，他没有像路翎那样幸运地遇上知己般的领路人，也没有阅读过马列主义的有关著作抱定民主革命必胜的信念，或在真理指导下根据历史的要求去和人民结合。我们看到，当他第一次骄傲地告诉蒋少祖"我信仰人民"的时候，他并没有认清和人民结合是历史的必然要求，也没有自觉地吸收社会斗争的血液完成自我斗争，他之所以这么回答只是为了刺激哥哥，满足自己的虚荣心。

但他终于走向人民了。他去了石桥场。这是蒋纯祖寻找出路最精彩的部分，也是矛盾最为激烈的时期。去石桥场是小说中最富有戏剧性的情节，如《围城》里的方鸿渐走投无路时出现了三间大学的邀请一样，蒋纯祖也应朋友之约来到一个新世界。但自我中心的个人主义养育了"理想主义式的高超的个性"并发展到极致，他还把自己看成负荷着整个时代的英雄，"只感觉到个人底热情，他不知道这和大家所说的人民有怎样的联系"[①]，可见，他并没有在历史理性的自觉观照下发现人民的力量，走向石桥场是不得已而为之。"他快乐、痛苦、幸福、激动"，"一大半是因为觉得他能够和这个时代的一切原则较量自己"[②]。继续大肆扩张的自我中心主义和石桥场的"压迫着他的那些冰冷的教条和一

① 路翎：《财主底儿女们》，人民文学出版社，1985，第 1065 页。
② 路翎：《财主底儿女们》，人民文学出版社，1985，第 1099 页。

切鼓吹、夸张、偶像崇拜"发生了更加猛烈的冲突，他还是"感到自己有高贵的思想，感到自己有成为人间最美、最强的人物的可能"，他厌恶"平庸的日常生活"，"他确信他不能结婚，不能在现实的生活里爱任何人"，随后又向自己的虚伪挑战。他觉得他的理想被粉碎了，又无法容忍日常生活的僵化麻木，别人"始终无法用一个确定的观念范围他"。蒋纯祖强烈地感受到了封建社会无形的存在对他个人的压抑："我们中国，也许到了现在，更需要个性解放的吧，但是压死了，压死了！……一直到现在，在中国，没有人底觉醒，至少我是找不到！"他自己无法寻找到苦恼的根源和解救的办法。然而我们清楚，蒋纯祖只接受过西方资产阶级民主启蒙思想家卢梭的理论，而没接触过马列主义真理，也不知道"新民主主义制度的任务"是解除民族压迫和封建压迫对中国人民个性发展的束缚，"保障广大人民能够自由发展其在共同生活中的个性"，他没有将自我的个性解放同广大知识分子、人民大众的个性解放结合在一起，反而将二者完全对立起来，认为二者水火不容，这一理论上的错误使他不可能唤醒同伴一起来抗争，也不可能真正加入人民的革命洪流，像高觉慧、祁瑞全等封建叛逆者那样走向光明的前途。乡下姑娘万同华的出现非但不能拯救他，反而使矛盾的焦点更集中，他终于在理想与现实、灵与肉的重重不调和—试图调和—更加不可调和的恶性循环中崩溃了。路翎以二十多岁的年龄捕捉到时代尖锐得棘手又似乎无法触摸的东西已难能可贵，又通过对人物深层心理的透视将其表现得如此淋漓尽致，实在令人叹为观止。

尽管傲慢的自我中心主义贯穿了蒋纯祖性格的始终，但仍不能将他定义为"令人战栗的极端利己主义者"①，因为他痛苦的抉择中始终伴随着庄严的使命感和对生命价值的诚挚探讨。蒋纯祖虽然没有也不能够拯救整个世界，但他那条带着血痕的探索之路和他那痛苦不安的灵魂却震撼了不止一代人。在演剧队生活中，蒋纯祖与集团的纪律和所有的批

---

① 钱理群：《探索者的得与失——路翎小说创作漫谈》，杨义等编《路翎研究资料》，北京十月文艺出版社，1993，第161页。

评相对抗，犯了绝对自由主义的错误，忽视了社会和历史对他必然的约束，但他并没有一直义无反顾，"他是深深地感觉到他身上的矛盾的"，但"他不知道现在的错失究竟在哪里"。我们看见他痛苦徘徊的身影，也佩服他宁为玉碎不为瓦全的决心，他"宁可毁灭了自己，也不愿去顺从，去过我们中国底这种昏沉的、黑暗的生活"，他告诉高韵什么叫作自由，"打碎旧的一切，永远的前走"，这种不羁的个性不但使他受到了小集团的排挤，而且在和人民结合时呈现出很大的隔膜。到石桥场后，他扪心自问："我底目的是什么？"他的回答是："消灭一切丑恶和黑暗，为这个世界争取爱情、自由、光明。"他打算冲出个人的雄心，这说明他是看准了自己的弱点的。他打算以承担人间的一切不幸为使命，然而，悄悄进行的自我扩张又使他爱惜自己，向现实的秩序挑战。奋斗没持续多久他又对自己的平庸产生了愤怒："只有我底生命是最卑劣的！我什么没有做，什么也不能做！"① 他向自己挑战，企图丢开虚浮的梦想，向现实生活献身，想"和那些慢慢地走着自己底大路的善良的人们一同前进"，但他还是无法忍耐现实中石桥场的麻木、愚昧。朋友孙松鹤提醒他说，"在世界上没有单独一个人走的道路"，但蒋纯祖缺少"意志的力量，坚强的信仰"，他对这个时代有自己的宣言、信念，"人类生活着，相信是为了将来，为了欢乐和幸福——决不是为了痛苦！——为了'年轻的生命在我们底墓门前嬉戏'"，他苦苦思考而没有出路时便把求救的目光转向内心，但得到的不是真理而是焚烧和毁灭。

蒋纯祖的悲剧植根于他内心的迷乱、信仰的迷乱、价值观的迷乱。这些迷乱是特殊时代社会历史环境的有限与蒋纯祖极力追求自我个性解放的无穷欲望相冲突的结果。战争把他尚未建立牢固的价值体系摧毁了，新的客观条件既向他展示了各种复杂现象，又让他在原有的价值观里寻找不到本质的解释。回过头来，我们清晰地看见了已被传统文化渗透的蒋纯祖试图挣脱传统的伦理道德观束缚的挣扎的痕迹，这是一个艰

---

① 路翎：《财主底儿女们》，人民文学出版社，1985，第1110页。

难的蜕变过程，然而他在蜕变尚未完成时就筋疲力尽了。使蒋家分崩离析的罪魁祸首金素痕在蒋纯祖眼里首先是可恶的，可"她煽动了他底狂热，使他认为她是真正的英雄"，可见他的善恶观念并不分明。在他狂热的感觉里，敢于抗拒别人所坚持的，就是无畏的英雄，就光荣。他常常徘徊在两个极端里，对一切人都亲爱的同时又对一切人都仇恨。善良的淑华姐姐的死，刺激了濒于绝望的蒋纯祖，他认为"他做什么都可以，做什么都不必惧怕——不必惧怕良心和道德"。但是仁义的传统道德观并不能像丢弃一件物品那样简单地被抗拒。一往无前的蒋纯祖很想自私地不顾一切，可是大姐蒋淑珍母亲般的"慈祥与爱护，不但丝毫不能影响他底命运，并且徒然地增加他底苦恼"。虽然旷野的同伴自相残杀一度使他失去善良的信念，但他仍会因为帮助了比他更不幸的人而增长勇气，可见他对"善"的道德观还是认可的。在演剧队受到排挤和攻击时他的善恶观又发生了一次动摇，他这样告诉他的朋友："我做着这个梦一直到重庆，我不再承认一切传统和一切道德，我需要自由，我觉得我是对的。于是我忘记了从南京逃出来，在旷野里所遭遇，所抱负的一切——我心里首先是有一个最冷最冷的东西，随后就有一个热得可怕的东西，在冷的时候我简单地看到生与死，我觉得自己有力量，在热的时候我溶解了，于是我感到，在我的身上是有着怎样沉重的锁链，渐渐地我变成孤独的了……"[1] 这"最冷最冷的东西"是"恶"，而这"热得可怕的东西"就是蒋纯祖为之迷惑的"善"："击毁我们的可惊的正就是我们自己，而且正就是我们底向善的力！"传统文化对他的束缚和迫害之深由此可见一斑。由对善与恶的分辨，蒋纯祖意识到闪烁着慈爱光辉的姐姐比一切都可怕："可怕的是她底仁慈和冷静，可怕的是，假如和她冲突，便必会受到良心底惩罚——可怕的是，她虽然没有力量反对什么，但在目前的生活里，他，蒋纯祖，必须依赖她。"他并因此而明白，"为什么很多人那样迅速地就沉没；并且明白，什么是封建的中国底最基本、最顽强的力量，在物质的利益上，人们必须依赖这个封

---

[1]　路翎：《财主底儿女们》，人民文学出版社，1985，第1159页。

建的中国，它常常是仁慈而安静，它永远是麻木而顽强，渐渐就解除了新时代底武装"①。这一深刻认识，使蒋纯祖有了不同一般的思想内涵。迷失了自己的蒋纯祖一度向宗教靠拢，但灵魂的安静无法持久，在他心里作祟的传统思想文化、道德伦常等，总是电闪雷鸣般破坏他英雄的道路，使他与整个社会的对抗以头破血流的失败告终。

贯彻始终的自我中心主义导致了以个性解放为良好初衷的蒋纯祖的失败乃至毁灭，那么，这个一开始就被排斥在主流话语之外的边缘人的灵魂究竟栖息在哪里？陀思妥耶夫斯基称自己"用彻底的现实主义在人身上发现人"，"描绘人类心灵的一切深层活动"。作为以心理透视见长的七月派的代表人物，路翎更是在描写人的深层心灵活动方面展露了超人的才华。从《财主底儿女们》的题记中看，路翎是很爱惜他的人物尤其是蒋纯祖的，为了更全面地展示这个复杂的灵魂，他把自己的生命都寄附在创作里面，他自己也在经历精神上的荡涤与蜕变，他解剖自己："我底精神颇不平衡，是因为近来突然感到孤独的缘故。……我是掩饰了我底真实的罪恶；自私与偏狭。"所以很多时候，让路翎理性地客观地创造蒋纯祖而不加情感的参与是很难的，加上这时候胡风对"个人主义"的思考有了转折，他在信中阐述的观点势必影响正在创作的路翎，路翎把自己尚未完全厘清的个人主义与个性解放的区别带到了蒋纯祖身上，但这并不表明路翎对这一形象缺乏批判力度。他很清楚蒋纯祖的心灵走向，但因为主客观不可避免的弱点而无法更改，他在完成自我斗争的同时依然能把握住蒋纯祖性格发展的逻辑。在《财主底儿女们》的写作过程中，路翎不断写信给胡风倾诉自己的情绪动态，"我是在写这一代的青年人；他们底悲哀，底情热，底挣扎。我自己和蒋纯祖一同苦痛，一同兴奋，一同嫌恶自己和爱着自己。我太熟知它了。它假若是真的，完完全全的变成我自己，这对我底创作就成了一个妨碍。我克服着。在整篇的东西快结束的时候，我底精神紧张得要炸裂，我痛着。这里不是创作本身的问题，而是社会底、生活底本身的问题了。我

---

① 路翎：《财主底儿女们》，人民文学出版社，1985，第 1252 页。

们要走哪一条路，这是决定了的，绝对决定了的。这一条路是如何的艰苦、艰苦，也是知道的、了解的。但是要怎样去完成呢？就是说，要怎样在心理上和行动上克服自己呢？怎样解脱自己呢？我狂喜和哭泣，写着。"①"我底心境有时侯很不好。生活底烦琐，恋爱的不死的幻影的扰缠，使我焦灼而愤怒，这里的生活很黯澹。"两年后，他又写道："我底道德上还充满着危险，最可怕是怠忽，有时是傲慢。……同时也无情地发现了周围的人们底空虚和丑恶，和自己底某些沦落……"从上面这些信里，我们可以看出路翎在创造蒋纯祖这一形象时的艰难和他与人物的不可避免的重叠，这重叠性又进一步加剧了蒋纯祖的复杂性。路翎既看得清蒋纯祖致命的弱点和不可改变的悲剧命运，又极爱惜蒋纯祖以自我为中心的奋斗之路，我们可以从作者与主人公的相互映照中更加深刻地理解蒋纯祖。

跟巴金比起来，路翎当然不具备革命乐观主义精神，但蒋纯祖的心理悲剧从不同角度真实反映了中国现代知识分子的不同历史境遇和精神苦难。胡风在该书的序中说："在那中间的青年知识分了，一方面是最敏感的触须，最易燃的火种，另一方面也是各种精神力量最集中的战场。"蒋纯祖是在不断自我斗争的同时又与社会进行着顽强的斗争，路翎把自己痛苦的挣扎融进了人物，这更使蒋纯祖有立体感。贾植芳称书中主人公的苦难与经历正是"一个时代的缩影"，从侧面又一次证明了路翎的成功。

（三）灼痛的希望：精神奴役创伤的悲剧

路翎自己在《论文艺创作底几个基本问题》中指出："我们所认识的人民里面的旧习惯和旧情绪、旧道德观点和旧人生观，不是别的，正就是'几千年的精神奴役的创伤'。""它是用着吃人的礼教，忠臣孝子的感情，三从四德的规范，仁义道德的温情来进行看不见的屠杀的。它，这种精神奴役，是使得人民在被屠杀之后还要感激它的。它蒙蔽了

---

① 晓风辑注《胡风、路翎来往书信选》，《新文学史料》1991 年第 3 期。

人民底精神，歪曲了人民的感情，使得人民看不见世界的真实。"① 这种见解是很深刻的。鲁迅最早借"狂人"之口指出封建社会的本质是"吃人"，他的小说和杂文如《祝福》《阿 Q 正传》《灯下漫笔》《病后杂谈》《买〈小学大全〉记》等，深刻剖析中国国民的劣根性——奴性，积极揭示病苦，以引起疗救的注意。胡风和路翎正是在鲁迅"文学为人生"的现实主义旗帜下从理论上和创作上寻找民族病态的根源，发掘人民身上的"精神奴役底创伤"并加以疗救，走向与人民结合的道路的。

《燃烧的荒地》是路翎又一精雕细琢之作。路翎诗意的抒情笔调很快就把我们吸引到了这个在抗战的大背景下依然维持着固有的封建秩序的兴隆场，而且我们发现，作者对这里的人物灵魂之开掘是很深的，但作者的自我扩张已不像《财主底儿女们》里那么猛烈，所以成功可取之处也更多。郭子龙"是一个国民党反动军官中的小军官出身，当过特务，于抗战时期作为兵痞回到家乡农村码头来想要谋取地位、幸运、钱财"，但这时的兴隆场已经是吴顺广的天下，并且老地主以锐利的眼光看透了郭子龙的外强中干、有勇无谋，"这是一个狂妄、放荡、聪明又大胆的角色"。郭子龙的复仇计划很快破产，他对地主吴顺广又嫉妒又羡慕、既痛恨又献媚的态度成了吴顺广利用他的绝好的途径。我们惊讶地发现"一半是少爷，一半是流氓"的郭子龙身上有与阿 Q 性格一脉相承的自欺欺人与精神胜利法。他想拒绝和地主合作以防止其侵吞更多的田地，却又屈服于吴顺广向他承诺的物质和权力的诱惑，然后他又回到可怜的张老二那里满足自己的支配欲、统治欲。他行恶，继而忏悔，忏悔之后仍然不改他在漂泊生涯中逐渐生成的"流氓"习气。他愈是想反抗自己身上的弱点，愈向这弱点靠拢并麻醉自己；他愈麻醉愈空虚，愈空虚愈想自拔，愈自拔愈发现自己的不可救药。他时常有不切实际的美丽的梦幻、英雄的落寞的叹息、冲动的斗志，然而他更苟且于

---

① 路翎：《论文艺创作底几个基本问题》，张业松编《路翎批评文集》，珠海出版社，1998，第 98 页。

现实生活的卑污；他唯一可以欺压奴役用来平衡病态心理的张老二都认为他是"可怜人"并说他一生都在"害人害己"的时候，他的精神彻底崩溃了，他用来获取某些平衡的封建伦理反过来将他完全摧毁了。"自己被人凌虐，但也可以凌虐别人；自己被人吃，但也可以吃别人"，郭子龙到死也没逃出这个逻辑。他曾很不严肃地告诉张老二"人跟人之间是平等的"，但张老二以为他在开玩笑，以沉默回答了他。何秀英反抗了，张老二最终也反抗了，被封建残余毒害最深的郭子龙是唯一的不幸的弱者，他的毁灭也完全是历史的必然，是他性格发展的必然。

另一个典型张老二一直是兴隆场地位最低下又最逆来顺受的良民，从思想到行动都已被完全纳入封建伦理纲常的轨道，在全国轰轰烈烈的抗战高潮中"暂时做稳了奴隶"的他显得有些刺目。路翎看到在"平庸的世界底各种现象和碎片之下，是有着一股强大的激荡的"，然而这激荡没有扰动兴隆场，也没有唤醒张老二。他安于现状、顺从的思维不但加强了反抗者何秀英斗争的难度，也加重了他自身的悲剧色彩。五四运动已过去二十多年，但在兴隆场根深蒂固尤其是控制了张老二的是"忠臣孝子的感情，三从四德的规范，仁义道德的温情"。在母亲那里，他是一个孝子，母亲的话是最高指示，他不敢享受做人的权利，以为他和何秀英正大光明的爱是不道德的、罪恶的，先是在母亲和妻子的两难选择中徘徊。在协调好她们的关系后，他又用夫权来约束何秀英的行为规范，理所当然地认为可以把她纳入他的思想轨道。遭到何秀英的严正抗拒后，张老二就凭着世俗的舆论和三从四德的信条毒打他的女人，给郭子龙的入侵创造了契机。在地主眼里，张老二是个忠实的奴仆，吴顺广的话在兴隆场是最高的命令，张老二任他宰割，凡事都听"吴大爷"的，甚至在赖以活命的土地被地主无理侵吞后，他也只是忍气吞声，"我们这些人也还是要活命的"，这声音是多么卑微与无奈。张老二把郭子龙也看作地主少爷，对他恭恭敬敬、满心感激，希望他行善，却无异于为虎作伥，在无路可走时还忍受着他的羞辱和他变卖家产尤其是变卖土地的行为。在张老二的心里，仇恨和软弱不时地进行较量，不过在形式上，他还是用超常的忍耐力来承受各种现存的秩序并竭力维护这种秩序。他既不满于现存的秩序又对破坏它充满恐慌。然而，病态的社会环境使他往内宇宙里的挤压达到最大限度的时候，他终于自发地反抗了。《故乡》中的闰土，是永远做着麻木的顺民了，而复仇者张老二无牵无挂，为了比生命还宝贵的土地，为了被抢走的女人的哀求，为了他被侮辱被损害的人格，他杀了吴顺广。然而这一反抗除了挽回他的尊严，其他做人的权利一概失去了，因为他付出的是整个生命。这也是他的悲剧内涵所在。

鲁迅说："我虽然竭力想摸索人们的魂灵，但时时总自憾有些隔膜。"路翎清醒地知道，人民身上存在精神奴役的创伤主要是剥削者统治他们的结果，而且他也始终站在和人民共命运的战斗的实践立场，正是战斗的实践让他更看清了"封建社会底无形的存在，在人民精神里面存在的旧的道德情操，狭小的保守的人生观点，以及家庭制度男女关系之间的不自觉的奴役观点，对于这一切的斗争，需要很多年的时间的"，这是路翎的深刻独到之处。"政治斗争或实际斗争的胜利，并不能结束这个布满了几千年精神奴役创伤的中国；它只是一个新的开始"，路翎也意识到这种与封建社会无形存在的斗争是艰苦的、持久的。更为可贵的是，路翎也认清了"这创伤并不就纯粹在人民身上，它也在我们底作家、知识分子的身上。在战斗的作家、知识分子，在精神负担上讲，人民的创伤也是他的创伤，更是他的创伤，在历史现实上讲，他正是从对这些创伤的沉痛的战斗里走过来并且还在走着的。……因此，他底批判人民身上的奴役的创伤这一行动就不能不同时也就是痛烈的自我斗争"①。路翎对"精神奴役创伤"这一理论的认识逐渐得以系统化、深化。

---

① 路翎：《论文艺创作底几个基本问题》，张业松编《路翎批评文集》，珠海出版社，1998，第99页。

| 第三章 |

中国现代小说中的死亡叙事策略

依靠近代社会的历史环境的变化和接下来的思想启蒙运动的开展，小说的历史地位在逐渐发生变迁。早在五四之前，晚清政治小说、科幻小说、侦探小说和社会小说等，已经呈现出新的审美风范，叙事范式和理念就与中国古代小说中讲故事的策略和说书体的风格迥异。林纾用中国化的语言形式传达外国名著的精神，文言译文使得小说在当时赢得读者的同时也获得了自身地位提升的契机。苏曼殊对英国浪漫派小说的介绍和推广，以及作家自身对抒情小说的创作尝试，也在审美形态上拓宽了五四时期作家的视野。小说主观化的叙述方式和感伤情调，给了20世纪初期中国浪漫小说以良好的借鉴。即使追求娱乐和通俗的鸳鸯蝴蝶派，也给现代小说提供了有别于传统的叙事方式。所以，不管是从社会文化传播、读者艺术需求的角度，还是小说作为一种独立的艺术样式出发，五四之前，小说虚构文本中的叙事技巧都在悄然发生变化，都为现代小说中死亡叙事策略的多样转换提供了合理的因子。

第一节　现代小说中死亡叙事视角的转换

叙事学（narratology）是西方当代文艺理论的重要组成部分。在20世纪60年代，叙事学随着语言学理论的盛行、结构主义的兴起，同时受到俄国形式主义的影响而发展起来，以对叙事文本进行研究逐渐取代了传统的小说理论。叙事学研究所有形式的文学叙事中的共同特征和个体差异特征，旨在描述控制叙事及叙事过程中与叙事相关的规则。该批评理论在不同文化背景不同语境下的阐释还存在一定的争议，在对叙事的诸多定义中，法国结构主义叙事学的代表人物热拉尔·热奈特的理论具有较强的借鉴意义。叙事是指"用语言，尤其是书面语言表现一件或一系列真实或虚构的事件"①，该叙事包括叙述话语、叙述内容和叙述行为三个层面。死亡叙事是小说中关于死亡话语的书写或表达方式，死亡成为文本世界的叙事动力和逻辑力量。小说死亡叙事表层特征所蕴含的历史意识、哲学思考、审美观念、作家文学观的变迁以及死亡叙事的文化隐喻和文学史意义，都隐藏在作家所采用的包括视角、结构、话语和语言等在内的叙事策略之中，不同的叙事方式产生不同的美学效果和意义。由此，针对现代小说中死亡叙事的叙事视角、叙事结构和叙事话语的考察，就具有了文学的、文化的甚至哲学的等多重含义。

"视角指叙述者或人物与叙事文本中的事件相对应的位置或状态，或者说，叙述者或人物从什么角度观察事物。"② 但是，在小说叙事形式的实际操作中，叙事视角又常常因为与隐含作者、人物等纠缠不清而导致内涵和外延不一致。从小说创作之始，文本世界就有一个隐含作者。在文本时空里，隐含作者代表了一系列社会文化形态、道德、审美等价值观念，是作者投射到小说主体中的观念。文本世界中的叙事承担者，往往参与故事，在小说中具有举足轻重的地位。

前人的研究，如谭君强的《叙述的力量：鲁迅小说叙事研究》③、王富仁的《鲁迅小说的叙事艺术》④、汪晖的《反抗绝望：鲁迅及其文学世界》⑤、郑家建的《〈故事新编〉：文本的叙事分析与寓意的文化解读》⑥，

---

① 〔法〕热拉尔·热奈特：《叙事话语　新叙事话语》，王文融译，中国社会科学出版社，1990。

② 胡亚敏：《叙事学》，华中师范大学出版社，1994，第 19 页。

③ 谭君强：《叙述的力量：鲁迅小说叙事研究》，云南大学出版社，2014。

④ 王富仁：《鲁迅小说的叙事艺术》，《中国现代文学研究丛刊》2000 年第 3 期。

⑤ 汪晖：《反抗绝望：鲁迅及其文学世界》（增订版），三联书店，2008。

⑥ 郑家建：《〈故事新编〉：文本的叙事分析与寓意的文化解读》，《鲁迅研究月刊》2001 年第 2 期。

研究者根据自己的阅读体验对鲁迅小说进行解码，认为鲁迅自觉重视小说叙事艺术的现代性技巧，表层叙事隐含着鲁迅对传统文化的体认和对民族精神的思索，自《狂人日记》开始，在各个层面突破了传统小说的樊篱，在文体、结构、叙事等方面进行了独创性的试验。在《中国小说叙事模式的转变》中，陈平原以1898年和1927年作为研究小说现代化进程中叙事模式转变时间的上限和下限，认为现代小说对传统小说叙事合理因素的有意无意的继承，以及对西方小说叙事模式的借鉴和效仿，成就了五四小说叙事模式的现代化。[①] 由于五四时期的思想解放和文体解放，加上大量日记体小说被介绍到中国，以第一人称写作的日记体小说、书信体小说风行一时。鲁迅、冰心、庐隐以及后来的蒋光慈、丁玲、茅盾、张天翼等许多现代文学作家都创作过日记体小说或书信体小说，第一人称叙事在审美上的尝试与贡献已不容置疑。

一　"我"：叙述人称的多向度

"叙述者的出现，事实上是小说别具异彩的特征，这就把它从更为直接的戏剧或诗歌描写中分离出来了。"[②] 叙述者不仅帮助作家建构起叙事文本，而且能帮助读者理解文本。

在对中国历史、中国现状、民族精神和中国文化的冷静审视中，在中西文化资源的对比与筛选中，鲁迅在小说中进行了新的表达方式的多种尝试。鲁迅一生共创作33篇小说，除了《一件小事》和《社戏》等少数几篇没有直接或间接涉及死亡叙事，其余作品都渗透着浓烈的死亡意识和悲怆的生命意识，叠印着作者真实而深刻的生存体验。"如果小说家以不同方法去看自我，他也将以不同的方法去看他的人物，于是一种新的表达方式自然而生。"[③] 所以，在叙事文本中人称选择的背后，

[①] 陈平原：《中国小说叙事模式的转变》，上海人民出版社，1988。

[②] 〔美〕理查德·泰勒：《理解文学要素——它的形式、技巧、文化习规》，黎风等译，四川大学出版社，1987，第95页。

[③] 〔英〕佛斯特：《小说面面观》，花城出版社，1981，第146页。

隐藏着作者对叙事格局和总体效果的全盘考虑。1918 年，第一篇现代白话小说《狂人日记》率先新国人之耳目，在日记体的使用中将小说第一人称写作的魅力显示出来。"狂人"以非逻辑性的表达、清醒的自我拷问和自我审视，在同历史和自我的对话中发现了中国封建社会"吃人"的本质。米兰·昆德拉谈小说艺术时说："人物不是一个对真人的模仿，它是一个想象出来的人，一个实验性的自我。"① 在鲁迅小说的文本世界中，这种"实验性的自我"不断改变身份出场，不断使读者获得震撼的阅读体验。死亡叙事视角的转变，强力推动了现代小说的艺术创新。

　　与中国传统小说第三人称全知全能的叙述视角相比较，现代小说中的第一人称叙述可谓非常规的叙述视角，读者在阅读的体验上首先获得的是不寻常的感受。死亡叙事首先面临第一人称死亡书写的困境。死亡是生命的结束，生命的不可逆性决定了死去的人无法传达死亡的经验，而这一经验对于活着的人具有非同寻常的意义。人物之死在小说文本世界中具有什么功能和意义，成为小说表层叙事下的重要内容。与全知全能视角相比，第一人称限制视角在小说中的运用，加强了故事的真实性，增强了读者的现场感，可以顺利引导读者走进小说的情感世界，认同叙事人的身份和角色。"第一人称叙事仅仅依靠'讲述'这一动作就很容易使主人公故事具有整体感，这无疑是一种容易取巧的结构方法。"② 在《狂人日记》中，鲁迅借助"狂人"之口，以第一人称写作的优势，以日记体中可信的叙述者，用有异于常人的思维传达出封建社会"吃人"的本质，揭示了封建伦理文化的荒谬与残忍，第一人称叙事使读者容易接受叙事人的独特感受，认同他的内心世界和价值判断。患病后的"狂人"打破了传统惯性，冲破了封建社会的道德桎梏，反叛传统的社会成规，获得了一个全新的精神境界。

　　语言是文化的载体，文言作为中国传统社会通用的官方书面语言，

① 〔法〕米兰·昆德拉：《小说的艺术》，董强译，上海译文出版社，2011，第 43 页。
② 陈平原：《中国小说叙事模式的转变》，上海人民出版社，1988，第 78 页。

在上千年的历史发展中已经意识形态化，成为中国知识分子的精神血液以至影响了思维方式，所以文言成为五四新文化运动最先反对的传统文化的象征。白话和文言的使用成为革命与守旧两种势力的最大分别，反对文言文，提倡白话文是五四文学革命的宗旨之一。创刊于1915年的《青年杂志》（第二卷改名为《新青年》），集中代表了新文化运动的思想特色，《狂人日记》发表于1918年5月的第4卷第5号《新青年》，正是从这一卷开始，《新青年》完全启用白话文写作。小说文本由文言的小序和白话的正文组成，正文包含十三则日记。小序中的"余"，与日记中的"我"，虽都是第一人称，但在小说中的叙事功能并不相同。"余"作为次要人物，介绍狂人出场，在叙述上，"余"具有一定的客观性和中介性；"我"作为主要人物，完成文本的叙事，第一人称"我"的叙事优势是具有强烈的真实感和亲切感。在正文的叙述人"我"——狂人眼中，"吃人"的现实到处都是：老子娘被债主逼死，狼子村的人打死恶人后挖出心肝炒着吃，青面獠牙的一伙人"大家连络，布满了罗网，逼我自戕"；翻看五千年的历史，易牙蒸了儿子给桀纣吃，徐锡麟被吃……"仁义道德"几个字的表面，字缝里透出来的是"吃人"两个字。狂人是众人眼中的"疯子"，正是他"错杂无伦次"的"荒唐之言"，直接看透了封建家族制度和封建礼教的"吃人"本质，发出振聋发聩的"救救孩子"的呐喊。鲁迅对中国社会现实的深刻体认和清醒洞察，对中国历史和民族心理的深思，对封建礼教的痛斥，都隐含在狂人的"荒唐之言"中。患"迫害狂"之症的狂人，看起来精神疯癫，意识模糊不清，而且多疑，但正是多疑的性格使他在翻阅史书的过程中发现了"吃人"的真相，他的疯言疯语使读者认识到了封建礼教的桎梏。狂人的呐喊与挣扎，充分体现了生命个体在力图摆脱生存困境时的焦虑。在封建社会，个体的价值被埋没在群体利益之中，家族是群体的代言人、社会的缩影，严格的等级制度使家庭成员之间的关系潜伏着许多的不信任，封建伦理文化的危机由此显示出来。

鲁迅对白话文持坚决支持的态度。在1926年发表的《二十四孝图》的开头，他说："我总要上下四方寻求，得到一种最黑，最黑，最黑的咒文，先来诅咒一切反对白话，妨害白话者。即使人死了真有灵魂，因这最恶的心，应该坠入地狱，也将决不改悔，总要先来诅咒一切反对白话，妨害白话者。"① 那么，作为向封建文化和封建礼教宣战的第一篇白话小说，鲁迅为什么选择用文言来写序？除了响应五四新文化运动的"提倡白话文，反对文言文"的口号，对《新青年》完全使用白话和新式标点给予行动上的支持，具有结束历史和开创历史的价值之外，肯定还别有一番用意。文言的序，既体现了文体的变化，使形式摇曳多姿，又充分将代表"余"的思维方式的文言和代表狂人"我"的思维方式的白话形成对照，看上去精神错乱的狂人一语道破历史真相，而以惯性思维生活的其他人看上去一切正常，其实是被历史蒙蔽了双眼，一直生活在"吃人"和"被吃"当中却不觉醒，清醒了的狂人不但不被人们信任，还面临被包括哥哥在内的人们密谋吃掉的危险。这些充满矛盾的现象统一性地出现在一个文本中，所以，在真真假假之间，在狂与不狂之间，鲁迅的内省精神和怀疑精神是前所未有的彻底和理性。

大量的第一人称叙事在鲁迅的小说文本中有多种不同的尝试和创新。《伤逝》中的"我"是小说的主人公涓生，作为主要人物，起到了推动情节发展的主要作用。爱情的死亡、爱人子君的死亡，都是借助涓生的内心独白来书写的。第一人称本身就具有独白的特点，所以，涓生的悔恨情绪由于第一人称的叙述更显得真实可信。第一人称伤感的叙述，带有强烈而细腻的抒情性，涓生内心世界的展示也显得更加丰富，这一表达方式更增强了读者对叙事的信赖。

在《祝福》《在酒楼上》《孤独者》等文本的表征叙事中，小说设置了一个"我"——知识分子身份的视角，在叙事的同时完成了角色的塑造。在文本世界中，常规的第一人称受视角限制可能无法叙述第一人称之外的事情，但"我"与故事保持着距离就会使"我"这一视角的叙述功能大大增强。有人这样评价小说中与故事保持距离的第一人称

---

① 鲁迅：《鲁迅全集》（第2卷），人民文学出版社，1981，第251页。

叙述者："他是故事中的一个人物，但他只是象征性地参与了作品虚构的世界，他的性格不够丰满，形象不够清晰，他的活动不构成故事的主要内容，也不对故事中的其他人物和故事的发展产生决定性的影响。"[①]也就是说，在有的文本中，第一人称不完全参与事件，只是作为见证人或讲述者，边缘化了的第一人称作为人物的功能减弱，叙述的灵活性等功能却大大增强了。

在《祝福》等小说中，文本世界中的"我"是一个客观的叙述者，作为人物角色的功能是次要的，"我"没有参与到祥林嫂的故事中，小说中死亡话语的价值系统，并没有根据"我"的价值判断来定位，但是"我"所见证的祥林嫂被封建社会戕害致死增加了文本的可信度和真实感，更容易唤起读者对祥林嫂悲惨命运的同情。"我"在文本世界中的叙事任务是形成与世界的对话，改变第三人称叙事的单一性，保持与故事文本的距离以保证虚构世界中叙述的完整性。

在《祝福》中，死亡话语在小说中总是像立交桥一样存在多种交叉、多种维度。鲁镇象征着一个封闭的社会文化环境，在封建统治阶级的代表鲁四老爷眼中，祥林嫂之死"不早不迟，偏偏要在这时候，——这就可见是一个谬种"[②]。死亡是中国传统文化的现实禁忌，在大年夜临近祝福的时候，死亡疾病之类的话被看作不吉利的，需要忌讳，所以祥林嫂死在这个时间是不合时宜的，像祥林嫂这样"败坏风俗"的人，不光生存的权利被剥夺，连死亡的权利也不应该由她自己来掌握。在祥林嫂自己，魂灵的有无已经使她对死后的世界充满困惑，被两个死鬼锯了的惨烈结局更使她充满恐惧，她省吃俭用，不惜力气干活，捐门槛，做善事，全都是为了死后没有痛苦而努力。丈夫之死剥夺了她作为妻子的存在价值，阿毛之死却使她从一个贫穷的母亲转变为一个麻木的奴隶。母亲的身份即使贫穷，也还是有做人的尊严与意识的，

---

① 赵炎秋：《论第一人称叙事者的边缘化》，《湖南文理学院学报》（社会科学版）2004年第1期。

② 鲁迅：《鲁迅全集》（第2卷），人民文学出版社，1981，第8页。

而阿毛的死，不但使她在夫家的房子被大伯侵吞，失去了赖以生存的物质条件与基本空间，更重要的是失去了做人的底气，她沉浸在对阿毛之死的自我言说中，完全意识不到周围人对这一意外死亡的好奇心和廉价的同情，更不用说之后的不乏恶意的调侃。祥林嫂带着对死后魂灵有无的极大困惑在饥寒交迫中死去。然而祥林嫂对魂灵的追问，绝非出于对地狱的兴趣，也绝非由于自我意识觉醒而主动思考人类自身的终极问题。她之所以不屈不挠地追问一个令见多识广的识字人都感到诧异甚至惊悚的死亡问题，是因为对民间传说中的阴司和阎罗大王的恐惧，也就是对死亡本身的恐惧。文本世界中的"我"，一个从外地回到鲁镇的知识分子，在回答祥林嫂关于魂灵有无的提问时以"支支吾吾"敷衍了事，以"说不清"作结逃离了这场关于生死哲学的讨论。以鲁四老爷家的短工为代表的鲁镇民众对祥林嫂之死的态度是："死了。""什么时候？——昨天夜里，或者就是今天罢。——我说不清。""怎么死的？——还不是穷死的？"① 这一淡然的回答显示，关于祥林嫂的死因，理所当然是穷死，穷死便司空见惯，没有什么可质疑的。即使还有别的可能，他们也无动于衷，不会因为祥林嫂之死而引起同情或震撼。在普通民众的冷漠里，祥林嫂就像年夜里飘洒的雪花一样，很快就会融化，与之前人们打趣她揶揄她相比，此时的祥林嫂连做人们谈资的价值都消失得无影无踪了。更何况她早就被鲁四老爷代表的主流意识形态驱逐出鲁镇庸常生活的视野，沦为乞丐的她已经先自己一步在人们心里死掉了。

逐层剥开死亡叙事的外衣，"我"所听到的是祥林嫂之死的结局，所感受到的是人们对祥林嫂之死的怨恨与冷漠，所想到的是"我"对魂灵有无的含糊回答是否促成了祥林嫂之死……就像阿Q幻想革命的对象是王胡一样，底层民众的不觉悟不仅仅表现在对待革命的态度上，对待生命和对待死亡也一样，都是麻木的、草率的，死亡事件不光在鲁镇，就是在当时中国社会的其他地方也照样激不起任何波澜。只要以鲁四老爷为代表的封建地主阶级的统治不被推翻，社会秩序的黑暗和压抑

---

① 鲁迅：《鲁迅全集》（第2卷），人民文学出版社，1981，第9页。

就一定是牢不可破的，民众的沉睡和麻木也是无法改变的。但是，建立新的体制、新的民族精神，又必须依赖民众的觉醒。作为新兴知识分子的"我"，始终与鲁镇保持一定的距离，这个距离，不仅仅是 S 城与鲁镇的空间距离，也是文化和心理的距离。"我明天决计要走了"，出走，意味着可以逃避对祥林嫂之死的隐约的预感和疑虑，也暂时逃避对鲁镇稳固而强大的社会秩序的不安和排斥。叙述者即隐含的作者。对于祥林嫂这样一个社会底层民众的不幸遭遇，鲁迅寄予无限的同情，从对个体生命的尊重出发，与其被弃在草芥中，也许不如消失，所以，对于带着沉重的封建礼教枷锁和生命枷锁的祥林嫂来说，死亡就是她悲惨人生的解脱，"我"为她的这一解脱而"渐渐的舒畅起来"。如同魏连殳死后，"我的心轻松起来"，都用了近于反讽的笔调，隐含着作者深沉的悲哀与同情，叙述者的介入所隐含的作者精神的内省构成了小说的意义支点，叙事结构中每一个点都蕴含着哲理性的悲剧性意蕴。

杨义认为："独特的叙事视角可以产生哲理功能，可以进行比较深刻的人生反省。换言之，视角可蕴涵着人生哲学和历史哲学。"[1] 所以在小说中，叙事视角的创新价值绝不仅仅停留在艺术层面。鲁迅小说中多次涉及杀人和被杀，即使是血淋淋的政治屠杀，如《示众》《药》，也从不在文本世界中表现出血淋淋的场景，作者更关注的是死亡叙事背后隐藏的内容。《孤独者》中，同样以第一人称"我"的视角展开了文本中的死亡叙事。"我"和魏连殳的交往"以送殓始，以送殓终"。魏连殳作为"新党"就是族人眼中的异类，对祖母的葬礼却完全照旧，族人既赞成又不安。在房东老太太的眼中，魏大人很古怪。"我"眼中的魏连殳，以肉体的死亡来从精神上反抗封建礼教。大殓之时，"他在不妥帖的衣冠中，安静地躺着，合了眼，闭着嘴，口角间仿佛含着冰冷的微笑，冷笑着这可笑的死尸"[2]。魏连殳和旧势力做过猛烈的斗争，

---

[1]　杨义：《中国叙事学》（《杨义文存》第一卷），人民出版社，1997，第 197 页。
[2]　鲁迅：《鲁迅全集》（第 2 卷），人民文学出版社，1981，第 107 页。

然而以失败告终。"我，……我还得活几天……"① 这是现代知识分子魏连殳最凄厉的呐喊，也是来自灵魂的最真实的声音。知识分子先天的敏锐性使他们比别人更早地感受到时代的死亡气息，然而历史的脚步受阻，时间在这里凝滞，以鲁四老爷为代表的旧党还在，以鲁镇为代表的沉闷的社会环境还在，中国民众所持有的强烈的保守思想使知识分子的奋斗常常化为虚无，《在酒楼上》中的吕纬甫以少年时所见蜜蜂或苍蝇转圈来比喻自己的人生，个体就迷失在这种虚无之中。"踪影全无"，既是指弟弟的坟，更是指吕纬甫自己的现实人生。生的绝望，死的虚无，生命的尽头只剩下一个死，而这死也是没有意义的。在政治面前，知识分子处境尴尬，为政治所用，又得不到政治的信任，不被政治所用面临被饿死的危险，这是新旧知识分子在政治权力面前共同的人生困境。因为没有物质保障，没有生存的基本条件，知识分子就没有办法坚持独立的立场。文化空间的丧失导致了旧式知识分子生存空间的丧失，生存环境的恶化进一步促进了生命的被挤压，死亡就成了他们最后的归宿。

在传统价值观已被打破的年代，知识分子的生存困境和精神境遇凸显出来。在小说文本中，死亡构成了左右人物及其命运、事件趋向的神秘力量，死亡对悲剧具有特定的规定性。如对于孔乙己之死、陈士成之死，作者用极其复杂的眼光考察旧知识分子在时代大变革面前的精神没落与命运。中国传统的儒家思想以理想主义的态度干预政治、改良政治，但实际上，在专制压迫和科举考试面前，大多数儒家士子缺少自觉的知识分子精神和怀抱，投靠了以功名利禄为标杆的世俗价值观，不追求政治以外的人生。儒家的责任感，"忧以天下，乐以天下"的态度，无法完全改变知识分子对政治的依附。当政局改变或动荡的时候，知识分子的无所适从便表现出来。以"我"做叙事视角和人物参照，除完成叙事功能之外，更能增强对接受现代教育的新式知识分子精神的质疑与反思。知识分子软弱、摇摆不定，不能完全承担起对民众进行启蒙的责任，知识分子在社会中扮演的角色需要接受历史的考验。"我"对于

---

① 鲁迅：《鲁迅全集》（第2卷），人民文学出版社，1981，第99页。

祥林嫂所提问题的回避与含糊，显示了知识分子的软弱性，即不敢直面生死和悲剧。

除了走向死亡，他们没有更好的结局。鲁迅意在通过对死亡的关注，通过死亡所带来的刻骨铭心的战栗，使人们在庸常的生存体验中获得一种深层的醒悟，意识到个体自我的存在价值，在生命的悲剧意识中坚定对生命意义的信仰。这些挣扎，渗透着强烈的生命意志，即使体验到绝望，也并不是仅仅为了寻求解脱，而是在生死边缘对生存意义进行审视，对自我的灵魂进行解剖与拷打。这一叙事视角的解读，将更接近文本的真实，更体现出现代小说的独立品格与价值，给充满寓言意味的文学作品以丰富的阐释空间。

二　他者视角中的死亡叙事

根据托多罗夫的叙事学理论，视角可分为全知视角（叙述者＞人物）、限知视角（叙述者＝人物）和客观视角（叙述者＜人物）。在第三人称叙事中，叙述者是视角的承担者，叙述者与人物是分离的。叙事聚焦于某一个人身上，意图给予他特定的角色，通过他的目光来观察身外的世界。有时也通过限知与全知视角的转换实现叙事的跨越。与第一人称相比，第三人称叙事拥有更大的叙述空间，他既可以对人物进行外部观察，也可以潜入人物的内部心理；既可以完成物理空间的转换，也可以自由进行心理空间的转换。总之，小说中的第三人称叙事可以实现全方位的自如转换。

在中国现代小说中，叙事的跨越常常以人称转换的方式来完成。如鲁迅的小说《明天》中，通篇是全知全能的叙述视角，叙述一个乡下女人单四嫂子求医无门导致儿子病死的故事，但在宝儿死后，单四嫂子一时无法接受这个事实，小说中间穿插"——我早已经说过：他是粗笨女人。他能想出什么呢？他单觉得这屋子太静，太大，太空罢了"[①]

① 鲁迅：《鲁迅全集》（第1卷），人民文学出版社，1981，第456页。

之类的论述。可见，全知视角也没有固定的位置，叙述人既游离于情节之外，又掌握着所有的情况，如人物的内心和身外发生的一切。这里的"我"就是叙述者，叙述者对文本进行干涉的目的是凸显小说氛围的真实性，凸显单四嫂子的真实悲痛，以单四嫂子感觉上的异样来展示宝儿之死的现实带给她的巨大打击。"如弗卢德里克说：'叙述可以没有情节，但是在某个叙述层上没有人的（人类形态）或类似物的任何叙述，都是不存在的。'"①叙述者的变化隐含着作者的叙事态度。施蛰存的《凶宅》，用第三人称和第一人称日记体不断变换的方式，叙述了一个伪装手段高超的谋杀案。不断变化的叙述主人公、被颠倒的时间顺序、不断变换的叙事视角将一个谋杀事件从片段变为整体，情节摇曳多姿，结构松弛有度。该文本的重要意义不在于小说本身的内容所提供的社会价值，而是这种艺术的尝试——叙述视角变化带来的小说审美特征的变化给文坛增添了新意，其审美价值是值得充分肯定的。

施蛰存的心理分析小说《石秀》中，有一大段对石秀心理的描写："此时的石秀，其心境都是两歧的；而这两歧的心境，都与轻蔑的感情相去极远。为杨雄的义弟的石秀，以客观的立场看潘巧云，只感觉到她未免不庄重一点。而因为对于她的以前的历史有一些似乎确实的了解，便觉得这种不庄重的所以然，也不是什么不可恕的了。总之，无论她怎样，现在总是杨雄的妻子了，就这一点，石秀已经有了足够的理由应当看重她了。但是，同时，在另一个方面，为一个热情的石秀自己，却是正因为晓得了潘巧云曾经是勾栏里的人物而有所喜悦着。这是在石秀的意识之深处，缅想着潘巧云历次的对于自己的好感之表示，不禁有着一种认为很容易做到的自私的奢望。倘若真是勾栏里的人呢，万一她这种亲热的表情又是故意的，那么，在我这方面，只要以为对于杨雄哥哥没有什么过不去，倒是不能辜负她的好意了。"②以全知叙述人的视角将

---

① 王阳：《小说艺术形式分析：叙事学研究》，华夏出版社，2002，第333页。

② 刘凌、刘效礼编《施蛰存全集》第一卷《十年创作集》，华东师范大学出版社，2011，第109页。

石秀的心情分析透彻，而在段落结尾又不知不觉换成第一人称的限制视角，从而恢复了通篇占主导地位的限制视角。"所谓陌生化就是将对象从其正常的感觉领域移出，通过施展创造性手段，重新构造对对象的感觉，从而扩大认知的难度和广度，不断给读者以新鲜感。"① 林徽因的《九十九度中》（1934）写华氏 99 度的酷暑之下同时发生在北平的五个故事。小说不断变换视角，构成叙事的网络，将小说中的五个故事借助人物内心活动联系在一起。死亡叙事虽只是诸多线索中的一条，也足以将这个五个故事联结在一起。现代小说在视角上的开掘与创新又一次实现了艺术的陌生化，给读者带来崭新的审美感受。作者以旁观者的身份展开叙述，以零度情感的状态参与文本，与文本所保持的适当距离，能够使作家充分展现娴熟的艺术技巧。

林语堂的小说《京华烟云》（1939），以主人公姚木兰的视角开展情节，描述了北平曾、姚、牛三大家族自 1901 年义和团运动到抗日战争 30 多年的悲欢离合和恩怨情仇，展示了中国近现代社会风云变幻的历史风貌。小说使用全知视角拉开了读者和故事本身的距离，林语堂在叙述中超然物外，从容不迫，不以死亡作为小说的结局，而是以次要人物之死作为主人公思考的起点，完成了对死亡的理性超越。小说不追求死亡的震撼效果，而是着眼于内心的平静。女儿死后，姚木兰没有以泪洗面或痛不欲生，作者展示了人物内心的挣扎与平衡，死亡事件本身退居其次。面对死亡，人物产生的更多的是对时间、历史和永恒的内省，对生命的思索和追问。

由此可以看出，不同的叙述者、不同的视角，在死亡叙事中也会产生不同的艺术功能。虽然小说在本质上是社会生活的全方位的投射，但小说的审美特征是作家文化心理和艺术情趣的浓缩。小说叙事视角的改变带动了小说艺术全面的变化，叙事结构也同步进行着与传统小说迥异的改革。

---

① 胡亚敏：《叙事学》，华中师范大学出版社，1994，第 192 页。

三 女性视角下独特的死亡叙事

在中国传统文学中，女性的角色相对固定，男性在政治、经济、文化上的统治地位决定了男权社会话语将女性意识遮蔽或扭曲，使女性一向缺乏追求生命体验的主动性，只是默默承受命运的安排。但是女性所特有的敏感和细腻，又使她们在男权世界中对生命的感受最为真切。中国现代小说中将死亡叙事的权利交给了女性，就使女性以意识中的直觉和体验开始进行生命的自我拯救。

清末民初的女子教育，使西方女权运动理论传入中国。女权运动成为当时中国社会变革的重要内容，对女性的伦理道德教育和女性心智的成长产生了广泛的社会影响，为五四女作家的创作奠定了重要的思想基础和文化基础。五四新文化运动前后，随着"人的文学"的提倡和思想解放运动的兴起，沉睡多年的女性意识被唤醒，女性自我意识的崛起表现在小说中，使死亡叙事呈现一番清越超脱的情致。女作家的思想信仰、知识结构和人生价值观都发生了明显的变化，她们对女性的独立人格有比较清醒的认识，首先从知识女性的角度关注女性的现实生存境况。石评梅、庐隐等女作家以强烈的女性意识发出呐喊，生存的极度苦闷使她们的死亡情结植根于心，将不幸的身世化为不幸的歌哭，以强化生死无常的生命体验，她们将生命、爱情与现实的冲撞直接宣泄在创作中，发出了对人生对时代对信仰的哀叹和对中国妇女命运的深沉思考。石评梅在《弃妇》中借助讲述"表嫂"的故事抒发女性命运的悲哀和封建礼教的阴森。庐隐的《或人的悲哀》和《丽石的日记》中，主人公的死亡都缘于对社会的幻灭，人生被归结为一场噩梦，从中可见女性青年的烦恼和苦闷。冯沅君的《隔绝之后》《潜悼》《贞妇》，借助身体符码，用生命做代价，批判封建社会的权力束缚，控诉礼教的僵化和"吃人"本质，对礼教进行最严峻的抗议。特别值得一提的是，在五四时期的西学东译中，基督教文化被广泛传播，《圣经》进入现代作家的阅读视野，受到现代知识分子的初步认同。杨剑龙在《论"五四"小说中的基督精神》一文中，阐释了基督教文化影响的广泛性和作家接受这种文化的自觉性。[①] 女作家庐隐的小说作品充满了悲剧色彩和感伤的情怀，《象牙戒指》用强烈的主观抒情和细腻的心理刻画，描写张沁珠伤痕累累的爱情和与死亡不可避免的相遇，个人的悲哀和时代的悲哀相吻合，表现了五四时期新觉醒的人的情感要求；苏雪林细致描绘人物对耶稣基督的皈依；陈衡哲信奉人道主义……女作家的自我主体价值观念的增强，使这一时期的文学格外注重用基督教精神关爱女性的生存状况和生存意义，带有鲜明的女性意识的特征和基督教文化的痕迹。在冰心小说中，受到基督教中博爱精神、忏悔精神和宽恕精神的影响，人物在死亡面前显示出宽容和牺牲的意识；受到佛教生死轮回的影响，又常常在生死面前顿悟。在冰心的审美视野中，文本世界的爱可以疗救一切，《最后的安息》中聪明可爱的童养媳翠儿被婆婆折磨含冤死去，结尾处翠儿的死笼罩在基督教式的光芒之中，虽然文本的悲剧性受到了一定的削弱，但爱的哲学超越死亡成就了生死之间的温柔对话，文本世界映射着作家内心的细腻柔和，所呈现出的诗意之美，形成了冰心小说的基调。

现代小说死亡叙事的女性视角的选择虽不是从萧红开始，萧红的作品却最为独特。也许现代作家在死亡叙事中潜在地保有一定的性别立场，女作家萧红一以贯之地在死亡主题的表层叙事之下，体现着特有的女性敏感。萧红从切身感受与女性的生存经验和文化处境出发洞察历史，追问人生与人性的终极价值。《王阿嫂的死》（1933）中的王阿嫂，《生死场》中的王婆、月英，《呼兰河传》中的小团圆媳妇、王大姑娘，《小城三月》（1941）中的翠姨等，几乎所有的女性人物的结局都是悲剧，萧红从不同层面揭示了女性的悲惨境遇。阶级压迫、旧的婚姻制度、父权社会、战争、生殖等，都构成了女性生命的磨难，萧红的小说几乎都源于个人的生存体验，浸透着女性的悲哀和孤独，展现了在蒙昧的生存现实中，底层民众特别是女性像动物一样，任人宰割，无声无

---

① 杨剑龙：《论"五四"小说中的基督精神》，《文学评论》1992年第5期。

息，终至毁灭。

女性的叙述视角有利于捕捉丰富的想象、鲜明的细节和美丽的感觉。萧红小说中的死亡叙事，并不停留于生死体验的感性认识。生命的有限性、时间的紧迫感、女性视角的直接与敏感使萧红小说中的死亡叙事充满了生命的焦灼意识，并以独特纤细的风格表现出来。萧红倾注了内心的孤独与焦虑，通过死亡书写中的女性言说方式审视在大的历史文化背景下女性乃至人类的生存困境，承担沉重的生死命题，在死亡体验中实现了文学的创造与超越，达到生命哲学的深刻境界。

因为死亡具有不可经验性和不可替代性，所以叙述只能用外部视角，作家永远只能凭借想象完成死亡叙事。20世纪80年代，死亡叙述的承担者一度成为死亡故事的主角，比如余华的小说《死亡叙述》以第一人称写作卡车司机遇到车祸被小女孩的亲人暴打致死的过程。叙述了全过程之后，结尾一句是："我死了。"叙述者的任务到此结束。以逝者的视角来叙述死亡，推动叙事行为完成，并以此来观照现实人生，成为小说死亡叙事视角转变的独特尝试。这种外聚焦叙事模式最大限度地保留了生活的原生性与客观性，叙事主体的主体性被最大限度地克制，叙事接受主体的主体性相应被调动到最高点。小说中死亡叙事的戛然而止，使叙述者迅速退场，这一叙事美学中的"召唤结构"，以其不动声色的展示，既回避了人物内心世界，又给叙述接受者留下更多的空白，等待读者的生活经验和艺术接受能力去填空。

概而言之，五四时期小说开始出现多元的叙事视角，叙述人处于同一个层次，从不同的角度对故事进行观照，从而突破了全知全能的单一视角的局限。多种叙述视角的尝试和转换，体现了中国现代小说视角转换的魅力，建立起了中国现代小说的新形式。

第二节　现代小说中死亡叙事的结构模式

叙事视角在诸多的小说叙事因素里起着制约作用，随着叙事视角的变化、叙述者与故事和人物距离的变化，小说的艺术结构也相应地发生变化。叙事单元的衔接与串联构成了小说叙事的结构。现代小说中死亡叙事的结构模式，虽各有不同的格局和框架，但也有普遍遵从的规范，当审美情感物化为叙述模式时，又生成了小说的艺术模式。在中国现代小说中，出现了以情绪为结构中心而非以情节为结构中心（《沉沦》《石秀》）、诗化和散文化叙事（《呼兰河传》）、非线性叙事（《狂人日记》）、倒装叙事和重复叙事（《边城》《凶宅》）等多种叙事结构模式。

一　叙事时空的切割与转换

在现实生活中，人类无法逃离时间。以施蛰存为代表的心理美学家，在20世纪30年代进行了艺术审美的另一种尝试。施蛰存将弗洛伊德精神分析学纳入海派小说的死亡叙事当中。《魔道》和《凶宅》等小说故事时间和叙事时间倒错的现象，有助于形成悬疑、紧张的氛围。在新感觉派小说作家笔下，死亡叙事中的时空被虚化和淡化了，时间和空间成为遥远的背景，被浓厚的心理氛围所替代。《将军底头》的开头："这是在唐朝，是在广德元年呢，还是广德二年？那可记不起了。"[1] 作者有意模糊了时间，还让人物花惊定将军活动的地点——小镇变得模糊不清，在凝滞的时间和空间里展现人物潜意识里的冲突。《石秀》《鸠摩罗什》等历史小说都是将历史人物活动的时空重新架构，在模糊背景的前提下凸显人物的潜意识。

这种架空时空的叙事表现手段非新感觉派小说所独有，30年代的很多作家同时进行了叙事手段改革的尝试。鲁迅的小说集《故事新编》出版于1935年，"只取一点因由，随意点染"，"言必有据"[2]，从历史中选取合适的题材，为现实创作服务。

---

[1] 刘凌、刘效礼编《施蛰存全集》第一卷《十年创作集》，华东师范大学出版社，2011，第83页。

[2] 鲁迅：《鲁迅全集》（第2卷），人民文学出版社，1981，第341页。

二 叙事逻辑与结构

间接描写道听途说的死亡，比直接描写更增加了小说的曲折性和艺术性。《祝福》中阿毛的死、贺老六之死，《药》中夏瑜的死，《孔乙己》中孔乙己之死，小说都没有突出死亡过程或死亡事件本身，而是借助其他人物之眼和嘴来传递死亡的信息。死亡信息经过不同传播者的过滤、不同情感的筛选，能更加凸显作者的真正意图。这些关系着不同序列的结构，构成了陈述的形态。沈从文的小说《边城》中共三起死亡事件，一是翠翠父母之死，二是天保之死，三是翠翠祖父之死。在时间序列上，采取了倒叙、补叙等表达方式。创造社作家郁达夫往往从自身经历中选取创作素材，如《银灰色的死》和《沉沦》，当小说结构打破传统小说中故事情节的连贯性，以主人公的情绪和感受来构思作品时，作者从心灵出发，捕捉苦闷、忧郁的情绪，充满感伤主义色彩，与古典文学忧生叹死的感伤基调基本一致。个体生命中肉体生存的有限性注定了作家对时光流逝的永恒关注。

在小说叙事的深层结构中，叙事主体是叙事活动中主观因素的承担者、叙事活动的实施者，地位举足轻重，其叙事观念和个性能反映出其独特的精神风貌和文化品格。如鲁迅的《祝福》和叶圣陶的《遗腹子》（1926），虽然都揭示封建礼教"吃人"的本质，但叙事主体精神和思想上的差异使这两篇主题类似的小说各具魅力。"一部伟大作品建立起它的隐含作者的'诚实'，而不顾及创造了这个隐含作者的那个真人，在他的生活的其他方面如何与他在作品中所体现的价值相悖离。"[1] "因为即使最高度戏剧化的叙述者所作的叙述动作，本身就是作者在一个人物延长了的'内心观察'中的呈现。"[2] 而叙事客体不同于文本的内容，它是文本内容的发生学前提，即叙事作品中的主题和情感必定属于一定

---

① 〔美〕W. C. 布斯：《小说修辞学》，华明等译，北京大学出版社，1987，第84页。
② 〔美〕W. C. 布斯：《小说修辞学》，华明等译，北京大学出版社，1987，第20页。

的生活背景和客观世界。叙事客体在小说叙事活动中的影响力，首先表现在其对叙事主体的相对超越和控制。作为深层结构的一个组成部分，叙事客体对叙事主体的作用还表现在对作品价值开采的限制。叙事客体控制着叙事主体对言语的操作，形成审美的张力结构。"当叙事客体潜在的选择审美动势通过叙事主体的中介而发生作用之际，也正是作家的语言风格形成之时。"[1] 叙事活动中所呈现出来的具体的言语形式就是叙事文体，语言只有在形成一定的文体时才能够投入人类的交流活动。"故事中的每一件事都是真实的，而整个故事却不真实。"[2] 小说世界与经验世界不同，小说无法进行现象学的还原，小说营造的真实性是由虚构等非自然的手段形成的。

小说叙事的表层结构是叙事行为所完成的叙事文本的现象形态。其以叙事主体、叙事客体和叙事文体为基础而建立，表层平面上以叙述者、叙述接受者和叙述话语为内容。叙述者通过操纵话语行为创造叙事文体。有时候，叙述者与隐含作者重合，叙述者与叙事主体难以区分。如洪峰的《重返家园》、马原的《虚构》，叙事主体属于现实世界，叙述者属于文本世界，叙述者是作者创造出来并被接受了的角色。叙述者的结构作用是由实际世界进入虚构世界的中转站。

叙述接受者是故事在形式上的接受者，存在于叙事文本之内，而虚设读者和实际读者在叙事文本之外。叙述接受者是叙述者所发出的叙述话语的接收对象。叙述者和叙述接受者之间的关系和距离的把握和控制，是小说叙述技巧的内容。叙述接受者可以帮助叙事主体找到陈述的途径，确定文本的气氛与情调。

鲁彦的《病》如此开头：

> 你又要我讲故事啦！你太喜欢这一套，也太相信我啦！所谓故事，你该晓得，很多是假的。这只好酒余饭后消遣消遣，那能认

---

[1] 徐岱：《小说叙事学》，商务印书馆，2010，第90页。
[2] 〔美〕韦勒克、沃伦：《文学理论》，刘象愚等译，三联书店，1984，第238页。

真！从前有人说过，做人譬如做戏，一切都是笑话。故事即使是真的，不是假造的，也就是笑话的笑话，有什么意思！你老是缠着我，只要我一个又一个的讲故事给你听。别人愿意讲给你听的，你偏不要。你说我讲得好，没有什么人赶得上我？你错啦。……我所讲的故事，只是信口开河，胡凑胡凑。你说我讲的最好，实在是你迷信。你决不会想到，我从前是弄什么的！老实告诉你：两年以前，我是给人家按脉开方的哩！

喔喔，今天就讲我做医生时候所亲眼看见过的一个故事吧！这倒是千真万确，绝对不是杜撰的。

你静静的听着吧……①

又这样结尾：

你也不要笑，以为我曾经是一个怎么样坏的医生，今天还当着你的面一五一十的讲了出来。我所讲的，原来是故事。故事不一定是真的。但是我这样说，你也不必以为故事是假的。

我只有一句话可以肯定的告诉你：无论是真的假的，假的真的，全是笑话。因为从古到今，从今到古，不是笑话的人生，还不曾出现过。而故事，是笑话的笑话！

你相信我的话也由你，不相信我的话也由你。这些都不关我的事。我只讲我的故事。

我的故事现在就此完结啦。

再会，再会!②

现实的经验与小说的虚构艺术交织成一个文本世界，叙述人迫不及待的诉说使叙述人物的性格和真实性难以识别，叙事结构上的另辟蹊径

---

① 李威主编《鲁彦经典》，京华出版社，2001，第195页。
② 李威主编《鲁彦经典》，京华出版社，2001，第210页。

使读者从文本中获得了叙事技巧陌生化带来的艺术享受。

第三节　现代小说中死亡叙事的话语特征

叙述话语即叙述角色发出的言语行为。叙述话语使叙事文本的表层形态得以呈现。由叙述者发出的言语行为为叙述语，由人物发出但由叙述者引入文本的言语行为为转述语。不同的叙述语段构成了叙事文本。

一　叙述话语的重要性

苏联文艺理论家卡冈曾经这样强调叙事对文学的重要性："在叙事中，文学获得某种内在的纯洁性，确证自己完全不依赖于其他艺术的影响，显示它的特殊的、自身的、为它单独固有的艺术可能性。"① 而叙事对文学的意义，突出地表现在小说中。小说独特的言语表达形态和叙事话语策略，使得它与诗歌、戏剧等的审美规定性严格区别开来。小说的叙述语言可以不厌其烦地凭借虚构、想象等技巧对死亡等事件进行逼真的描摹，也可以创造环境，营造意境，让叙述获得一种可能性。叙事话语策略作为小说审美规定性的表现，可以从艺术层面透视小说的叙事法则。对小说的叙述者而言，既然死亡是他者之死，死者必然处于被观看的位置。叙述者负责观察他人之死，传达他人之死的感受。

"小说文体的秘密在于对语言的创造性使用，作家借助于他对语言的创造性使用，将他的情感体验组织成为一个有机的整体。"② 小说中的语言作为叙事形式要素的重要组成部分，审美功能大大增强，能指被强调和突出，具有丰富的表现力。郁达夫小说以自叙传风格著称，具有强烈的文体意识，在叙事方式的选择和叙事语言的使用中表现出一定程度的自觉。如对于死亡的想象，《还乡后记》中这样描写叙述者"我"

---

① 〔苏〕莫·卡冈：《艺术形态学》，凌继尧、金亚娜译，三联书店，1986，第406页。

② 〔美〕利昂·塞米利安：《现代小说美学》，宋协立译，陕西人民出版社，1987，第226页。

雨天返乡的心情:

> 我此刻更想有一具黑漆棺木在我的旁边。最好是秋风凉冷的九十月之交,叶落的林中,阴森的江上,不断地筛着渺蒙的秋雨,我在凋残的苇叶里,雇了一叶扁舟,当日暮的时候,在送灵柩归去。小船上除舟子之外,不要有第二个人,棺里卧着的,若不是和我寝处追随的一个年少妇人,至少也须是一个我的至亲骨肉。我在灰暗微明的黄昏江上,雨声渐沥的芦苇丛中,赤了足,张了油纸雨伞,提了一张灯笼,摸上船头去焚化纸帛。
>
> ……我一边在那里焚化纸帛,一边却对棺里的人说:
>
> "……你不要怕,我在这里,我什么地方也不去了,我只在你的边上。……"①

面对死亡时的感伤是人类的普遍情绪,强烈的主观倾诉使死亡变得不但没有恐惧,反而成为美丽人生的期盼。郁达夫小说中的主人公往往是留日青年,经受着孤独、贫困、苦闷的煎熬,在冲破古典文学的写作禁忌的同时,身世之悲也增加了生命的美感。

冰心的散文《往事(一)》中同样充满对死亡的想象:"何如脚儿赤着,发儿松松的挽着,躯壳用缟白的轻绡裹着,放在一个空明莹澈的水晶棺里,用纱灯和细乐,一叶扁舟,月白风清之夜,将这棺儿送到海上,在一片挽歌声中,轻轻的系下,葬在海波深处。"② 在这里,死亡不带有悲哀和恐惧,反而在神秘奇幻的美景中,抒情主体内心深处获得了安宁和平和,诗意的抒情使死亡变成梦想的归宿,甚至是令人向往的审美境界。

林语堂的《风声鹤唳》中写到苹苹的死:"……几分钟后,她停止了呼吸。她的小生命像小小的烛光忽明忽灭,终于熄掉了。一条白手帕

---

① 郁达夫:《郁达夫小说全集》(上),时代文艺出版社,1996,第 264~265 页。
② 卓如编《冰心全集》,海峡文艺出版社,1999,第 471 页。

挂在窗边，临风摇曳。苹苹进入了永恒。"① 将生命的尽头比作飘逝的落叶，体现出忧伤的美感。可见，不同的叙述话语，可以产生完全不同的审美风格。

二　现代小说叙述话语的特征

叙述话语是小说文本中由叙述角色发出的言语行为，只有借助于叙述话语，叙事行为才能呈现。叙述者发出的言语行为即叙述语，而人物发出的言语行为即转述语。"一般来说，人物转述语的功能相对地比较单纯，主要是表现人物的性格特征。叙述者的语言由于处于统摄整体的位置上，其功能显得要多方面些。它既负着联缀故事情节、填补叙事空白的任务，也暗中起着分析、介绍文本的背景情况与材料，为隐含作者的价值评价做出铺垫，替整个文本的叙事风格的形成定下基色和主调的作用。"② 《祝福》中，"祥林嫂除烧火之外，没有别的事，却闲着了，坐着只看柳妈洗器皿"③。因为柳妈吃素，杀鸡宰鹅的活交给别人干了，这时节的厨房，本来很悠闲，祥林嫂不用忙碌奔波，可以闲下来坐着休息，但她是忙碌惯了的。接下来，这一句写天气："微雪点点的下来了。"④ 叙述语"点点的"使用了叠词，音节上的重复体现了时间的节奏变慢，说明雪下得不大，而且比较慢，暗示了此时祥林嫂的心情也不是阿毛刚刚死去时暴风骤雨般的巨大悲伤，悲伤已经被时间消磨得有点麻木了。但是，现在的她百无聊赖，祭祀的任何活动她都不能参加，所以在这微雪点点的天气里，惯性促使她说话，"唉唉，我真傻"，这句叹息似的独语，是祥林嫂的语言，是小说文本的转述语。微雪的天气，安静的厨房，为祥林嫂的叹息和独语以及继续向柳妈倾诉提供了　个非

---

① 林语堂：《风声鹤唳》，《林语堂名著全集》（第3卷），东北师范大学出版社，1995，第335页。
② 徐岱：《小说叙事学》，商务印书馆，2010，第130页。
③ 鲁迅：《鲁迅全集》（第2卷），人民文学出版社，1981，第18页。
④ 鲁迅：《鲁迅全集》（第2卷），人民文学出版社，1981，第18页。

常合理的背景，也为柳妈在不耐烦中打趣她，给她指出阴间的图景做好了铺垫。同样没有文化的下人柳妈以道听途说的经验之谈，在名义上给祥林嫂指出了一条自救之路，实际上所起到的作用是进一步将祥林嫂推向死亡的深渊。在封建社会"无主名无意识的杀人团"里，柳妈的推波助澜作用是不容忽视的。在导致祥林嫂之死的合力中，如果说作为鲁镇权威的鲁四老爷对祥林嫂之死负有的责任是显性的，那么柳妈等人的作用则是隐性的，是不容易被发现的，不光祥林嫂意识不到，柳妈自己也不会觉察，因而也更隐蔽更可怕。所以，转述语主要表现人物性格，叙述语负责统摄故事文本，二者结合形成了小说的整体风格。帕克指出："没有作者的生动的和丰富的参加，就不能够把我们读者完全吸引进去；作者的人格在故事中体现得愈多，我们在故事中找到的生命也就愈多。"① 鲁迅对于几千年精神奴役的创伤的理解，是极其深刻的。强大而稳固的中国封建社会和传统文化对民众的戕害，也是鲁迅始终在进行深刻反思和批判的，这些价值评估与审视同样构成了小说的审美内核。

小说《孤独者》通过"我"与魏连殳的交往和对话完成了知识者魏连殳的性格塑造。第三部分的结尾为："我辞别连殳出门的时候，圆月已经升在中天了，是极静的夜。"② 作为叙述语，这一句对于小说情节的推动没有什么突出的作用，然而，对于整篇小说的风格来讲，特别是小说最后，魏连殳同现实进行决绝而无望的抗争，深夜的寂静凸显出魏连殳的清醒，死一般静的现实和极其冷静凄清的魏连殳的葬礼也形成呼应，在叙事话语的形态上保持了统一性和完整性。"我"作为一个同样为生计所困、为环境所攻击排斥的知识者，能够理解魏连殳的处境却不能帮他谋生。"下了一天雪，到夜还没有止，屋外一切静极，静到要听出静的声音来。"③ 正因为在这样寂静的夜里，魏连殳的"我还得活

---

① 〔美〕H. 帕克：《美学原理》，张今译，广西师范大学出版社，2001，第 204 页。

② 鲁迅：《鲁迅全集》（第 2 卷），人民文学出版社，1981，第 98 页。

③ 鲁迅：《鲁迅全集》（第 2 卷），人民文学出版社，1981，第 99 页。

几天"的声音才显得格外执拗，寂静的夜也更衬托出魏连殳孤寂和悲哀的心情。魏连殳死后，作者通过大良祖母来转述魏连殳的葬礼，"要不然，今天也不至于这样的冷静……""要是早听了我的话，现在何至于独自冷冷清清地在阴间摸索，至少，也可以听到几声亲人的哭声……"①。在小说结尾，"我"在愤怒和悲哀中离开，"潮湿的路极其分明，仰看太空，浓云已经散去，挂着一轮圆月，散出冷静的光辉"②。对于魏连殳的死亡，"我"既感到心情沉重，又因为他不肯妥协的斗争精神而欣慰，当"我"终于从魏连殳死亡的沉重中挣扎出来时，仿佛隐约听到受伤的狼的长嗥，又感到轻松，隐含作者的价值观由此体现出来。在小说文本中，叙述语受到叙述主体的控制，叙述主体冷峻的审美心理和叙述客体——魏连殳的死亡事件相协调相一致时，文本的内部构造得以完整，对叙述语的控制也就形成了鲁迅小说冷峻的叙事风格。所以，叙述话语及其表现力是小说审美的重要对象，在小说文本的构成中，叙述话语的策略至关重要。

　　故事是小说叙事重要的构成要素之一。《伤逝》以第一人称叙事构筑小说文本，具有强烈的主观色彩。副标题为"涓生的手记"，文本内心独白的形式加强了小说的真实性，可以使叙述接受者更好地理解叙述者涓生的生活体验和感悟。鲁迅小说往往以故事的淡化处理使小说更富有弹性，并由此获得强化情感的有利条件。"如果我能够，我要写下我的悔恨和悲哀，为子君，为自己。"③叙述主体在开头就获得了较大的叙述自由，知识分子涓生与子君的爱情里只剩下无爱的婚姻后，当涓生说出爱情已不存在的真相时，无法避免的空虚与绝望的精神困境折磨着他，反复出现的"空虚"和"悔恨"体现了叙述主体内在的情感导向。

　　小说文体的魅力与语言艺术和叙述策略密切相关，废名小说中死亡叙事的含蓄与诗意即得益于他在语言上的独特创造。如《竹林的故事》

---

① 鲁迅：《鲁迅全集》（第 2 卷），人民文学出版社，1981，第 107 页。
② 鲁迅：《鲁迅全集》（第 2 卷），人民文学出版社，1981，第 110 页。
③ 鲁迅：《鲁迅全集》（第 2 卷），人民文学出版社，1981，第 107 页。

叙述中的省略与留白，对死亡的感悟非关死亡事件本身，语言速度的变化意味着情感氛围的变化。随着文字的自由运用，小说在表达上面的特色和优势使它能够潜入人类灵魂的深处。"我们只要稍微在语言的声调、加重语气、停顿、句的长度方面加以改变，这个诗的世界就会变成另外一个世界，这个作品就会变成另外一个作品。"① 在萧红的小说《后花园》（1940）中：

> 后花园五月里就开花的，六月里就结果子，黄瓜、茄子、玉蜀黍、大芸豆、冬瓜、西红柿，还有爬着蔓子的倭瓜。这倭瓜蔓往往会爬到墙头上去，而从后墙头它出去了，出到院子外边去了。就向着大街，这倭瓜蔓上开了一朵大黄花。
>
> …………
>
> 六月里，后花园更热闹起来了，蝴蝶飞，蜻蜓飞，螳螂跳，蚂蚱跳。大红的外国柿子都红了，茄子青的青、紫的紫，溜明湛亮，又肥又胖，每一棵茄秧上结着三四个、四五个。玉蜀黍的缨子刚刚才出芽，就各色不同，好比女人绣花的丝线夹子打开了，红的绿的，深的浅的，干净得过分了，简直不知道它为什么那样干净，不知怎样它才那样干净的，不知怎样才做到那样的，或者说它是刚刚用水洗过，或者说它是用膏油涂过。但是又都不像，那简直是干净得连手都没有上过。②

小说的叙述语言已经超越以叙事为主的功能，具有极强的表现力。作者用诗性的语言和极大的热情描写后花园的花：热闹、热烈、奔放、耀眼。"可是磨房里的磨倌是寂寞的。"③ 冯二成子的寂寞与后花园的景象形成了对比。"后花园经过了几度繁华，经过了几次凋零，但那大菽

① 〔瑞士〕沃尔夫冈·凯塞尔：《语言的艺术作品——文艺学引论》，陈铨译，上海译文出版社，1984，第7页。
② 萧红：《生死场》，江苏文艺出版社，2006，第261页。
③ 萧红：《生死场》，江苏文艺出版社，2006，第262页。

茨花它好像世世代代要存在下去的样子，经冬复历春，年年照样的在园子里边开着。"① 而冯二成子的老婆死了，孩子死了，甚至后花园的园主也老死了，后花园换了主人，普通人的悲惨和不幸仿佛永远写不完似的，时间被拖延下来，推迟着，沉重地缓慢前进。具体时间的流动仿佛停止了，时间被模糊处理，作家沉迷于叙事之中，乐而忘返。世事沧桑的悲凉感和缓慢行进的感觉便得益于小说文本的叙述方式，文学叙述话语将现实空间中实在的"我"与虚构空间中叙述者"我"的记忆断裂开来，在不同的语法形式中，时间被重新形塑。实际作者与虚构叙述者的区别使得小说叙述话语的紧张和松弛是相对的，行为时间和文本时间的重合或保持距离决定了小说文本引人入胜的叙事方式。在被讲述的世界里，叙述者滞留在转述事件中，把讲述的时间放大，在叙述结构中有意延长讲述时间便产生了时间变慢的意义效果。现实世界的痕迹，经由叙述者的视线引导，变成了发现和创造。虚构叙事中时间的比对和架构以及叙述行为本身呈现出的时间特征，形成了不同的叙述话语策略。

第四节　死亡叙事对现代小说艺术形式的挑战

从宋代话本小说开始，读者（听众）在民间立场和审美心理等方面影响着小说的创作和接受。明末东南沿海地区经济的发展，使小说一度成为民间最受欢迎的文学样式，明清长篇小说的高度繁荣就是一个例证。近代以来，新式教育的发展，报刊印刷业的进步，为小说争取到了新市民阶层和青年学生等大量读者。小说主题内容无所不包，文言白话雅俗共赏，叙事方式新奇多变，又促使它的市场接受度越来越高；小说的个体阅读方式，加强了读者对小说审美特征的潜在接受与把握。这为接下来五四文化先驱选择以小说的方式进行文化思想启蒙提供了基础。

晚清到五四期间，随着关于小说这一文学体裁的讨论和争辩的深

---

① 萧红：《生死场》，江苏文艺出版社，2006，第 276 页。

入，小说的社会价值、道德功能等也逐渐进入讨论的视野，极大地影响了小说的创作潮流与倾向。如第一章所述，1902 年，梁启超发表《论小说与群治之关系》，发起"小说界革命"，从启蒙宣传的角度强调小说的社会功能，坚持小说革命在启蒙运动中的突出地位，迅速打破了封建时代轻视小说的正统文学观念。继《新小说》（1902）之后，《绣像小说》（1903）、《月月小说》（1906）、《小说林》（1907）、《新小说丛》（1908）等刊物相继创办，揭开了我国小说极其繁荣的一页。① 凭借小说改良社会，开启民智，既是思想家进行社会变革的良好愿望，也在实际上起到了一定的革新思想的作用。从晚清到民初，梁启超提出启蒙主义小说理论，徐念慈强调小说的审美情操和美学特征，林纾翻译的外国小说以开明的士大夫的立场对近代现实主义小说进行理论探索，在一定意义上，都可以看作五四时期小说观的先驱，给小说理论带来新的气象，为中国小说的现代转型提供了范式。与此同时，大量文学期刊的创办、出版小说机构的增多，极大地改善了小说生存的文化环境，提高了小说在文学史上的地位。五四文学革命，从白话文到新式标点的推广，都对现代小说的繁荣发挥了积极的作用。特别是翻译小说的引进，从创作观念、形式、叙事、语言等各个方面促进了现代小说形态的成熟。五四运动在思想文化领域的巨大推动力，新民主主义时代精神的感召，增强了现代小说的使命感和责任感，使现代小说从一开始就扮演了思想启蒙者的重要角色，在改革社会改良人生的过程中，在与鸳鸯蝴蝶派的低劣趣味和消遣娱乐的斗争中，既为小说正名，在一定程度上又推动了小说艺术的现代化进程，同时实现了小说作为一种文体从文学边缘到中心地位的改变。

从本质上讲，任何文学艺术都会受范式的约束和规定，小说也一样。但是，在文学的所有样式中，小说能够构建广阔的社会环境，可以展现错综复杂的矛盾冲突，能够通过一定的故事情节展现人物的性格，深化小说的主题，是容量最大、最富有想象力和最不受形式限制的文

---

① 杨义：《中国现代小说史》（第 1 卷），人民文学出版社，2005，第 5 页。

体。诗歌受短句形式和篇幅所限，语言凝练，对节奏和韵律有一定的要求，并且受抒发情感的方式所规约，注重意象、意境和修辞，甚至追求哲理，难以展示复杂的动态的死亡场景，只能承载抽象的意识。散文的取材非常广泛，时间跨度和空间转换不受限制，甚至可以上下几千年，纵横几万里，表达方式也灵活多样，它是与作家精神更直接更明显地联系在一起的文学体裁，作家本人的日记、自传、自叙、传说等传记性材料可以作为佐证给散文以真实的诠释。对于死亡意识和情感，对死亡哲学的思考，散文可以以一定的深度呈现。然而，叙事的长度和宽度、人物形象的烘托与塑造、人物关系的种种交代、人物内心世界的表现与挖掘、自然环境和社会环境的铺陈与营造等，小说的虚拟性、创造性、故事性和语言的审美性均不是散文、诗歌甚至戏剧等文体可以完成的。戏剧虽然也长于一定的叙事，但是戏剧的舞台、剧本的长度决定了戏剧的死亡叙事无法占用更长的时间，无法穿越时空完成复杂的叙事。深刻的死亡原因、复杂的死亡事件、全面的死亡场景、多样的死亡叙事风格，这些都是小说之外的文体无法承担的。在关于小说文体的讨论中，何镇邦认为兼容性是小说文体的重要特征，这是颇有道理的。小说能够把诗歌、散文、戏剧影视、报告文学甚至音乐绘画等艺术形式的多种优势综合起来。[①] 于是，在尖锐的死亡话题的呼唤下，现代白话小说出场了，死亡叙事承载的悲剧所要求的现场感、真实感和震撼人心的艺术效果等均对现代白话小说创作提出了新的要求。

古往今来，死亡作为自然生命的终结，人类没有任何可能将死亡的经验和感受直接传达，但是，对死亡的关注、困惑和思考是自人类产生主体意识以来就没有停止过的活动，于是文学滋生了对生命存在和生死理念的追问，小说给人类的想象提供了无限的空间。

五四文学紧承近代文学，近代文学已经将半殖民地半封建中国的积贫积弱和黑暗统治反映在小说中，但是，面对启蒙、唤醒民众、改革社会等政治责任，面对国家民族的前途，不温不火的主题创作已经不足以

[①]　何镇邦：《试论小说文体的基本特征》，《红河学院学报》2007 年第 6 期。

唤醒民众，难以实现五四革命的历史任务，而且也不足以区分新旧文学，难以实现近代文化先驱的政治梦想。正是在这样的历史背景下，死亡叙事紧锣密鼓地出现在现代小说中，首先实现了对传统审美习惯和审美心理的突破。在叙事视角、逻辑序列、结构模式和叙事话语等各个方面，现代小说的探索大胆而曲折。小说究竟应该主观抒情还是客观写实，小说中的故事究竟应该怎样讲，小说应该怎样写，是 20 世纪作家和理论家一直争论不休的问题。作为一种独立的艺术形式，小说的历史地位在完成从边缘向中心移动的同时，也逐渐形成了自身的独立品格。作家的成长环境、审美态度、政治立场以及文化背景等各不相同，但是 20 世纪前半期的中国，风雨飘摇的社会大环境和中西文化交织的文化大环境是相同的，作家对社会现实的反映，对国外文学的借鉴与困惑，对传统文化的扬弃与潜在吸收，表现在小说的死亡叙事中几乎又是不约而同的选择与承担。

第四章

中国现代小说中死亡叙事的审美风格

中国现代小说，从时间上来说是指五四运动以后的新民主主义革命时期的小说，从性质上来说是指采用白话文形式表现中国人的审美心态和情感方式的小说。中国现代小说一经出现，便以不可逆转的趋势向前发展。中国现代小说的出现得益于当时社会环境和文学氛围的现代性，尤其是新文化运动之后，文体革命以及各个文学流派的出现，让这些向来都不被中国文学所重视的文体样式逐渐登上大雅之堂。

第一节　现代小说叙事的兴起

明清两代，小说就已成为非常有成就的艺术形式。但由于正统的封建文学观念的压制和摧残，小说的地位一直处于民间或半民间的状态。自梁启超把小说从"街谈巷语、道听途说者之所造"抬举到"改良群治"、兴国新民的"最上乘"地位之后，小说及小说的创作不再流于粗俗浅显。这种观念的变化在很大程度上来源于"西学东渐"浪潮，其间从西方留学归来的理论研究者或者创作者，深受西方文化的影响，将西方的小说创作思路运用到中国的文学创作中，这样的创作理念为当时的中国小说带来了新的创作思路，也为新民主主义时期现代小说的产生奠定了思想基础。

一　现代小说文体意识的演变

五四新文化运动是我国新民主主义开端期的一场真正伟大的革命，它勇于打破旧套敢于接纳新潮，把中华民族自觉进取的精神引向空前开阔的境界。它在探索自身发展的过程中，表现出一种勇猛豪放的风格，在彻底反帝反封建的总主题下，对具体问题的思考往往具有不同的倾向和个性，求同而合，因异而争，呈现一种百家争鸣的局面。这场运动在步步深入中为我国现代小说的诞生和发展打开了局面。五四新文化运动对小说的主要贡献不在于用白话写小说，而是成为促使现代小说觉醒的一个重要标志。五四时期所宣扬的民主和科学的精神，使得一向被压制和歧视的小说获得了前所未有的繁荣。

20世纪初期，社会环境动荡复杂，思想意识逐渐开放，现代小说应运而生。当时留学归来的理论学家、作家，试图将自己在国外的留学经历以及所接受的文化熏陶应用到当时的中国文学中，通过眼界开阔的理论探讨，从宏观上把握小说的性质和价值；通过对民国初年旧文学的批判，从根本上革新小说并为小说的健康发展营造一个良好的氛围。西方文化为这些大家提供了开阔的视野，民国初年的旧文学为新样式小说的正位创造了条件，两者的里应外合、相辅相成成为新文化运动最有力的武器。陈独秀、胡适通过《新青年》初揭文学革命的旗帜，进行文体革命，鲁迅、周作人继之倡导思想革命，沈雁冰推动"为人生"的文学与下层民众相结合，为现代小说思想艺术的革新扫除了障碍，开辟了前进的道路。

五四新文化运动为现代小说挽回了尊严，与此同时，在这个思想解放、个性主义思潮高涨的时期，小说界群英会聚，人才济济，无论是刚回国的新生代年轻学者，还是本土较为传统的作家，都在这场"现代小说"的战役中涌现出来。时代的进步、思潮的个性化以及各路人才的迥异，促使小说界出现了"百花齐放、百家争鸣"的新现象。思潮或观点具备相似性的文学爱好者会自成一家，并为各自的风格进行定义，不同的文学流派在这样的环境中产生了。新文化运动早期，就有不同的研究者对文学流派进行过分析。早在 1915 年，陈独秀在《现代欧洲文艺史谭》一文中就简略介绍过古典主义、理想主义、现实主义、自然主义的观点，但实际上，在他自己的创作中也难以把不同风格的创作进行明确的分类。1918 年周作人在《日本近三十年小说之发达》的演讲中较为系统地介绍了日本小说的写实派、自然派、新主观主义派等交替更迭的历史，但仍旧无法应用于当时中国的小说创作体系中。1920年，沈雁冰在为《小说月报》局部改革撰写的《小说新潮栏宣言》中，把西方文学流派的发展轨迹与我国旧文学的弱点联系起来，认为《儒林外史》和《官场现形记》等还不能算作严格意义上的写实小说。后来成仿吾在《新文学之使命》中也表达了对新文学的主张和探讨。在这一时期，许多文学作家开始对文学流派进行初探，即使出现了与西方具有相似性的现实主义和浪漫主义小说流派，也是新民主主义时代小说意识觉醒的产物。

这种对小说派别进行分类的意识和探索，在新文化运动初期屡见不鲜，可以说 1915 年到 1919 年是现代小说流派的酝酿期，经过初期意识的朦胧，在 20 世纪 20 年代初期新小说流派才随着社团的纷起和创作的繁荣初见雏形。1921 年，沈雁冰、郑振铎、叶绍钧、王统照、许地山、周作人、瞿世英、蒋百里、孙伏园等十二人在北京成立了文学研究会，并接编和革新了商务印书馆刊行十一年的《小说月报》，创办了《文学旬刊》。同年，留学日本的郭沫若、郁达夫、田汉、成仿吾等人在日本成立了创造社，先后在上海泰东书局出版丛书，并创办了《创造》季刊。文学研究会和创造社会集了五四时代重要的小说家。后来，弥洒社、新月社、未名社、沉钟社相继创办。这种社团竞起、流派纷争、倾向交织的情形，实为我国文学史和小说史上前所未有的奇观。这种奇观的背后是小说创作在理论上呈现出的流派观念的明朗化和成熟化。经过对西方文学思潮的学习、对中国旧文学的改造革新以及对一系列小说理论的探讨，中国现代小说意识逐渐觉醒，小说艺术逐渐成熟，文学流派逐渐增多。由于小说流派观念的觉醒，一些以社团为纽带、以刊物为阵地的文学流派如雨后春笋般出现在新民主主义时代，并且成为现代小说繁荣的一个重要标志。

现代小说出现最具有代表性的标志，是鲁迅1918年在新文化运动的核心刊物《新青年》上发表的第一篇现代白话小说《狂人日记》。其以第一人称的叙事展开了对封建礼教的深刻批判。作为中国现代文学史上第一篇白话小说，它奠定了中国现代文学及小说创作的基础，宣布了中国小说史一个新纪元的到来。自此以后，以鲁迅为现代小说的创作先驱，以茅盾、巴金、老舍、丁玲等作家为健将，中国现代小说创作日益繁荣。

现代小说的发端期所对应的是新民主主义革命的开端时期，革命的热潮和思想的动荡成为现代小说发端的关键因素。现代小说的正式出现是以鲁迅《狂人日记》的发表为标志的，随后发表的《呐喊》《彷徨》将鲁迅的现代小说创作推向高峰，1918年还被称作小说界的"鲁迅年"。1919年之后，小说创作的氛围日益浓厚，随之出现的冰心、郭沫若、汪敬熙、叶绍钧、杨振声等，成为现代小说界的重要人物。当时冰心、汪敬熙等人的创作，适应当时的社会思潮和青年心理，触及当时常为青年思考因而较为敏感的一批社会人生问题，例如家庭婚姻的不幸、父子两代的冲突、下层社会生活的苦难等，这些都构成了问题小说的共同特点。1921年以后，现代小说进入了流派竞起的阶段。1922年到1926年，新出现的小说家大多是依托当时的文学期刊而走上文坛的，如出现在《小说月报》上的徐玉诺、王鲁彦、彭家煌、张闻天，创造社刊物上的周全平、叶灵凤、蒋光慈，《浅草》上的陈翔鹤、林如稷等，后来成为小说界巨子的老舍，也是从1923年开始在《南开季刊》和《小说月报》上发表小说的。在这一时期出现的小说家，都随着时间的发展成为后来小说界的佼佼者。1925年"五卅运动"前后，为迎接一场新的政治革命的到来，我国的社会思潮又迎来了一次转折，也就是逐渐将文学创作与革命建立联系。一时间，许多进步的小说家开始将自己的创作趋于革命化，随着新民主主义革命的深入开展，现代小说家的队伍和阵线也出现了新的分化和组合，从而进入了现代小说发展的全盛时期。

　　1927 年的到来，为中国现代小说的发展翻开了新的一页，随着"四一二"反革命政变的出现，小说成为反映这一时期社会状况的重要依据。抗日战争全面爆发后，小说创作发生了很大的变化。社会的动荡以及国共合作的政治格局促使一大批作家在颠沛流离的环境中奔走呼告，从而导致了文化中心的散落、转移及重聚现象的发生。这十年可以1941 年为划分依据分为两个阶段。1941 年前后，中国各政治派别和文学流派进一步建构和深化了文学观念体系，并且出现了各种观念、派别之间相互争鸣、驳难和批判的局面。1937～1941 年，适逢中国全民族统一抗战的关键时期，重庆、上海、北京等文化中心因战乱遭遇重创，难以再像和平年代那样进行高水准、专业化的文学创作，此时"文艺上的大众化问题"被重新提起，理论家也把文化中心的散落与作家所处的社会环境、作家的创作情趣、作品的接受对象和艺术手法联系起来。战火激发了所有理论学家和作家的爱国热情，于是他们将自己原有的创作计划转向了抗日宣传和战地记录等方面。在战火面前，作家无法弃笔从戎，但可以拿起笔杆子以一种联盟的方式走在抗战的一线。1937年，以蔡元培、胡愈之等为理事的上海文化界救亡协会成立，一些抗日救国的报刊也纷纷出现，随着抗战进程的推进，各地文艺组织纷纷成立抗战协会，以各种口号、诗篇为抗日救国奔走相告。在抗战初期，几乎所有作家都参与到抗战的狂风暴雨中，但由于社会环境的艰险，现代小说并没有发挥太重要的作用。此时，以情感或以口号为诗成为最有利的宣传武器，一些宣扬抗日救国的诗歌以及诗刊较为繁荣。

　　1941 年之后，战争进入胶着状态，政局的动荡也导致一大批作家进行地区迁移，不同地域的文化氛围孕育了不同的创作风格，一时间，中国的文学界再一次出现多元化的创作，后期便出现了国统区文学和解放区文学。前期爱国热情的高涨和后期对政局理性的反思，让后期出现的许多小说呈现出历史感与社会批判并存的现象。1941 年至 1948 年是中国现代小说作家经过二十余年探索后达到的一个非常成熟的阶段，这一时期创作出来的小说有 400 多部，并于 1946 年和 1947 年达到出版的高潮。老舍的《四世同堂》、路翎的《财主底儿女们》等都是在这一时期完成的。由于受当时社会背景的影响，这一时期的小说风格大多倾向于通俗化和纪实化，一方面能够更加真实地反映战争年代的状况，另一方面也能够使已被置于高点的现代小说为不同作家所书写，实现现代小说创作多样化和文体相互渗透。

二　现代小说的叙事方式概述

在 20 世纪 80 年代中期，关于叙事学的理论才逐步被介绍到中国。但早从第一篇白话小说诞生之日起，不同的理论研究者、学者和作家就对文学作品的创作展开了叙事结构上的创新探索。作为一种通过完整的故事情节和环境描写来反映社会生活的文学体裁，小说在叙事模式的应用等方面有得天独厚的优势，并凭借这种优势，伴随不同时代的文体、文学革命产生了与之相呼应的叙事革命。在小说中，讲求故事的真实性这一传统观念被打破，作者在叙事的过程中对虚构的部分进行自我颠覆，或者以不同的叙事视角向读者展示全方位的故事发展，甚至叙述者直接出面点破故事的虚构过程。不同叙事模式的运用，产生了不同效果的小说。

虽然"叙事"这一行为有悠久的历史，但叙事学是一门新兴学科。在研究现代小说的叙事类别或模式时，采用叙事学的观点能够更加重视文本内容的肌理结构和叙事技能，着重探讨作者是如何进行叙事的而非为什么这样写和写了什么。现代小说家对现代小说叙事技巧的把握将小说的理论中心进行了位移，也使中国现代白话小说从古典章回体、话本体的小说模式中脱离出来，开始拥有相对独立且多样化的叙事风格和叙事话语。而在中国现代小说的兴起及创作过程中，充满象征、暗示和期待的现实主义成为贯穿整个现代小说的主流叙事话语。20 世纪初的社会动荡带动文学界的小说家们将自己的热情和家国情怀渗透到自己的创作中，自觉地担负起文学的社会功能和历史使命，在创作中关注和反映历史、社会、人生，完成主体世界与客观世界的相互映射。现实主义文学精神一直是中国现代文学的主潮，而以写实、逼真、客观再现等为基本特征的转喻式的现实主义叙事话语成为中国现代小说的主流叙事话语。现实主义叙事方式是指用平铺直叙的语言、严密的逻辑以及顺畅的事理讲述一个故事，并通过这个故事反映某种社会现象或问题，以获得大众关注。叙事常常借助于某个特定的意象，一般是以隐喻或象征的方式表现出来，如鲁迅作品中夏瑜坟头的花环、"故乡"金黄的圆月、陈士成眼里的白光等，这些看似客观的景象背后都是对社会环境或是人物心理的暗示。中国现代小说在把握现实主义文学精神的主流叙事话语基础上，对小说的叙事视角、叙事时间、叙事结构展开了新的探索和尝试。

现代小说中的叙述视角是叙述者借助故事人物来讲故事的角度，是作者为了达到某种讲故事的效果而采取的表达手段，与情节的发展、冲突的展开和人物形象的塑造息息相关。鲁迅的《狂人日记》作为现代小说创作的第一标志性作品，在叙事视角上的突破和创新宣告了小说强化叙事意识和技巧时代的到来。在《狂人日记》中，鲁迅大胆舍弃中国传统章回体小说中几乎一成不变的全知叙事模式，而采用了极为罕见的第一人称视角进行叙事，在他后来的其他作品中，有一半是采用第一人称的方式进行写作的，有的第一人称"我"在整个故事的叙事中承担的是串联故事的功能，让读者产生共鸣的不是这个"我"本身是什么样的性格，而是"我"所处的社会环境以及所经历的身世命运等。继鲁迅之后，小说创作中转变叙事视角的作品以极快的速度增长，第一人称视角的叙事方式逐渐转向日记体、书信体的小说形式，这两种叙事方式不仅展现了作者精湛的艺术技巧，还可以让读者在阅读的过程中感受到作者真挚的情感与痛苦，对当时的创作文体以及后来的读者喜好等都产生了非常重要的影响。

在传统小说叙事中，故事情节总是按照物理时间的线性发展，必须符合前因后果的逻辑规律，而现代时间观念的变化使得这种逻辑经常被作家随意打破。现代叙事理论一般把小说中的叙事时间分为"故事时间"（现实时间）和"文本时间"（叙事时间）。"故事时间"是各种故事情节发生的现实自然时间状态，而"文本时间"是小说家叙述故事并对故事内容进行创作加工后表现在读者面前的文本秩序。鲁迅小说在时间策略的运用上也体现了对传统小说流水账式的单一时间模式的革新，如在《故乡》中，通过"我"的回忆，出现了闰土前后三十年的身形和精神上的差异。在后来众多的现代小说中，创造社、新感觉派小说也擅长打破"文本时间"与"故事时间"的一致性，运用倒叙、插叙等方法，将小说中的各种事件重新组合在新的人为时间次序中进行讲述，或者运用意识流手法进行不同的时间处理，旨在凸显故事的某种特殊含义或者取得预期的叙事效果。其文学叙事价值在于突破传统小说讲述时间的单向性与一维性，在文本结构上打破传统历时性线状叙事的单一格局，开创共时性立体叙事新路径，使中国现代小说从空间角度组织材料成为可能，开拓现代小说表现的新空间，丰富现代小说的审美。现代小说的时间与空间共同构成了小说创作的基本要素，但过去，对现代小说创作和研究的探索主要集中在时间维度上，一般会按照线性时间的推进展开小说的故事情节，或者作者在创作之前就已排布好故事发展的情节，而读者也沿着作者设定好的路径进行阅读。随着五四时期西方现代文学理论传入中国，现代小说作家或理论家开始将关注的重点落在小说的空间叙事结构上。与传统小说相比，现代小说通过不同人称的使用、大量的心理描写，以及时空交叉和时空并置叙述方法的运用，打破了传统的单一时间顺序，展露出一种追求空间化效果的趋势。

现代白话小说作为五四之后兴起的一种新文体类型，结合当时动荡多变的社会环境，探索出了不同风格、不同类别的叙事方式，无论是叙事视角的转变、叙事时间的多重方式还是叙事结构的多元化，都呈现了文学的动态变化。小说理论家、作家结合小说的叙事技巧，立足于当时的社会环境，进行相应的文学创作，使现代小说以丰富多样的叙事技法和复杂多变的形式，开拓了中国小说在新的历史时期的全新的艺术空间。根据形象塑造、文本结构、语言运用和表现方法等方面的不同，可以把文学作品划分为诗歌、小说、散文、戏剧这四种文学体裁。而小说，作为一种可以从多重角度展现故事情节的文体，在叙事技巧的运用上，与其他文体相比有很大的创作优势。中国现代小说是一种十分重要的文体，在文体史、文学史乃至文化史上都具有巨大的贡献。它引领小说从边缘走向文学中心，并发展到成熟阶段，出现了众多成绩显著的经典小说文本，形成了丰富多样新颖的小说文体，体现了富有意味的审美形式。总体来看，在中国现代文学的发展历史中，中国现代小说经历了从发生到发展再到成熟稳定的审美演变过程。现代小说文体及风格的创新与这一时期对小说叙事技巧的运用是分不开的，而且多样化的叙事模式在小说创作过程中的应用在更大程度上彰显了叙事的优势，因此，把握好白话小说与叙事模式之间相辅相成的关系，能够更好地理解现代白话小说在叙事技巧的运用中所体现的优势或特点。

19 世纪末以来有关叙事技巧的探讨有很多，根据拉伯克、托多罗夫和热奈特的理论，我们可以将叙事角度分为全知叙事、限制叙事和客观叙事三种。全知叙事是指叙事者存在于叙事的任何一个地方，有权知道并说出作品中任何一个秘密。这种叙事多用于中国古典小说的创作中。限制叙事是指叙述者采用第一人称或第三人称或者轮流充当故事中的角色来进行叙事，也就是说叙事者是故事中的某一人物。这一叙事方式在新文化运动之后被广泛应用，打破了旧有的叙事模式。客观叙事是指叙述者只描述人物所看到或听到的，不带有任何的主观色彩，是从比故事中的人物了解更少的角度展开叙事的。这一叙事方式主要应用于纪实性的创作中。在以上叙事角度中，限制叙事是目前应用最为广泛的一种，无论是在现代小说还是其他文体中。

在小说中，以第一人称或第三人称展开叙事的创作有很多。注重小说视角的运用，是为了增强小说的真实感，拓宽读者的阅读体验。在现代小说中，以第一人称讲述自己故事或感受并安排故事发展节奏，并决定叙述的轻重缓急，才能从真正意义上突出作家的审美体验，并摆脱故事文本的束缚，让第一人称成为故事的引导者。而在诗歌或散文中，增加不同视角的叙事方式固然能够增强诗歌的叙事性，但对于较为抽象且虚构的诗歌或者散文而言，注入较多的叙事因素，会在一定程度上削弱作品的灵性和浪漫色彩。若在诗歌中注入"我"的色彩，以第一人称进行叙事，则会使诗歌的主观性和抒情性大大增强，叙事性反而被大大削弱。在诗歌的叙事中难以实现叙事角度的运用，主要原因在于越是加入叙事者的角色或者叙事者越是作用于故事与人物，就越能体现"我"的主观存在，很难用叙事角度来表现诗歌内容所呈现的实际内容。而在剧本的创作中，虽然可以用不同的视角来呈现故事或舞台效果，但角色的设定与叙事视角设定是不能交叉的，否则会让剧本变得更为混乱难懂。因此，现代小说运用叙事角度进行叙事最为贴切，既能够让读者全方位多角度地了解故事脉络，又能够从不同的人物角色身上体会作者的创作意图，并为小说的整体阅读留有一定的想象空间。

与其他文体相比，小说在叙事时序上的优势最为明显。从某种意义上说，叙事的时间是一种线性的时间，而故事发生的时间是立体呈现的，现代小说与古典传统小说相比已经突破了对时间轴的顺延，打破了连贯叙述的方法。在现代小说的叙事结构中，故事是主体，时间作为表层结构支配了整个故事，无论是运用顺叙还是插叙、倒叙等叙事方式，都能够从不同的时间维度向读者呈现故事的进展情况。叙事时序在现代小说中的应用就像是打开了一幅漫长的历史画卷，能够沿着作者在时间上的安排走进故事，并能够根据作者在不同时间段的情节安排体会作者想要呈现的故事背景和表达的思想情感。与诗歌、散文相比，现代小说在叙事时序上的特点最为明显。诗歌和散文更多的是以抒情的方式为读者传诵，过多的叙事或者不巧妙的叙事时序会影响整个作品情感的表达。

叙事时序作为现代小说创作的一大法宝，被应用于越来越多的小说创作中。作者通过不同时序或不同叙述时序的交叉，为读者建立起立体的时间维度，从而使读者在不同的时间线上了解到不同的时代背景和人物心理、情感。

小说的叙事结构一般由外在结构和内在结构组成，外在结构指小说组织结构的整体框架及外在表现形态，而内在结构则是使小说内容融为一体的组织法则，包括小说作品情节的处理、人物的设计、环境的安排以及整体的布置等。中国古典小说的叙事结构一般以情节为结构中心，通过情节跌宕起伏吸引读者；而在五四之后，现代作家更倾向于以性格为结构中心。二者的区别也就是郁达夫所描述的"只叙述外面的事件起伏"与"注重于描写内心的纷争苦闷"的区别。以性格为结构中心重在把握人物的心理结构，现代小说大家曾用大量的篇幅来描写人物的心理。叶圣陶在作品中冷静地解剖小人物的灰色生命，郁达夫则直逼零余者悼惑的心态，鲁迅更是同时展示劳苦大众麻木的目光和知识者痛苦的灵魂，这些对人物心理结构的描写既能够反映当时的社会状态，又能够激发读者对这些人物的同情或共鸣。《狂人日记》的叙事是以独白式的心理分析为开端的，这促使以第一人称为主的日记体和书信体小说成为"五四"时期作家们热衷的小说形式。

现代小说作为新民主主义时期文学的产物，对当时和后来的文学界都发挥了非常重要的作用。梳理中国现代小说的发展历史，在结合时代背景的基础上，能够了解现代小说产生以及后续发展、革新的特点，再结合叙事学的相关理论，能够更加明确地探讨出现代小说在叙事上的特点和优势。时间、空间、人称视角都是构成叙事结构的重要因素，这些因素在现代小说由"传统"转向"现代"的进程中具有不可忽视的作用。叙事结构在现代小说的创作中所蕴含的独特审美意义，能够在新的时期迸发出新的文学价值和活力。

中国现代小说中的死亡叙事一方面集中表现了对传统审美的突破，呈现出暴力审美的倾向，另一方面又表现出对传统审美的继承，呈现为死亡叙事的中和之美。综观现代文学三十年小说文本中出现的死亡叙事，根据审美价值的不同可以将死亡叙事的审美风格分为暴力审美、中和之美、悲壮美和崇高美等几种类型。

第二节　死亡叙事的暴力审美

作为一种文学存在，小说中的死亡叙事是一种包含形式与意义的文化符码，它包含具体的死亡事件、死亡事件中的人物，以及死亡事件的文化背景、叙述立场、叙述效果和死亡叙事对小说构成的影响等，以文学的方式探索个体生存与死亡的关系,这种探索更加逼近生命的本质。在不同的社会环境中,作家的个人体验和审美情趣不同,小说中的死亡叙事因此呈现出不同的审美形态。

一 五四时期死亡叙事的暴力书写

美学创始人鲍姆嘉通认为:"完美的外形……就是美,相应不完善就是丑。因此,美本身就使观者喜爱,丑本身就使观者嫌厌。"① 这是对审美活动中审美对象的感性认识,畸形、损毁和芜杂构成了与美相对的"丑"的内容。五四时期,因为启蒙疗救病苦、改良人生的急切需要,小说开始直面死亡,表现为对传统审美的突破。现代作家以极大的热情,选择"死亡"作为叙事利器,与旧道德、旧社会展开斗争,小说多表现掷地有声的悲剧,以震撼人心的力量引起疗救的注意,甚至在死亡场景的描写上,作家有意审丑,有意在小说中书写不和谐、不平衡的东西。五四文学对于死亡悲剧的描写,极大地丰富了现代文学的审美对象,拓展了现代文学的表现领域。

在中国传统的叙事文本《水浒传》和《三国演义》中,死亡的暴力书写,如英雄杀人的刀光剑影是小说审美的重要组成部分。叙述者以英雄杀人的血腥与恐怖代替了对替天行道精神的赞美。英雄武松、李逵、杨雄和仁君刘备,在残忍的杀戮过程中都嗜血成性、丑陋粗鄙,这种来源于人类无意识的兽性记忆的"宣泄人类原始生命蛮力"② 的恶魔性因素,成为人类精神文明进程的组成部分,不断参与人类文化秩序和审美形态的塑造。

五四前夕,民族危难深重,社会政治黑暗,文化先驱纷纷以救国救民、改造社会为己任,积极探索拯救中国的道路。鲁迅向来痛恨"中

---

① 北京大学哲学系美学教研室编《西方美学家论美和美感》,商务印书馆,1982,第142页。
② 陈思和:《试论阎连科的〈坚硬如水〉中的恶魔性因素》,《当代作家评论》2002年第4期。

国人的不敢正视各方面，用瞒和骗造出奇妙的逃路来"①。正因为五四作家直面死亡的勇气和审美兴趣，以作家的个人生存体验为内驱力，小说中对死亡的暴力书写和对死亡场景的真实再现，显示了死亡叙事对传统审美的挑战。鲁迅的《狂人日记》一语道破几千年来封建礼教"吃人"的本质，振聋发聩，令人触目惊心。在许钦文的《石宕》（1923）中，以采石为生的石匠，除了咯血而死，便是石层断裂引发的悲剧："离开掉下来的石块两丈多远的地方歪斜地躺着一条臂膊，那近旁是一颗涂着鲜血的头……在另一处发现一只带着小腿的脚……"② 惨烈的死亡场景、石缝里微弱的呼救、妻子们和母亲们哭天抢地的叫喊，演变成绝望的画面。小说结尾，半个月后，铁锤击打岩石的声音重又响起，因为活着的人还要生存，还要养家糊口，可见比死亡更加悲惨的是延续下来的静态而无常的人生。台静农的《弃婴》（1926）中有这样的描写："许多破碎的布片，中间横卧了一个胎儿的尸身，正是紫红的脸，胎毛黑黑的小人儿。那尸身满了野狗的牙痕，那肥嫩的小腿，已经失去了，只剩了下胯的半截，现出紫红血色的肉。"③ 这个被野狗咬死的婴儿，呈现出死亡令人战栗的丑陋与残酷。许杰的《大白纸》描写了宗法社会农村一种把妻子转嫁出去的叫作"活离"的陋俗。当香妹发疯成为婆家的累赘的时候，她的公公冷酷地说："就是把她绞死了，也不该做这种伤风败俗的事的。……""论我的意思，还是绞死了清白！""不然，就把她卖到辽远的荒僻地方去，譬如永没有这个人；譬如同我们永不相干的死了！"④ 小说既揭示了香妹无法摆脱悲剧命运的理由，也刻画了庸众自身的生存真实——封建社会对人的精神麻醉之深使家庭生活直面鬼气森森的死亡，生者的价值被剥夺，人就变成了没有生命的躯壳。鲁彦的《童年的悲哀》中，"我"眼前出现了可怕的幻影："一只红眼睛垂尾巴的疯狗在追逐阿成哥，在他的脚骨上咬了一口，于是阿成

---

① 鲁迅：《鲁迅全集》（第1卷），人民文学出版社，1981，第240页。
② 中国现代文学馆编《许钦文代表作：鼻涕阿二》，华夏出版社，2009，第64页。
③ 中国现代文学馆编《台静农代表作：建塔者》，华夏出版社，2009，第22页。
④ 施建伟编著《许杰代表作》，河南人民出版社，1994，第128页。

哥倒下地了，满地流着鲜红的血，阿成哥站起来时，眼睛也变得红了，圆睁着，张着大的嘴，露着獠牙，追逐着周围的人，剌剌地咬着石头和树木，咬得满口都是血，随后从他的肚子里吐出来几只小的疯狗，跳跃着，追逐着一切的人……于是阿成哥自己又倒在地上，在血泊中死去了……有许多人号哭着……"①在落后的中国农业社会，善良的阿成被厄运当头的生活所逼，承担着众人难以想象的身体与精神的双重痛苦。吴组缃的《天下太平》（1934）中，在贫穷和疾病的直接压迫下，王小福对家庭的惨状已经麻木，当小女儿病死之后，"以前还成天放出小猫子的声音啼哭着，到后，小脸子浮肿得如同黄蜡一样，身上的皮肉干皱起来，犹如皱折的桑皮纸"②。对死生惨状的直接描写在唤起读者阅读体验的同时，也进一步强化了读者对封建宗法制度的痛恨，对农民悲惨命运的同情，和对封建礼教的否定，它的批判指向的是更深远的文化和制度。所以，死亡叙事的暴力引人深省，人类被带回生存的本质，增添了小说的悲剧色彩，也丰富了小说的审美。

二 革命题材小说中死亡叙事的语言暴力

李泽厚将中国的现代性叙事概括为启蒙和救亡的双重变奏。当中国现代特殊的历史阶段来临时，文学革命转向革命文学，救亡压倒启蒙，革命斗争具有了历史的合法性，没有激烈的革命斗争，没有暴力，就不会有历史深度。革命总与秩序破坏和力量扩张有关，甚至伴随着不可避免的流血和牺牲。

20世纪20年代，日本帝国主义对中国的侵略以经济剥削为主，其利用中国的原料和廉价劳动力，在中国各口岸设立工厂，管理苛刻，肆意虐待工人，并勾结北洋军阀制造血腥屠杀。1926年的"五卅"运动一周年纪念日，蒋光慈在诗歌《血祭》中写道："我忆起来南京路上的

① 中国现代文学馆编《鲁彦代表作：秋夜》，华夏出版社，2009，第89页。
② 中国现代文学馆编《吴组缃代表作：一千八百担》，华夏出版社，2009，第121页。

枪声，呼号，痛迹，／和那沙基的累累的积尸，汉江的殷红的血水，／一切外国强盗向我们所施的残暴，无理……／我就是叫我全身不战栗，唉，又怎么能够呢？"① 诗人的情绪显示了反对帝国主义的大革命情绪的高涨。从 20 年代末左翼文学兴起开始，死亡叙事中出现了以历史正义的名义进行的暴力叙事，体现为革命中的杀戮和血腥。

在反抗血腥暴力的斗争中，革命集体作为话语符码指示着群体的力量，革命象征着时代的最高道德律令，个人的一切必须纳入革命集体中，个人的精神世界成为禁忌，革命者为神圣革命献身的牺牲精神战胜了个人的恐惧和焦虑。汉娜·阿伦特认为："必然性和暴力结合在一起，暴力因必然性之故而正其名并受到称颂，必然性不再在至高无上的解放事业中遭到抗拒，也不再奴颜婢膝地被人接受。相反，它作为一种高度强制性的伟大力量受到顶礼膜拜。"② 革命叙事中历史必然性与暴力合法性的结合，使得 20 年代普罗小说中死亡叙事的暴力化以合乎历史发展逻辑的面目而存在。在蒋光慈的《最后的微笑》中，革命者沈玉芳将阿贵的杀人行为解释为道义上的阶级复仇，用民众的利益和为正义奋斗消除了阿贵的恐慌。在《菊芬》中，病中的菊芬身体虚弱，可是一想到革命，她就兴奋不已："我现在也不知因为什么缘故，总是想杀人，总是想拿起一把尖利的刀来，将世界上一切混账的东西杀个精光……江霞同志，你想想，为什么敌人能够拼命地杀我们，而我们不能够拼命地杀敌人呢？呵，杀，杀，杀尽世界上一切坏东西！……"③ 用革命合法性提供的道德话语掩盖了暴力的非法性的一面。以阶级冲突和革命作为情节结构的中心，死亡叙事中的暴力美学充分体现出来。

40 年代，同样是表现土改运动的内容，《太阳照在桑干河上》处决地主钱文贵时群众动手殴打；《暴风骤雨》中处决地主韩老六时，郭全

---

① 蒋光慈：《蒋光慈诗文选集》，人民文学出版社，1955，第 82 页。
② 〔美〕汉娜·阿伦特：《论革命》，陈周旺译，译林出版社，2007，第 99 页。
③ 蒋光慈：《蒋光慈文集》（第 1 卷），上海文艺出版社，1982，第 415 页。

海和李常有的背后跟着一千多名群众，叫着口号，唱着歌，打着锣鼓，吹着喇叭，高喊"打死他""杀死他"，以历史合法性的名义进行了一场暴力盛会。"报仇的火焰燃烧起来了，烧得冲天似的高，烧毁几千年来阻碍中国进步的封建，新的社会将从这火里产生，农民们成年溜辈的冤屈，是这场大火的柴火。"妇女小孩都用秧歌调唱起他们新编的歌来。"千年恨，万年仇，共产党来了才出了头。韩老六，韩老六，老百姓要割你的肉。"因为全屯被韩老六整死的人命共十七条，被他和他儿子强奸、霸占的妇女有四十三名，老田太太颤颤巍巍地说："非把他横拉竖割，不能解恨呀！"①诸如此类群众的愤怒，革命中的暴力行动以正义的形式出现，以阶级为基础建立起来的革命伦理，确立了暴力叙事的合理性和死亡叙事语言中的暴力性。

三　历史题材小说中死亡叙事的暴力审美

暴力美学是指把相关的媒体表现中的暴力元素提取出来，创造纯粹的形式主义美感，同时包括对艺术加工过的暴力展现的审美体会。② 陈晓明说，审视现代以来暴力美学的传统，现代小说通过暴力美学展现了现代性的宏大叙事，完成了它对民族国家建构的文学想象。③ 这种评价，用在革命小说中比较恰当，用于所有现代小说中的死亡叙事，未免有些含糊。陈文特别提到了"刀"在当代小说叙事中的作用。其实，"刀"这一器具作为暴力美学的叙事依赖对象，并不是在当代小说的底层叙事中才开始使用的。追溯现代小说创作的历史，20 年代末开始登上文坛的施蛰存的小说中已经有成功尝试。

施蛰存以《将军底头》《梅雨之夕》等实验性的小说创作撞击中国现代文学中现实主义的厚重大门，这种尝试虽也获得了朱湘、叶圣陶、

---

① 周立波：《暴风骤雨》，人民文学出版社，2009，第 148、152、155 页。

② 尹洪等：《试论"暴力美学"及其特征》，《南昌航空大学学报》（社会科学版）2008 年第 2 期。

③ 陈晓明：《"动刀"：当代小说叙事的暴力美学》，《社会科学》2010 年第 5 期。

沈从文等的高度肯定，但长期以来，左翼文学评论家楼适夷的"代表着的乃是一种生活消解文学的现象""用这种新奇的美，他们填补生活的空虚"① 等评论占据文坛主要地位。直到 20 世纪 80 年代以后，在"重写文学史"的背景下，施蛰存的小说创作才再次得到肯定与欣赏。吴福辉认为，施蛰存接受了奥地利精神病医师弗洛伊德和英国心理学家霭理斯的影响，改变了《上元灯》那种小说的外部叙述方式，使之内在化，逼视着人们的内心世界，包括对无意识领域和梦幻、性变态心理的开掘。② 严家炎在《中国现代小说流派史》中准确概括了施蛰存小说的都市文学的现代性特征。③ 杨义在《中国现代小说史》中辟出专节介绍施蛰存小说，认为他是"现代心理小说的探索者"④。李欧梵也撰文称赞施蛰存是"一个有原创性的作家，一个先锋，一个拓荒人"⑤。所以，施蛰存小说的真正价值就在于他对审美形态的理性追求，对 20 世纪现代主义小说的建构做出了重要的贡献。

正如陈平原在《中国小说叙事模式的转变》中所分析的，自五四作家起，非情节化已经成为现代小说结构的主要特点。⑥ 施蛰存创作的十年正是中国现代白话小说日益成熟的时期，他说："20 年代末我读了奥地利心理分析小说家显尼志勒的许多作品，我心向往之，加紧了对这类小说的涉猎和勘察，不但翻译这些小说，还努力将心理分析移植到自己的作品中去。"⑦ 他还将日本新感觉派小说和弗洛伊德的二重人格理论融入创作，体现出较为成熟的审美知觉。在弗洛伊德的精神分析学中，潜意识是人类行为背后真正的内驱力，施蛰存将小说写作的触角伸

---

① 楼适夷：《施蛰存的新感觉主义——读了〈在巴黎大戏院〉与〈魔道〉之后》，《文艺新闻》第 33 号，1931 年 10 月。

② 吴福辉：《中国心理小说向现实主义的归依——兼评施蛰存的〈春阳〉》，《十月》1982 年第 6 期。

③ 严家炎：《中国现代小说流派史》，人民文学出版社，1989，第 121 页。

④ 杨义：《中国现代小说史》，人民文学出版社，2001，第 647 页。

⑤ 〔美〕李欧梵：《上海摩登——一种新都市文化在中国 1930—1945》，毛尖译，北京大学出版社，2001，第 168 页。

⑥ 陈平原：《中国小说叙事模式的转变》，上海人民出版社，1988。

⑦ 施蛰存：《关于"现代派"一席谈》，《文艺理论》1983 年第 10 期。

向人的内心深处，去捕捉和解读支配人的思想和情感的深层动机，展现人物在自身人格冲突下苦苦挣扎的苦闷，表现性的压抑和苦闷对人物的支配和操控。在《〈将军的头〉自序》中，他说："《鸠摩罗什》是写道和爱的冲突，《将军底头》却写种族和爱的冲突了。至于《石秀》一篇，我只是用力在描写一种性欲心理，而最后的《阿褴公主》，则目的只简单地在于把一个美丽的故事复活在我们眼前。"① 施蛰存摆脱了中国古典小说的牵制，以人物的感觉作为小说结构的中心。在这里，历史人物处在原欲和理性的斗争中。本能的驱使，宗教、民族教义与社会伦理道德的束缚，使得梁山好汉石秀、大唐将军花惊定等各种历史人物的潜意识从纵深开掘，施蛰存小说将古代人内心对欲望的压抑和反抗过程展现给了读者。在中国古代文学中，英雄献身战死沙场的死亡方式会被描写得激昂豪迈，表现出历史人物的人性光辉与魅力，体现为悲壮与崇高的审美风格。在施蛰存《将军底头》的死亡书写中，花惊定被爱的虚无和少女的嘲弄杀死，在种族矛盾和爱欲冲突之中花将军的悲剧浮现出来。

《石秀》以《水浒传》中"石秀杀嫂"的故事为原型，放弃原著中全知全能的叙述视角，改为内聚焦的视角。比如小说中描写石秀对刀的感觉："原来石秀好像在一刹那间觉得所有的美艳都就是恐怖雪亮的钢刀，寒光射眼，是美艳的，杀一个人，血花四溅，是美艳的，但同时也就得被称为恐怖；在黑夜中焚烧着宫室或大树林的火焰，是美艳的，但同时也就是恐怖；鸩酒泛着嫣红的颜色，饮了之后，醉眼酡然，使人歌舞弹唱，何尝不是很美艳的，但其结果也得说是一个恐怖。……"② 作者并不关注小说的历史意义，只关注历史人物的灵魂存在，发掘被典籍掩盖的人物的人格冲突，运用内聚焦的视角，对人物精神进行细致入微的分析，甚至带有一些冷酷去凸显人物的内心感受——被爱欲极度扭

---

① 刘凌、刘效礼编《施蛰存全集》第一卷《十年创作集》，华东师范大学出版社，2011，第623 页。

② 刘凌、刘效礼编《施蛰存全集》第一卷《十年创作集》，华东师范大学出版社，2011，第106 页。

曲的石秀的心理和嗜血的美感。施蛰存的审美心理偏向于具象，内向、哀婉，带有一种内倾性的审美特征。在对历史人物的颠覆和解构中，创作主体依据对经验世界的把握而创造人物。在勾栏，娼女给石秀削梨时不小心被小刀割破了一个指头，石秀看到，"在那白皙，细腻，而又光洁的皮肤上，这样娇艳而美丽地流出了一缕朱红的血。创口是在左手的食指上，这嫣红的血缕沿着食指徐徐地淌下来，流成了一条半寸余长的红线，然后越过了指甲，如像一粒透明的红宝石，又像疾飞而逝的夏夜之流星，在不很明亮的灯光中闪过，直沉下去，滴到给桌面的影子所荫蔽着的地板上去了"①。杀掉头陀和海和尚之后，石秀"昏昏沉沉地闻着从寒风中吹入鼻子的血腥气，看着手中紧握着的青光射眼的尖刀，有了'天下一切事情，杀人是最最愉快的'这样的感觉……"②。在叙事中混合着诗意的赞叹和施虐的狂欢，石秀想象："如果把这柄尖刀，刺进了裸露着的潘巧云的肉体里去，那细洁而白净的肌肤上，流着鲜红的血，她的妖娇的头部痛苦地侧转着，黑润的头发悬挂下来一直披散在乳尖上，整齐的牙齿紧啮着朱红的舌尖或是下唇，四肢起着轻微而均匀的波颤，但想象着这样的情景，又岂不是很出奇地美丽的吗？况且，如果实行起这事来，同时还可以再杀一个迎儿，那一定也是照样地惊人的奇迹。"③当杨雄把侍女迎儿砍死后，"正如石秀所预料着的一样，皓白的肌肤上，淌满了鲜红的血，手足兀自动弹着。石秀稍微震慑了一下，随后就觉得反而异常的安逸，和平。所有的纷乱，烦恼，暴躁，似乎都随着迎儿脖子里的血流完了"④。小说描写了杨雄杀潘巧云的过程中石秀的反应："杨雄一步向前，把尖刀只一旋，先拖出了一个舌头。鲜血从

① 刘凌、刘效礼编《施蛰存全集》第一卷《十年创作集》，华东师范大学出版社，2011，第114页。
② 刘凌、刘效礼编《施蛰存全集》第一卷《十年创作集》，华东师范大学出版社，2011，第119页。
③ 刘凌、刘效礼编《施蛰存全集》第一卷《十年创作集》，华东师范大学出版社，2011，第119页。
④ 刘凌、刘效礼编《施蛰存全集》第一卷《十年创作集》，华东师范大学出版社，2011，第123页。

两片薄薄的嘴唇间直洒出来，接着杨雄一边骂，一边将那妇人又一刀从心窝里直割下去到小肚子，伸手进去取出了心肝五脏。石秀一一的看着，每刻一刀，只觉得一阵爽快。只是看到杨雄破着潘巧云的肚子倒反而觉得有些恶心起来：蠢人，到底是个刽子手出身，会做出这种事来。随后看杨雄把潘巧云的四肢和两个乳房都割了下来，看着这些泛着最后的桃红色的肢体，石秀重又觉得一阵满足的愉快了。真是个奇观啊！分析下来，每一个肢体都是极美丽的。如果这些肢体合并拢来，能够再成为一个活着的女人，我是会得不顾着杨雄而抱持着她呢。"① 这些直接或间接的心理描写，将石秀潜意识中由性压抑和嫉妒产生的变态性格挖掘出来，将由此而造成的虐待狂的心理表现得淋漓尽致，暴力美学的独特魅力以及它所带来的特殊审美感受，给读者一种新奇而纯粹的审美上的满足。石秀因为性欲得不到满足、狠毒和原始生命力的蔓延而变得粗犷暴戾。

与审美对象保持足够的距离使施蛰存能够以审美的心态写作，能够不动感情地进行叙述。零度写作的态度、零度情感的参与、克制凝练的语气，使小说的暴力审美产生了陌生化的艺术效果。俄国形式主义批评家什克洛夫斯基在《作为手法的艺术》中说："那种被称为艺术的东西的存在，正是为了唤回人对生活的感受，使人感受到事物，使石头更成其为石头。艺术的目的是使你对事物的感觉如同你所见的视象那样，而不是如同你所认知的那样；艺术的手法是事物的'反常化'手法，是复杂化形式的手法，它增加了感受的难度和时延，既然艺术中的领悟过程是以自身为目的的，它就理应延长；艺术是一种体验事物之创造的方式，而被创造物在艺术中已无足轻重。"② 文学的陌生化就是打破无意识的习惯。艺术的使命不在于原原本本地模仿自然或者社会生活，而在于"加密"或"变形"，把本来平淡无奇的事物变得不同寻常，通过这

---

① 刘凌、刘效礼编《施蛰存全集》第一卷《十年创作集》，华东师范大学出版社，2011，第123页。

② 〔俄〕维克托·什克洛夫斯基等：《俄国形式主义文论选》，方珊等译，三联书店，1989，第6页。

样那样的艺术处理，唤起读者对生活的新鲜感受。与五四文学的丰富性相比，30 年代的文学主潮已经从多元格局走向单一模式，施蛰存说："普罗文学运动的巨潮震撼了中国文坛。"[①] 当时的主流文学强调集体意识，强调文学为革命服务，而五四精神强调"人"的解放和"人性"的解放。施蛰存借鉴国外现代主义精神和现代主义表现手法，标新立异地探索"现代"，在小说中宣扬本我，肯定人的物质性的存在，意即"发掘出一点人性"[②]，这不能不说是对五四精神的继承与实践。

时间和空间是人类自我存在意识和认知意识产生最重要的依据。架空的时空，也是对中国传统叙事审美理念的突破。以 1935 年施蛰存退出《现代》为界限，前期的心理分析小说和后期的现实主义小说成为创作主体创作转型的见证。30 年代小说架空时间和空间的叙事方式并不是偶然发生的，之前鲁迅的《故事新编》和郭沫若的诸多历史剧已经进行过尝试。艺术上的创新，带来了新的审美效果。小说虚化了时空，突出了人物在社会伦理和自身人性之间两难选择的尴尬。

死亡叙事的暴力美学共同指向复杂的人性。历史背景的虚化使时间没有了明确的特征，人物可以脱离小说提供的历史时代而存在，死亡叙事由此得到了更多的探索人物心理的自由。施蛰存从人的角度来解读历史人物，不守清规的佛教弟子鸠摩罗什、天下第一毒人石秀、败军之将花惊定虽然违背了社会伦理道德规范，却也从小说文本中获得了合理的解释。从艺术创新的角度看，死亡叙事中表现出来的暴力审美的倾向，也是一种大胆而成功的尝试。

现代性是指传统社会向现代社会转变过程中形成的一系列新的知识理念和价值标准。中国现代文学的现代性是人的发现与文学的自觉。其价值建构中既融合了西方的理性主义和自由主义原则，也融合了西方的非理性精神和生命意识。所以，自由暴力美学体现出的是审美的现代

---

① 施蛰存：《我的创作生活之历程》，刘凌、刘效礼编《施蛰存全集》第一卷《十年创作集》，华东师范大学出版社，2011，第 632 页。

② 施蛰存：《关于〈黄心大师〉》，陈子善、徐如麒编选《施蛰存七十年文选》，上海文艺出版社，1996，第 357 页。

性，而不是启蒙的现代性。

20 世纪 90 年代，死亡叙事的审美尝试进行得如火如荼。当代作家余华说：“暴力因为其形式充满激情，它的力量源于人内心的渴望，所以它使我心醉神迷……可是那种形式让我感到是一出现代主义的悲剧……在暴力和混乱面前，文明只是一个口号，秩序成了装饰。”①余华、莫言等作家将死亡叙事中的暴力美学推向了极致，小说《现实一种》、《死亡叙述》、《红高粱》系列、《檀香刑》用暴力、死亡、血腥等组成了强悍的先锋主题话语，形成了极具审美艺术张力的文本，死亡叙事的暴力美学在这些作家手中达到了巅峰状态。暴力美学表面上弱化了教化功能和道德审判，但就小说来讲，实际上是作者把审美选择和道德判断还给了读者，它意味着小说只提供一种形式上的审美，内在的艺术观念则留给读者自由的空间。现代小说的死亡叙事研究归根结底是为了让人们在纷繁复杂的叙事表层之下把握小说的内在用意。作家试图用这种尝试唤起读者对人的感知，对自然存在的人的生命欲望和生命价值的感知。在现代小说家笔下，暴力叙事已经渗透到日常生活中，并被反复演绎，暴力审美的穿透力和影响力也已被广泛接受，在突破传统审美的同时，应该归还文学真正的人文精神和人文关怀。

第三节　死亡叙事的中和之美

尽管五四新文化运动倡导对传统道德和传统文化的全面反叛，但五四落潮后，到了 20 年代后期，这种反判已不再那么激烈。受儒家中庸思想的影响，中和之美在中国源远流长的文化进程中一直占据着非常重要的地位。这一美学范畴包含浓重的道德观念和政治智慧，是中国独特的文化精神、意识形态和价值取向在审美形态方面的反映。“怨而不怒”“哀而不伤”“乐而不淫”孕育着中和之美的艺术准则，表征了安然平和的心态，在小说的死亡叙事中体现为相对节制的构思和悠远宁静

---

① 余华：《余华作品集》（第 2 卷），中国社会科学出版社，1995，第 280 页。

的意境。

同样是死亡主题的选择，作家审美趣味的不同映照在小说中便是审美风格的差异。与直接表达死亡的惨烈和死亡场景的阴森恐怖的小说不同，有的小说选择了对死亡进行侧面描写：或者通过死亡意象如坟场、墓地、河灯等意象的设置来化解死亡的苦难意义，消除对死亡的恐惧心理；或者通过死亡意境的营造描写对死亡的感悟；等等。死亡叙事除了表现哲理性的美之外，也在一定程度上表现了向传统美学的回归，体现为平静、中和之美。特别是作家宗教情怀的渗透与融入，使现代小说中的死亡叙事进一步呈现出不同程度的丰富性与美学特征。

一 宗教精神的渗透

人类作为一个整体，生命总在不断延续之中。然而作为个体的人，在时间上最终必然要走向死亡。而宗教是人类的精神信仰，宗教的思维方式和情感信仰寄托着对生命的终极关怀。

在《20世纪中国文学与佛学》一书中，谭桂林指出了近现代学者和作家与佛教文化的亲近，以及佛教精神在现代文学中存在的普遍性。① 在《鲁迅与佛学问题之我见》一文中，谭桂林通过大量史料考证了鲁迅的精神人格与佛学精神的联系，以及鲁迅对人生所做的价值判断、对宇宙所做的本质界定和对生死问题的体验证悟与佛教的"生存即苦"、"万法皆空"和"涅槃"三个基本概念之间存在的对应关系。② 甘智钢在《〈祝福〉故事源考》一文中，曾对鲁迅的小说《祝福》和佛教《贤愚经》里微妙比丘尼的故事进行对比，得出的结论是，这两个故事在结构上极为相似。③ 刘禾进一步研究发现，鲁迅发表于1924年的《祝福》，文学写实主义之外，"长期以来被文学批评遮蔽的，则是

---

① 谭桂林：《20世纪中国文学与佛学》，安徽教育出版社，1999。
② 谭桂林：《鲁迅与佛学问题之我见》，《鲁迅研究月刊》1992年第10期。
③ 甘智钢：《〈祝福〉故事源考》，《鲁迅研究月刊》2002年第12期。

一个深深嵌入小说《祝福》叙述结构内部的佛经故事，即《贤愚经》的微妙比丘尼的故事"①。鲁迅确实曾沉迷于佛教典籍，不过，他"是从积极的角度去接受的。他一生都能吃苦，甚至是以苦为乐甚或苦中作乐的生活态度，关心他人舍生取义的博大而仁慈的胸怀，尤其是在极端恶劣的物质精神环境中，坚忍不拔、韧性顽强的人生态度，甘于清贫、不求闻达、默默无闻为他人为社会劳作的精神……不能说没有佛教精神的浸润"②。这些研究，共同印证了佛教文化对鲁迅精神的深刻影响。体现在小说的死亡叙事中，在俗世看来是悲痛的死亡，在佛教看来是生命的圆寂，是向人生苦痛的复仇，如《孤独者》中的魏连殳把对肉体的蔑视和对肉体死亡充满欢喜看作斗争的胜利。包含了鲁迅全部哲学的散文集《野草》中不断出现的"惟'黑暗与虚无'乃是'实有'"，可作为解读小说中生死问题的出发点。所以，鲁迅小说中更幽深的指向是对生存的超越和生命的追问。"死的意识创造了生的生命冲动，建构了崭新的生命价值，给生命的存在注入了最强烈的力量和意志。"③这种渗透着生命意志的死亡意识伴随着创作主体的思想和行为，融入了五四文化精神，成为现代思想的一部分，影响着现代作家的创作。

宗教将小说中死亡情节的跌宕起伏处理为波澜不惊，许地山的短篇小说《命命鸟》（1921）中，敏明和加陵投湖自尽，本属于现实人生中令人触目惊心的悲剧，但是加陵感觉在佛光烛照下，他们慢慢走向了幸福的彼岸："他们走入水里，好像新婚的男女携手入洞房那般自在，毫无一点畏缩。在月光水影之中，还听见加陵说：'咱们是生命的旅客，现在要到那个新世界，实在叫我快乐的很。'"④在佛光烛照中，两个年轻人对世俗生命充满了蔑视，他们希望灵魂和爱情摆脱肉体的羁绊而获

① 〔美〕刘禾：《鲁迅生命观中的科学与宗教（下）——从〈造人术〉到〈祝福〉的思想轨迹》，孟庆澍译，《鲁迅研究月刊》2011 年第 4 期。

② 何锡章：《鲁迅读书生涯》，长江文艺出版社，2000，第 47 页。

③ 毕绪龙：《死亡光环中的严峻思考——鲁迅死亡意识浅探》，《鲁迅研究月刊》1994 年第 7 期。

④ 许地山：《许地山小说全集》，时代文艺出版社，2000，第 16、17 页。

得永恒，这就是宗教渗透在文学中的力量。许地山的《黄昏后》（1921）通过主人公关怀对亡妻的追忆，把超越生死的爱情和思念表达得淋漓尽致。父亲关怀对一双女儿解释她们妈妈的死去时说："你和你妈离别时年纪还小，也许记不清她的模样；可是你须知道，不论要认识什么物体都不能以外貌为准的，何苦人面是最容易变化的呢？你要认识一个人，就得在他的声音、容貌之外找寻，这形体不过是生命中极短促的一段罢了。树木在春天发出花叶，夏天结了果子，一到秋冬，花、叶、果子多半失掉了；但是你能说没有花、叶的就不是树木吗？池中的蝌蚪，渐渐长大成长为一只蛤蟆，你能说蝌蚪不是小蛤蟆么？无情的东西变得慢，有情的东西变得快。故此，我常以你妈妈的坟墓为她的变化身；我觉得她的身体已经比我长得大，比我长得坚强；她的声音，她的容貌，是遍一切处的。……"① 以宗教的方式化解生活中的痛苦，将人的一生比作树木的四个季节，将死亡看作人的一种变化，这种豁达的态度在深层次上传达出作者丰富的人生哲学和从容的内心体验。施蛰存的小说《鸠摩罗什》中，高僧鸠摩罗什的妻子——龟兹国公主在沙漠的路上病倒，对于她的死亡的描写是："树枝间一头乌鸦急促地啼了几声，他抬起头来，一阵风吹落一片大的木叶盖上了她的安息的脸。他觉得身上很冷。"② 与施蛰存同时期的以心理描写见长的《石秀》相比较，《鸠摩罗什》中的死亡场景处理得非常宛转、巧妙、干净。30 年代的另一位作家林语堂拥有平等自然的生命意识，《京华烟云》等小说中的死亡叙事既体现了道家的"顺应自然"和"抱朴守真"，又有基督教面对苦难的超越和宽容怜悯，还有佛教慈悲为怀的精神。总之，在宗教精神的烛照之下，小说中死亡叙事的审美沉淀着理性之美，是非常温和、超然和冷静的，同时也体现了向传统审美靠近的自然平和之美。

"在中国文化里，从最低层的物质器皿，穿过礼乐生活，直达天地

---

① 许地山：《许地山小说全集》，时代文艺出版社，2000，第 67 页。
② 刘凌、刘效礼编《施蛰存全集》第一卷《十年创作集》，华东师范大学出版社，2011，第 73 页。

境界，是一片混然无间，灵肉不二的大和谐，大节奏。……中国人的个人人格，社会组织以及日用器皿，都希望能在美的形式中，作为形而上的宇宙秩序，与宇宙生命的表征，这是中国人的文化意识，也是中国艺术境界的最后根据。"① 宗白华的这一观点，意味着中国文化的独特之处在于注重和谐的审美趣味。在这样一种审美理想的支持下，追求艺术上的中和之美，创造优美和谐的意境、超然宁静的审美心态，在小说中表现为对审美情感的节制。

追求死亡叙事中的冲淡平和之美，最具有诗人情怀的莫过于废名。废名出生于佛教兴盛之地黄梅县城，有关四祖道信、五祖弘忍、六祖慧能的故事，在黄梅家喻户晓。宗教文化的浓厚氛围使废名从小对禅宗圣地向往之至："五祖寺是我小时候所想去的地方，在大人从四祖，五祖带了喇叭，木鱼给我们的时候，幼稚的心灵，四祖寺，五祖寺真是心向往之……"② 后来，他跟着大人去进香观礼等形成的对禅宗文化的感性认识为以后禅宗思想的自觉打下了坚实的基础。入北大后，与胡适、周作人的结识使废名与禅文化的因缘更加牢固。他不但专心探讨佛学，撰写研究论文，而且在小说创作中对超越世俗的虚静境界格外钟爱。在佛教各宗派中流传时间最长的禅宗对中国文学艺术产生了重大的影响，禅宗的修行体验是不能用语言文字来表达的，而是强调内证、顿悟、超越语言境界。禅文学在审美经验的传达中主张以不可言说的直觉去间接体会和参悟，认为只有这样，才能抓住不可传达并且言之不尽的艺术经验，构筑透明清纯的世界。

五四时期的乡土小说作家许杰、台静农等描写死亡的惨烈、残忍和丑陋，营造惊心动魄的艺术效果，表达对社会现实和封建宗法制度的强烈愤慨。与他们相比，废名小说对死亡的表现非常平静自然，既不轰轰烈烈，也没有被凄惨悲凉的景象所包围。在废名的小说文本中，涉及死亡的事件常常被一笔带过，如《柚子》（1923）中慈爱的外祖母的死：

---

① 宗白华：《宗白华全集》（第 2 卷），安徽教育出版社，1994，第 412、413 页。

② 止庵编《废名文集》，东方出版社，2000，第 225 页。

"见了那饰着圆碑的坟，而且知道我的外祖母已经也是死了。"①《浣衣母》（1923）中，李妈的丈夫酒鬼李爷年轻时候死去了，"确乎到什么地方做鬼去了"②；写到李妈那个单纯可爱的女儿的死，"李妈的不可挽救的命运到了，——驼背姑娘死了"③。《竹林的故事》（1924）中写到主人公老程的死，"三姑娘八岁的时候，就能够代替妈妈洗衣。然而绿团团的坡上，从此也不见老程的踪迹了"④。　《张先生与张太太》（1927）中，他们的女儿金儿早早死了，"可惜金儿不多时死了"⑤。死亡过程都被简略为一两句话的勾勒，轻描淡写，诸如此类的例子，不胜枚举。小说中没有任何惊天动地的死亡，没有对人物之死进行详细的正面描写，只是简单交代家庭成员的缺席，而且这种缺席从表面上看没有给当下的生活带来巨大的悲痛，文本世界里的人物对死亡事件似乎习以为常，没有情绪上的起伏，没有哭泣，没有恐惧，没有悲痛，生活照旧进行。所以，废名用简约朴素之笔和有节制的情感，营造了一个近乎超脱的乡土世界，小说的叙述呈现平淡自然的风格，形成澄明超越的艺术特征。《竹林的故事》中三姑娘对妈妈的体谅与陪伴，《桃园》（1927）中贫穷的王老大对女儿的极度疼爱，使死亡带来的巨大哀戚几乎完全被家庭生活中的温情所覆盖。所以，废名小说虽然是远距离地书写死亡，但也在淡雅平静的背后透露着生的孤独、寂寞和艰辛，透露出作者的禅学素养和悲悯情怀，同样产生了令人震撼的力量。沈从文说："神圣伟大的悲哀不一定有一摊血一把眼泪，一个聪明的作家写人类痛苦是用微笑来表现的。"⑥废名小说中没有激烈的矛盾冲突，也不追求离奇曲折的情节，人物的悲剧命运和痛苦心灵被废名进行了淡化处理。他用达观超脱的心态，描写哀而不伤的故事，可见京派作家在小说的设计和处理

---

① 格非选编《废名小说》，浙江文艺出版社，2003，第 7 页。
② 格非选编《废名小说》，浙江文艺出版社，2003，第 10 页。
③ 格非选编《废名小说》，浙江文艺出版社，2003，第 15 页。
④ 格非选编《废名小说》，浙江文艺出版社，2003，第 35 页。
⑤ 格非选编《废名小说》，浙江文艺出版社，2003，第 45 页。
⑥ 沈从文：《沈从文全集》（第 17 卷），北岳文艺出版社，2002，第 186 页。

上追求艺术上的含蓄，与作家的美学理想是一致的。鲁迅评价废名的小说"以冲淡为衣包孕哀愁"①，这种"哀愁"似乎超越了日常生活中的苦难艰辛，包含着个人生命的孤独体验和死亡的自我超越，更是基于对整个人类以生命为起点的生存方式的哲学审视。既然死亡是人类不可避免的结局，面对这个终极归宿，在看起来漫不经心的死亡叙述中，废名小说在审美和哲学的层面表现出对人的生命价值的终极关怀。

同样是京派作家，沈从文在小说死亡叙事的处理上比废名的视野更加宽广。沈从文说自己"是一个对一切无信仰的人，却只信仰'生命'"②。他的大部分作品都着眼于书写生命的健康和美丽，歌颂纯朴原始的人性美和人情美，创造千姿百态的生命个体。在小说的死亡叙事中，《知识》《王嫂》《边城》等小说文本通过人物之口表达作者自然主义的死亡观，不悲不喜，追求平淡和谐的艺术效果。严家炎评价京派小说的总体风格是"平和淡远隽永"③，这个评价，对沈从文的大部分作品而言是合适的。然而，要把一部分死亡叙事的小说排除在外。因为，在《媚金·豹子与那羊》《生存》等小说中，也充满了惊心动魄的死亡场面。像《黔小景》中的旅店主人之死——桑木扁担上挑着血淋淋的人头，《新与旧》中老战兵杨金标之死，《边城》中翠翠父母的双双殉情，《三个男子和一个女人》中的尸骸，还有《节日》《黄昏》《菜园》《渔》《我的教育》《巧秀与冬生》《山道中》等文本中到处可见的残酷的死亡书写，展示了作家对人物命运的清醒认识和人类存在的悲剧性，更体现了巨大的审美冲击力。

沈从文在《从现实学习》一文中说，湘西部队"六年中我眼看在脚边杀了上万无辜平民"④。在《从文自传》的《怀化镇》一篇中，他记叙军队在那里清乡的"成绩"时说："我在那地方约一年零四个月，大致眼看杀过七百人。一些人在什么情形下被拷打，在什么状态下被把

---

① 鲁迅：《中国新文学大系·小说二集序》，上海文艺出版社，1980，第 6 页。
② 沈从文：《沈从文全集》（第 12 卷），北岳文艺出版社，2002，第 128 页。
③ 严家炎：《中国现代小说流派史》，长江文艺出版社，2009，第 230 页。
④ 沈从文：《沈从文全集》（第 11 卷），北岳文艺出版社，2002，第 374 页。

头砍下，我皆懂透了。又看到许多所谓人类做出的蠢事，简直无从说起。……"①小说《渔》中，械斗结束后，"胜利者用红血所染的巾缠于头上，矛尖穿着人头，唱歌回家。用人肝做下酒物……"②，杀死俘虏叫卖的手段之残忍，令人心惊肉跳。在《媚金·豹子与那羊》中，写英雄豹子与美人媚金约会，因误会而先后拔刀自尽，这样描写豹子的死："豹子是把自己的胸也袒出来了，他去拔刀。陷进去很深的刀是用很大的力才拔出的。刀一拔出血就涌出来了，豹子全身浴着血。豹子把全是血的刀扎进自己的胸脯，媚金还没见到就含笑死了。"③豹子的死之所以惨烈，是因为爱情的纯粹与刚烈，所以沈从文小说直面死亡的同时也给死亡书写罩上了一层理想主义的审美色彩。

沈从文在散文《烛虚》中说："我过于爱有生的一切。爱与死为邻，我因此常常想到死。"④《月下小景》（1933）的结尾处，小寨主和女孩子为了完美的爱情服毒自杀："寨主的独生子，把身上所佩的小刀取出，在镶了宝石的空心刀把上，从那小穴里取出如梧桐子大小的毒药，含放入口里去，让药融化后，就度送了一半到女孩子嘴里去。两人快乐地咽下了那点同命的药，微笑着，睡在业已枯萎了的野花铺就的石床上，等候药力发作。"⑤死亡与爱情联结在一起，爱情就被死亡照亮了。这个温情脉脉的死亡结局表现了作者对个体生命内在价值的思索和对生命生存方式的自我选择，死亡实现了爱情的价值，生命超越了有限获得了无限的意义。正是作家自我意识的张扬，形成了超越现实的巨大力量，超越了对死亡的社会意义的承担和伦理价值的诠释，获得了精神解放和自由意识，契合了作者关注生命和灵魂的沉静状态。"死亡是生命的最高虚无，虚无又是精神的最高的悬浮状态，是接近宗教和诗歌境

---

① 沈从文：《沈从文全集》（第11卷），北岳文艺出版社，2002，第306页。
② 沈从文：《沈从文全集》（第11卷），北岳文艺出版社，2002，第271页。
③ 沈从文：《沈从文全集》（第11卷），北岳文艺出版社，2002，第364页。
④ 沈从文：《沈从文全集》（第11卷），北岳文艺出版社，2002，第23页。
⑤ 沈从文：《沈从文全集》（第11卷），北岳文艺出版社，2002，第230页。

界的，因此死亡代表了一种精神的美和灵魂的升华。"① 在作家的审美心理中，死亡作为美的终极存在方式而被吟咏，作为精神自由解放的可能而被赞扬、迷恋。沈从文将具体的现实的死亡，转化为审美情感体验能够把握的艺术化对象，按照自己的思维方式和情感逻辑去感受死亡，书写死亡，阐释死亡，构筑田园牧歌式的乡村和死亡意境，体现了中国传统的审美追求。中国传统哲学注重物我两忘天人合一的艺术思维，表现在死亡意境的塑造上就是对山水的神往，以及山水景物或美好的风俗人情对死亡的冲淡，沈从文用诗人一样的眼光对大自然的美景进行描摹，在湘西美丽的自然背景中，赋予了死亡独特的审美意义。

二 "坟"的意象：消解死亡

中国哲学、养生学、伦理学，多以静为根，以守静、入静为修炼手段和追求目标，中国古代文学艺术创作中阴柔之美多于阳刚之美。② 废名小说中的死亡书写是宁静的，是社会环境的宁静与人物心灵的宁静的统一。死亡叙事中的中和之美通过宁静的境界表现出来，"坟"是达到这宁静境界时死亡叙事的必要意象。

作为一个独立的完整的特定意象，"坟"从在文学作品中出现开始，便与"死亡"捆绑在一起。在中国古典文学中，南朝诗人鲍照《拟行路难》（其十）中有"孤魂茕茕空陇间，独魄徘徊绕坟基"的诗句，表达了对逝去的人生和往昔的悼念，将眼前的凄凉和寂寞烘托得淋漓尽致。三尺之坟作为一个独立的意象，将生命流逝的残酷事实和无奈情感深切地表达了出来。宋代文豪苏轼的《江城子》中有"十年生死两茫茫，不思量，自难忘。千里孤坟，无处话凄凉"的佳句，与爱妻死别十年之久，相距千里之远，也不能改变苏轼对亡妻的思念和深情。

---

① 颜翔林：《死亡美学》，学林出版社，1998，第271页。
② 卢晓辉：《中国人审美心理的发生学研究》，中国社会科学出版社，2003，第265页。

遥远的时空、悲凉的情境、细腻的心理，给读者也留下无尽的回味空间。明清小说《林兰香》中，"上坟"的场景反复出现在小说文本中，既不断加剧小说的悲剧色彩，又让坟场叙述的转换成了推动小说情节的主要内驱力。现代文学一兴起，生与死的纠葛便成为现代作家思考的起点。郭沫若在《凤凰涅槃》（1920）中将黑暗冷酷的旧中国旧社会比喻为"坟墓"。鲁迅的短篇小说《药》的结尾写到了"坟"。华家、夏家两位母亲同时去给自己的儿子上坟，白发人送黑发人的悲剧在这里上演，更重要的是，夏瑜之死不仅暗示着革命的失败、革命者与群众之间的隔膜、启蒙与被启蒙者之间的错位，更寄寓着鲁迅对秋瑾、徐锡麟等革命者牺牲的悲愤。夏瑜的坟上平添的花环，是鲁迅"聊以慰藉那在寂寞里奔驰的猛士，使他不惮于前驱"①。"坟"的意象，既有鲁迅对"吃人"社会的深刻批判，对启蒙的理性质疑，又渗透着鲁迅生命体验的悲哀。《在酒楼上》中的吕纬甫给弟弟迁坟，未见到坟的兴奋与见到坟的失望，验证着生的悲哀与死的无聊。鲁迅 1907～1925 年写的杂文结集为《坟》："之所以出版这些旧文，是因为'有人憎恶着'，同时也作为生活一部分的痕迹收敛起来，造成一座小小的坟，一面是埋葬，一面也是留恋。"② 这是对"坟"之用意的诠释。鲁迅的散文《过客》中，"过客"前方的路是"坟"，但他依然拒绝了老翁和女孩的好意选择前行。"虽然明知前路是坟而偏要走，这就是反抗绝望，因为我以为绝望而反抗者难，比因希望而战斗者更勇猛，更悲壮"③，这里突出了鲁迅在困境中的顽强进取精神。"坟"的意象也包含着对生命的反省和怀疑。在革命作家蒋光慈笔下，也有过对"坟"的倾情描摹。在小说《少年漂泊者》中，汪中通过书信向维嘉倾诉了自己的遭遇和成长。父母被刘老太爷逼死后，少年汪中描述了面对新坟时的场景："夕阳渐渐要入土了，它的光线照着新掩埋的坟土，更显现出一种凄凉的红黄色。

---

① 鲁迅：《鲁迅全集》（第 1 卷），人民文学出版社，1981，第 419 页。
② 鲁迅：《鲁迅全集》（第 1 卷），人民文学出版社，1981，第 4 页。
③ 鲁迅：《鲁迅全集》（第 11 卷），人民文学出版社，1981，第 442 页。

几处牧童唱着若断若续的归家牧歌，似觉是帮助这个可怜的小学生痛哭。晚天的秋风渐渐地凉起来了，更吹得他的心要炸裂了。暮帐愈伸愈黑，把累累坟墓中的阴气都密布起来。忽而一轮明月从东方升起，将坟墓的颜色改变一下，但是谁个能形容出这时坟墓的颜色是如何悲惨呢？"① 人世间的黑暗，社会的不公平，赐给了少年痛苦和悲哀。但是，冷酷的现实也使少年决定永不屈服，奋斗一生。在父母坟前，波澜起伏的心理活动与静悄悄的坟墓形成了对比，并奠定了此后汪中性格成长并为革命事业献身的基础。另一篇小说《鸭绿江上》，通过李孟汉的讲述，塑造了朝鲜的民族英雄云姑的形象。李孟汉诉说了未婚妻云姑的死亡和悲伤的爱情："我的爱情久已变为青草，在我的云姑的墓土上丛生着；变为啼血的杜鹃，在我的云姑的墓旁白杨枝上哀鸣着；变为金石，埋在我的云姑的白骨的旁边，当做永远不消灭的葬礼，任你一千年也不会腐化；变为缥缈的青烟，旋绕着，缠绵着，与我的云姑的香魂化在一起。"② 温柔而低沉的抒情更加容易唤起读者对云姑这一大义凛然坚强不屈的无畏女性的赞美，也唤起读者对日本侵略者的强烈憎恨。也就是说，作为一个特定的死亡叙事意象，"坟"不断出现在文学文本中，并承担着一定程度的叙事功能。与简略描写死亡事件或省略死亡过程有所不同，废名在"坟"的描写上是花了很大气力的。比如：

> 我记得进后门须经过一大空坦，坦中间有一座坟，这坟便是那屋主家的，饰着很大的半圆形的石碑，姨妈往常总是坐在碑旁阳光射不到的地方，看守晒在坦上各种染就的布。③ ——《柚子》
> （1923）

> 这只要看竹林的那边河坝倾斜成一块平坦的上面，高耸着一个

---

① 蒋光慈：《蒋光慈文集》（第 1 卷），上海文艺出版社，1982，第 9 页。
② 蒋光慈：《蒋光慈文集》（第 1 卷），上海文艺出版社，1982，第 94 页。
③ 格非选编《废名小说》，浙江文艺出版社，2003，第 5～6 页。

不毛的同教书先生（自然不是我们的先生）用的戒方一般模样的土堆，堆前竖着三四根只有杪梢还没有斩去的枝丫吊着被雨粘住的纸幡残片的竹竿，就可以知道是什么意义。①——《竹林的故事》（1924）

家家坟在南城脚下，由祠堂去，走城上，上东城下南城出去，不过一里。据说是明朝末年，流寇犯城，杀尽了全城的居民，事后聚葬在一起，辨不出谁属谁家，但家家都有，故名曰家家坟。坟头立一大石碑，便题着那三个大字。两旁许许多多的小字，是建坟者留名。②——《桥·芭茅》（1932）

谁能平白的砌出这样的花台呢？"死"是人生最好的装饰。不但此也，地面没有坟，我儿时的生活简直要成了一大块空白，我记得我非常喜欢上到坟头上玩。我没有登过几多的高山，坟对于我确同山一样是大地的景致。③——《桥·清明》（1932）

在废名笔下，坟意味着生死相连，它虽负载着人类生命过程的历史记忆，但不恐怖，不阴沉，而是生者劳动或生活的背景，甚至是孩子们的游戏场。坟场没有带来悲伤和痛苦，孩子们的出现给坟场增添了许多童趣。"小林坐在坟头。——他最喜欢上到坟头，比背着母亲登城还觉得好玩。"④ 小林与老四有一段对话："官山上都是坟哩！""坟怕什么呢？坟烧得还好玩些，高高低低的。"⑤（《桥·芭茅》）坟场的静，恰与儿童的动相对照，似乎时间是静止的、无限的，产生了"明月松间照，清泉石上流"一般的动静结合以动衬静的艺术效果。坟是接纳死亡、接近终点的地方，年轻的生命在这里愉快成长，义本渲染的生活表

---

① 格非选编《废名小说》，浙江文艺出版社，2003，第 35 页。
② 格非选编《废名小说》，浙江文艺出版社，2003，第 102 页。
③ 格非选编《废名小说》，浙江文艺出版社，2003，第 153 页。
④ 格非选编《废名小说》，浙江文艺出版社，2003，第 104 页。
⑤ 格非选编《废名小说》，浙江文艺出版社，2003，第 108 页。

象与生命内在的真实形成了对照。自然界和人生的静默，与益然的春意和孩子们的嬉闹也形成了美丽的映照。废名多次在小说中借人物之口表现出对"坟"的兴趣，坟场的寂静，正是作者静思默想的佳处。在散文《打锣的故事》里，他说，"我是喜欢看陈死人的坟的，春草年年绿，仿佛是清新庾开府的诗了。"① 废名在《中国文章》一文中曾表示，偶然在古人的作品中发现"月逐坟圆"一类含悲的意境，总是兴奋异常。他把"坟"当作美妙的风景，表达的是现代作家对"坟"这一意象的喜爱，折射出中国文人独特的审美意识。正是在坟地，正是在刹那间的领会中，才了悟人的生与死是如此贴近，如此相依，在生与死的转换与轮回中，自然界与人类是如此的生生不息。

在传达宁静心灵的同时，废名小说的死亡叙事同时呈现出寂寞的人间图景。如借人物之口说出"寂寞真是上帝加于人的一个最厉害的刑罚"②，"清明是人间的事，与大地原无关"③。废名小说中的人物关系简单，家庭往往是不完整的，为数不多的家庭成员间不是靠血缘关系来维持的，人世间单纯又广博的爱流淌在人物身上，感受到的既有寂寞，又有温馨。在意境的创造上，废名小说大面积的留白使画面产生出超凡脱俗的意境，有时体现为中国传统水墨画的特点，即具有一定的视觉冲击力，让人产生深远的遐想。水墨画用最简练的笔画表达最丰富的内涵，画面虚实相生，疏密有致，生动空灵，追求简约之美、空灵之美和意境之美。欣赏这些时，可以从读者的视觉阅读提升到心灵的静默感受，令人过目不忘。长篇小说《桥》中，小林回忆："有一回，母亲衣洗完了，也坐下沙滩，替他系鞋带，远远两排雁飞来，写着很大的'一人'在天上，深秋天气，没有太阳，也没有浓重的云，淡淡的，他两手抚着母亲的发，尽尽地望。"④ 废名用看似平淡的语言表达出悠远的意境，小林回忆母亲时有淡淡的哀愁和幸福，心灵是非常宁静的，但

① 止庵编《废名文集》，东方出版社，2000，第 254 页。
② 格非选编《废名小说》，浙江文艺出版社，2003，第 144 页。
③ 格非选编《废名小说》，浙江文艺出版社，2003，第 148 页。
④ 格非选编《废名小说》，浙江文艺出版社，2003，第 108 页。

也透露着淡淡的寂寞，人物单纯美好的性情使小说宛转隽永，明确又有余味。在古典文学中，"雁"是音信的象征，回忆往事的小林已经成了孤儿，虽然也有隐约的凄凉和忧郁，但想起母亲时却不是痛彻心扉的悲痛，这种与哀愁和幸福相伴的淡淡思念，使回忆的幸福感更加悠长，更加引人入胜，所以，借助语言文字，诉诸精神，小说文本获得了深邃的鲜活的生命。废名小说心平气和，用独特的视角远距离地审视和表现人生经历，具有融象征性、抽象性、意象性于一体的特点，小说艺术上的留白给读者广阔的想象空间，在读者参与阅读文本的过程中，随着小说叙事逻辑和情感逻辑的加强，诗意的情感也增强了。随着作家自由飘逸的笔迹，在简约的画面中，在虚实相生中，文本意义的张力更加突出，表现出一种具有哲学情怀的人文关怀。小说想象空间的生成少了直白，多了含蓄，意境有了延伸的可能，有了"余音绕梁，三日不绝"的审美效果。在作者精心布置又不落痕迹之处，中和冲淡的美学风范可见一斑。

文学是社会生活的反映，而风俗是特定的社会内容和历史内容的沉淀，是社会文化区域内历代人共同遵守的行为模式或规范。在现代小说中，大量的风俗描写伴随着小说中死亡叙事的进行。鲁迅的《药》中的清明节扫墓、《孤独者》中的入殓、《在酒楼上》中的迁坟、《祝福》中的祭祖，鲁彦的《菊英的出嫁》中的冥婚，台静农的《红灯》中对逝者的超度，蹇先艾的《水葬》中的"沉潭"陋习，废名的《桥》中的送路灯等习俗，丰富细致的场面几乎掩盖了死亡的真实，消解了死亡本体的悲剧意义。

所以，现代小说中死亡叙事的中和之美是对中国传统文化的继承，也是对宗教精神和意念的吸收，更是对现代小说死亡叙事审美的拓展，在更高层次上实现了对死亡哲学的诠释和超越。

第四节 死亡叙事的悲壮美与崇高美

如果中和之美是传统美学中的阴柔之美，那么悲壮美与崇高美就是审美享受中的阳刚之美。"崇高是一种庄严、宏伟的美，是一种以力量和气势取胜的美，是显示主体实践严重斗争和动人心魄的美，又是一种具有强烈的伦理道德作用的伟大的美。"①

一 政治语境下死亡叙事的悲壮美与崇高美

"人类生命存在优越于其他生命存在的地方，就在于人类对自己本质、对自己的处境以及自身的脆弱有明确意识，并进而为自己有限的悲剧性存在建构起一整套意义解说的符号系统。"② 20 世纪的前半叶，战争频仍，政局动荡，老百姓生活在水深火热之中，人们强烈感受到了生命的短暂和无常。抗战全面爆发后，个体生命价值寄托在国家民族话语中，同仇敌忾的精神，神圣的革命事业，使个体生命被赋予崇高的意义，小说中的死亡叙事具有了豪迈气概和英雄主义情结。

20 世纪 20 年代中后期，国际无产阶级文学运动蓬勃发展。为了适应无产阶级单独领导中国革命的新形势，许多作家向革命方面靠拢，革命小说应运而生。蒋光慈的《少年漂泊者》写佃农的儿子汪中受社会迫害而逐渐觉醒，最后参加革命在作战中英勇牺牲，在被敌人的飞弹打倒的最后时刻还在高呼"打倒军阀，打倒帝国主义"。洪灵菲的《流亡》中，沈之菲再踏上流亡征途时发出的宣言充满了革命的激情："值不得踌躇啊！你灿烂的霞光，你透出黑夜的曙光，你在藏匿着的太阳之光，你燎原大焚的火光，你令敌人胆怯，令同志们迷恋的绀红之光，燃吧！照耀吧！大胆地放射吧！我这未来的生命，终愿为你的美丽而牺牲！"③ 作家出生入死，长期流亡奔波，为民族解放事业付出了一切。殷夫 1927 年在监狱写成叙事长诗《在死神未到之前》，写了被捕入狱的经过和自己的心理，既有对叛徒和反动势力的愤怒与讥讽，又有献身

---

① 杨辛、甘霖：《美学原理新编》，北京大学出版社，1996，第203页。

② 何显明：《中国人的死亡心态》，上海文化出版社，1993，第5页。

③ 洪灵菲：《流亡》，《洪灵菲选集》，人民文学出版社，1982，第84页。

革命事业的自豪和悲壮："朋友，有什么呢？/革命的本身就是牺牲，/就是死，就是流血，/就是在刀枪下走奔！//牢狱应该是我们的家庭，/我们应该完结我们的生命，/在森严的刑场上，/我的眼泪决不因恐惧而洒淋！"① 革命事业和祖国是死亡叙事中的最高价值导向，诗人用信念和理想完成了对死亡的超越。投身于实际革命工作的作家，对死亡无所畏惧，他们献身是为了捍卫政治信仰，捍卫理想，换回民族的解放和自由，体现了人类在死亡面前的顽强意志和崇高境界。革命者因为拥有对革命的忠诚和对共产主义的信仰，为无产阶级革命事业献身而无所畏惧，视死如归，显示的是崇高的美。

1931 年，日本侵略军对中国恶意挑衅，并占领东北，控制铁路，继续侵吞中国领土。1937 年，中国开始全面抗战。中华民族面临亡国灭种的危机，抗日救亡成了当时中国社会政治最重大的问题。在民族危机空前严重、政治风云变化多端的紧要关头，在抗击外来侵略维护中华民族独立的问题上，团结抗战，一致对外，显示了中国人民的凝聚力。

为配合抗战，各地救亡运动蓬勃开展，救亡团体不断涌现，救亡刊物也纷纷创办，广泛宣传抗战策略，积极支援祖国抗战。抗战文学中，塑造了一批为国家和民族解放事业献身的英雄，死亡叙事表现为崇高壮烈和庄严肃穆的美。沈从文《大小阮》中为革命献身的小阮、《三个女性》中坚贞不屈的女革命者仪青、《黑夜》中把牺牲的危险留给自己的罗易，都死于国民党的屠刀下。冰心的《一个不重要的军人》中，一个农民出身的普通士兵因为阻止同伴殴打老百姓被误伤致死，歌颂的是伟大的牺牲精神、宽容精神。《风萧萧》中的白蘋等人物的死亡，虽然不是正面描写在战场上奋勇杀敌的壮烈事迹，但也体现了中华民族不屈不挠的高贵品质，从政治意义上实现了对死亡的超越。

白朗的小说《生与死》，写日伪监狱里的女看守——被女犯尊称为"老伯母"的安老太太的变化。在敌伪欺骗下，她一开始不理解抗战，

---

① 姜德铭主编《中国现代名家名作文库·殷夫卷》，中国戏剧出版社，2011，第 118 页。

但是怀孕的儿媳被东洋兵奸污后服毒自杀，儿子阵亡，梦里她还看见儿子擎着破碎的头颅对她喊"我死在东洋鬼子的机关枪下，是光荣也是耻辱，妈妈！你要报仇！"①，敌人的兽行，残酷的事实，使她对政治犯的态度也从不理解到同情，最后她舍生忘死，不惜牺牲自己营救她们。小说反映了东北人民思想觉醒的曲折历程，在民族抗争中，母性之爱升华为革命献身精神，多侧面而且生动地展现了人物的性格成长的壮烈之美。

抗战小说在刻画全国人民高昂的斗争精神时，也展现了一些平凡的战士在死亡面前对生的渴望与责任。战士们把国家利益放在首位，服从的背后隐藏着强烈的爱国情怀。丘东平的《一个连长的战斗遭遇》，通过林青史在生死面前的抉择，在生命不可规避的毁灭中表现了慷慨悲壮的战士精神。抗日战争艰苦卓绝，国共内战变为全民统一抗战。有的抗战小说凭借真实材料，以特有的思想深度和历史感悟，展示了包括国民党官兵在内的全中国人民在民族战争中精神面貌的历史性转变。丁玲的《一颗未出膛的子弹》（1937），描写一个因掉队而被老百姓留藏在家里的小红军战士，他大义凛然、视死如归，面对要枪杀他的国民党士兵，他镇定地说："连长！还是留着一颗枪弹吧，留着去打日本！你可以用刀杀我！"② 这是最坚强最忠实的抗日战士发出的心声，铿锵有力，震撼人心。面对死亡，小战士首先想到的不是个人的安危，而是节约子弹，一致对外，去杀日本人，他的言行镇定，思想境界不平凡，以至感动了要杀死他的东北官兵，使他们的枪弹无法出膛。悲剧震撼人心的效果正是死亡情结在小说中的张力，作者没有孤立地去表现小红军临危不惧的气节，而是把他放在党领导的抗日战争的背景下，写出了小红军成长的时代环境，更突出了小红军在命悬一线之际雕塑一般的高尚品质，气贯长虹，悲壮动人，充满了崇高美。

① 白朗：《白朗文集〈1〉·短篇小说集》，春风文艺出版社，1984，第78～79页。
② 傅光明选编《丁玲小说》，浙江文艺出版社，2007，第352页。

二　七月派小说中死亡叙事的壮美

七月派因胡风抗战初期创办的刊物《七月》而得名，也因胡风倡导的主观战斗精神而成就了小说创作的风格。七月派小说中展现死亡的视角非常宽广，大多数作家经历过炮火的洗礼，面对鲜血淋漓的死亡现场，作家直接指责战争对人的摧残和对生命的践踏。《我们在那里打了败仗》："他攀附着坦克车的蚕轮，用驳壳枪对着车上的展望孔射击，而卒至给蚕轮带进了车底，碾成肉酱。"① 《中副校官》："无数的枪口都集中在工兵的身上，子弹在空中卷旋着，结成了铁的急流，象从高趋下奔泻着的流水，冲击着桥梁上的工兵的尸体，使尸体在桥梁上起着跳动。"② 《呼吸》："医官剪去右腿肚的绑腿的时候，半个腿的肉就顺打的落到了地上。在烛光下的发黑的鲜血，象线一般的往下流。"③ 这些惊心动魄的死亡书写，充满文学的真实感和现场感，勾勒出了战争灾难的近距离图景。对生死瞬间的体验，既谴责了战争本身的残酷，控诉了战争的罪恶，又充满对个体生命毁灭的同情，同时也为中国军人的英勇善战而感动。贾植芳的监狱系列小说《在亚尔培路二号》、《血的记忆》和《人的斗争》，集中体现了革命者崇高的革命信念和强大意志，与敌人的可耻和堕落形成鲜明的对照，在这里，生命和理想显示出强大的力量。

与战国策派过于强调国家意志的法西斯精神不同，战士之死、民众之死、知识分子之死，在生与死的抗争中，在死亡叙事的开展中，七月派小说表现了底层民众原始生命力的强悍和粗犷，以及生存意志的丰富和个体生命的觉醒。在民族解放的大环境下，知识分子在残酷的现实斗争中，自觉承担起民族解放的使命，将个人的生命价值与国家前途命运

---

① 丘东平：《沉郁的梅冷城》，花城出版社，1983，第273页。
② 丘东平：《沉郁的梅冷城》，花城出版社，1983，第163页。
③ 曹白：《呼吸》，上海文艺出版社，1983，第34页。

联系在一起。面对随时可能到来的死亡，他们将个人安危抛诸脑后，承担起为人类受难的理想和信念。在七月派作家的死亡叙事中，长篇小说《财主底儿女们》中的蒋纯祖最为集中地体现了"力"的美学原则。在严酷的死亡现实面前，作家路翎在肯定国家民族话语的同时，开始关注个体生命，在个体与群体的关系中寻找个体生存的合理性解释。蒋纯祖作为财主蒋家的一分子，在战乱的背景下，从逃亡开始，在家与旷野之间流浪。一面是以家为代表的几千年精神奴役的创伤，一面是以旷野为代表的个性的积极解放。他逃离家庭，放弃了安逸的生活，尊重人民，力图和人民结合，却也能感受到人民的蒙昧落后，他在各种势力中间左冲右突，他的挣扎既代表着知识分子启蒙的困惑与苦难，又摆脱不了旧时代的影响。在国家和民族解放的路上，当封建压迫和精神奴役与死亡一样具有强大的摧毁力，个体生命显得非常渺小的时候，死亡便是唯一的反抗之路。在强大的社会现实面前，蒋纯祖所肩负的民族解放的理想是复杂的，他用生命去践行这一理想，在抗争中显示了直面苦难的坚强意志。正是与死亡的强力抗争成就了七月派小说死亡叙事的悲壮美，也成就了小说死亡叙事的独特魅力。

三　解放区小说死亡叙事的特殊性

解放区文学中，死亡事件要么是宏大的战争场面，要么被简略处理，有时仅被一笔带过，甚至构不成小说的情节。比如丁玲的《夜》，表达何华明的个人情感与革命工作的冲突时，小说用道德观念去压抑情感。"什么地方埋葬过他的一岁的儿子，和什么地方安睡着他四岁女儿的尸体，无论在怎样的深夜他都能看见。"① 对何华明来说，这是他生活中的悲剧、家庭不幸的象征，尤其是妻子年龄大，不能再生了，这个家庭呈现出精神残缺的遗憾，但何华明的道德情感和党性原则战胜了个人微妙的情感。何华明身上有小农意识，但作者也在他身上寄托了对党

---

① 傅光明选编《丁玲小说》，浙江文艺出版社，2007，第373页。

风纯洁的信心。丁玲的《泪眼模糊中的信念》中，陈家老太婆目睹了孙子孙女的惨死之后，在悲愤和屈辱中，萌生了找日本鬼子报仇的信念，死亡叙事成为烘托人物性格发展的一种手段。在赵树理的小说《传家宝》和《孟祥英翻身》等文本中，死亡作为一种争取民主权利的手段，重要的是过程而不是结局，结局往往是具有进步思想的人物都没有死成，落后势力在斗争中失败了。地主的死亡或受到惩罚是罪有应得，在主流意识形态的支配下，赵树理小说非常吻合传统审美心理需求和民间的价值立场。

1942年，毛泽东的《在延安文艺座谈会上的讲话》确立了"文艺为政治服务"，"为工农兵服务"的宗旨，解放区文学中的死亡叙事被政治话语解构，按照党的政策、阶级划分、政治态度来加工改造，审美形态退隐，死亡叙事不光与死亡无关，也与生命意识无关。赵树理的小说表现农民在共产党领导下摧毁农村的残余势力，走上翻身解放的新时代，具有强烈的劳动参与意识，展示了劳动者在逐步实现政治民主和经济自由的过程中心理和情绪的变化，焕发出历史主动精神和新的道德风貌。在意识形态的规约下，解放区小说的死亡叙事呈现出独特的价值判断，叙事结构向传统回归的同时审美心理也在一定程度上向大团圆结局回归，表现出审美功能收缩的特性。

| 第五章 |

中国现代小说中死亡叙事的文化隐喻

　　社会环境的影响，个人的生存体验，造就了现代作家死亡意识和死亡书写中丰富的精神内涵。完成叙事技巧转换的中国现代小说，既突破了传统审美的束缚，又在一定程度上继承了传统审美的风格，表达了现代作家对死亡的独特感受。漫长的中国封建社会已经形成一套统治阶级压抑与驯服身体的机制，这些机制在一定的空间中表现出来。死亡叙事的公共性空间包括监狱、刑场、战场、医院、旷野，私密性空间包括家和公馆等。比如监狱是权力或者暴力控制身体的机构，同样是监狱这一公共空间，蒋光慈的《鸭绿江上》中的云姑为争取民族解放，参加了高丽社会主义青年同盟，组织妇女参加抗击日本帝国主义侵略者的斗争，最后被日本警察逮捕，受折磨而死；白朗的《生与死》中的安老太太在日伪监狱里牺牲自己营救进步青年，表现出民族抗争的壮烈；在袁静、孔厥的《新儿女英雄传》中，牛大水和杨小梅经受住了敌人的考验，监狱成了诞生英雄的场所，身体挣扎的同时也完成了精神的超越。所以，这些空间已经成为小说中人物成长、性格塑造的重要手段和意象。可见，现代小说中的死亡叙事所选取的意象，既显示了现代作家潜在的文学选择，又具有一定的文化继承性。

　　从五四开始，现代作家在新旧文化的碰撞中寻求真理、寻求希望，外来文化的冲击与平衡、传统与现代的碰撞与统一、历史和现实的哲学命题，促使现代作家用文学感知生命、贴近生命。传统文化影响下关于丧葬习俗的大量细致描绘，倾注了现代作家的心血；深层文化心理上栖息着现代作家关于时间、关于存在和关于永恒的追问，抚慰着现代知识分子清醒而不安的灵魂。

第一节　意象与死亡叙事的文学选择

在中国古典诗学中，意象是构成诗篇的基本单位。袁行霈先生说："意象是融入了主观情意的客观物象，或者是借助客观物象表现出来的主观情意。"[1] 意象是诗人创造意境的手段，可以托物见情，也可以以情附物。在西方文论中，埃兹拉·庞德认为意象是一种在瞬间呈现的理智与情感的复杂经验，展现了顷刻之间理智与情感交融的一个情结。[2] 小说中的死亡意象是作者在死亡叙事中融入了创作主体的情感活动而创造出来的一种艺术形象，是小说文本的重要组成部分。它往往以人们熟知的联想物为中介，表达人类深层次的意识和作者对时代和文学的独特感受。

如第一章所述，正是由于中国现代小说创作中非常普遍的死亡书写，小说文本中形成了诸多充满象征意味的死亡意象。使用频率较高的意象有：鲁迅在《〈呐喊〉自序》中反复提到的"铁屋子"，以及与"铁屋子"斗争的场所如刑场、战场、坟场等相关联的意象；巴金、张爱玲笔下的使年轻生命窒息的"家""公馆"；40 年代小说创作中，表现人物精神挣扎的"旷野"；等等。这些死亡意象既从不同角度展示了现代小说的意蕴和审美，又反映了作家对历史和现实清醒而深刻的认识，具有丰富的文化隐喻特征。既有的研究将中国现代文学史中常见的意象分为静的客观物象（如故乡、家、路）和动的自然意象（如雾、雨、电）等几个大类[3]，鲜见对现代小说中的死亡意象做系统深入的探讨。而现代小说中的死亡意象，贯穿了现代小说的各个历史阶段，不应

---

[1]　袁行霈：《中国古典诗歌的意象》，《文学遗产》1983 年第 4 期。

[2]　〔美〕雷纳·韦勒克：《近代文学批评史》（第 5 卷），杨自伍译，上海译文出版社，2009，第 261 页。

[3]　程金城：《中国现代文学的意象象征系统》，《甘肃社会科学》1994 年第 1 期。

被忽视。尤其是现代小说文本中普遍呈现出来的"铁屋子""家""旷野"这三个特定意象，它们与中国半殖民地半封建社会、中国传统文化以及知识分子的灵魂漂泊之间强烈的文化对应和紧密的内在联系，成为研究者对小说中死亡意象的文化隐喻进行深层探寻的重要起点。

一 "铁屋子"与中国社会的对照

五四时期是一个文化冲突和思想冲突频发的天崩地裂的时代。以五四为开端的中国现代文学，其小说中的死亡意象无不结缘于作家对"人"的发现、个体意识的觉醒。生命意识和死亡意识成为现代作家死亡书写的起始。

作为现代白话小说的典型文本，鲁迅小说以及其中的死亡意识，早已引起学界强烈关注。如绪论所述，从 1988 年张鸿声的《从狂人到魏连殳——论鲁迅小说先觉者死亡主题》到 2012 年薛文礼的《略论鲁迅作品中丧葬仪式描写的悲剧性和文化意义》，研究者从不同角度挖掘鲁迅的精神世界——与生命意识并重的死亡意识、绝望体验、幽暗意识及鲁迅向死而生的基本生存方式和基本思想方式等，研究成果突出，观点丰富深刻。继王瑶和唐弢等前辈之后，严家炎、李泽厚、王富仁、钱理群、汪晖、王乾坤、王晓明、朱晓进、魏韶华等一系列鲁迅研究专家注重开掘鲁迅各类文本的复杂性和多义性，对鲁迅作品呈现出的复杂的精神世界、文化信仰和哲学内涵进行了研究，肯定了鲁迅的"生命悲凉感"[1] 和充满"反抗绝望"[2] 的精神世界，以及鲁迅作为思想界先驱唤醒民众的启蒙作用。但对"铁屋子"这一死亡意象的文化隐喻的研究还存有一定的空间。

鲁迅在《我怎么做起小说来》一文中说："说到'为什么'做小说吧，我仍抱着十多年前的'启蒙主义'，以为必须是'为人生'，而且

---

① 钱理群：《与鲁迅相遇——北大演讲录之二》，三联书店，2003，第 12~59 页。
② 汪晖：《反抗绝望：鲁迅及其文学世界》（增订版），三联书店，2008，第 256 页。

要改良这人生……所以我的取材，多采自病态社会的不幸的人们中，意思是在揭出病苦，引起疗救的注意。"这里的"病态社会"和"病苦"，就是整个民族精神的隐喻。漫长的封建社会、沉闷的中国现实、密不透风的宗法制度、沉睡而不觉悟的民众等，共同构筑了黑漆漆的牢不可破的"铁屋子"。

在《〈呐喊〉自序》中，鲁迅形象地描述了当时的中国社会：

> 假如一间铁屋子，是绝无窗户而万难破毁的，里面有许多熟睡的人们，不久就要闷死了，然而是从昏睡入死灭，并不感到就死的悲哀。……①

在《狂人日记》中，狂人被关在屋子里的感觉是：

> ……屋里面全是黑沉沉的。横梁和椽子都在头上发抖；抖了一会，就大起来，堆在我身上。
> 万分沉重，动弹不得；他的意思是要我死。我晓得他的沉重是假的，便挣扎出来，出了一身汗。……②

这万难破毁的黑沉沉的"铁屋子"，看起来像是无物之阵，却沉重、寂静、沉闷，顽固强大到坚不可摧。五四前后，文化先驱们主体意识的觉醒，使其对死亡现象产生感性和理性认知，这极大地改变了作家的精神心灵乃至文学观念，影响了中国现代小说的内容和形式。从小说创作的实际来看，几乎所有的现代作家都直接或间接地涉及死亡话语的书写，开始直面死亡和悲剧。多种艺术技巧并行不悖，形成了对小说审美的巨大突破。然而，"铁屋子"这一死亡意象却是诸多作家不约而同的选择。在鲁迅小说中多次出现的"鲁镇"和"未庄"，在许杰小说中

---

① 鲁迅：《鲁迅全集》（第1卷），人民文学出版社，1981，第419页。
② 鲁迅：《鲁迅全集》（第1卷），人民文学出版社，1981，第431页。

多次出现的"环溪村"和"玉湖庄"，蹇先艾小说中的"梧桐村"，王鲁彦小说中的"双桥"等，这些灰色的小镇、封闭的农村、保守的宗法社会，虽然体现了作家人生经验的不同烙印，却在环境特征和文化特征上有相同之处。"熟睡的人们"指当时社会中普遍存在的尚未觉醒的民众、麻木不仁的看客。经济贫困，政治秩序相对稳定，文化异常封闭，思想如死水一般静止，正是当时封闭沉闷的中国社会的象征。

沉闷的无物之阵是由集体的无意识构筑的，鲁迅小说中对"熟睡的人们"的描写非常普遍。《阿Q正传》中，阿Q被押去刑场时，看客的队伍发出了豺狼一样的叫好声，这声音甚至在瞬间将一向迟钝麻木的阿Q惊醒，使他产生恐惧：

> 四年之前，他曾在山脚下遇见一只饿狼，永是不近不远的跟定他，要吃他的肉。他那时吓得几乎要死，幸而手里有一柄斫柴刀，才得仗这壮了胆，支持到未庄；可是永远记得那眼睛，又凶又怯，闪闪的象两颗鬼火，似乎远远的来穿透了他的皮肉。而这回他又看见从来没有见过的更可怕的眼睛了，又钝又锋利，不但已经咀嚼了他的话，并且还要咀嚼他皮肉以外的东西，永是不远不近的跟他走。①

这些看客不但欣赏游行的过程，还啮咬着阿Q的灵魂。他们对这场游行表示不满足，认为"枪毙并无杀头这般好看"，对这个"可笑的死囚"的行为表示了失望："游了那么久的街，竟没有唱一句戏：他们白跟了一趟了。"② 这一段里，阿Q的幻觉"已经融入了作者与读者自身的心理体验，因而具有一种震撼人心的力量"③。鲁迅的主体精神和生命体验的深化，使他将看客的心理刻画得入木三分，对民族精神的疗

---

① 鲁迅：《鲁迅全集》（第1卷），人民文学出版社，1981，第526页。
② 鲁迅：《鲁迅全集》（第1卷），人民文学出版社，1981，第526页。
③ 钱理群等：《中国现代文学三十年》（修订本），北京大学出版社，1998，第45页。

救表现得极为迫切。对看客的描绘，鲁迅小说不但显示了非凡的艺术创造力，随着叙述的展开更集中表现了看客们内在的精神悲剧，如《示众》中的一个片段：

> 刹那间，也就围满了大半圈的看客。待到增加了秃头的老头子之后，空缺已经不多，而立刻又被一个赤膊的红鼻子胖大汉补满了。这胖子过于横阔，占了两人的地位，所以续到的便只能屈在第二层，从前面的两个脖子之间伸进脑袋去。……又像用了力掷在墙上而反拨过来的皮球一般，一个小学生飞奔上来，一手按住了自己头上的雪白的小布帽，向人丛中直钻进去。①

从场面描写看，杀头事件就像是无聊生活的一剂调味品，民众积极地参与观望，事件本身却激不起他们对生命本身或者对周围世界的思考。看客不但对生命缺少基本的同情和理解，而且他们兴奋的神态和极大的热情揭露了当时中国的病态，国民灵魂都处在死气沉沉的冷漠和麻木之中。

同样是20年代，在湖南的岳麓山下，王鲁彦的《柚子》以第一人称"我"的视角描写长沙的浏阳门外人们赶去刑场看杀人的场景：

> 街上的人都蜂拥着，跑的跑，叫的叫，我们挽着手臂，冲了过去，仿佛T君撞到了一个人，我在别人的脚上踏了一脚。但这有什么要紧呢？为要扩一扩眼界——不过扩一扩眼界罢了——看一看过去不曾碰到过，未来或许难以碰到的奇事，撞到一两个人有什么要紧呢？况且，人家的头要被割掉，你们跌了一交又算什么！②

小说以反讽的笔调，抨击了军阀草菅人命的暴行，集中描写了民众争相

---

① 鲁迅：《鲁迅全集》（第2卷），人民文学出版社，1981，第69页。
② 乐齐主编《鲁彦小说精品——乡土小说的拓荒人》，中国文联出版公司，1997，第12页。

观看的情形，表现了看客的丑态和嗜血心理。也就是说，遍布当时社会（不管是农村还是城镇）的是盲从、麻木和自私的心态，"熟睡的人们"遍地都是。

20 年代的小说中，械斗、冥婚、典妻、活离等民间陋俗最终面对的都是赤裸裸的死亡，结局皆为与社会厚墙壁撞击后的生命的毁灭。《惨雾》《水葬》《大白纸》等作品印证了人类蛮荒时代的精神蒙昧；人们完全接受传统意识强加在他们头上的生活逻辑。《明天》中单四嫂子宁愿求神签、许愿也不去药铺给孩子看病；《菊英的出嫁》中菊英的母亲宁愿自己受苦挨饿、省吃俭用，也要给菊英举办一场体面周到的冥婚；《风波》中七斤嫂一听到七斤剪发可能会连累家人就毫不留情地痛骂"这囚徒自作自受，带累了我们又怎么说呢？这活死尸的囚徒……"①。这些充分表现了民众盲从保守、麻木不仁、缺乏精神信仰的状况，也展示了"铁屋子"的牢固、社会的愚昧。所以，五四前后的乡土小说中，即使是为国为民的革命者死去，民众也是毫无觉悟、毫不领情的，启蒙失败的悲剧内涵由此进一步被强化。知识者或革命者的死，是与封建思想和封建宗法制度斗争的最后结果。在感情冷漠、思想空白的农村，夏瑜等革命者的牺牲唤不醒沉睡的人们，几千年精神奴役的创伤无法通过简单的历史事件来疗救，这又使小说中知识者或革命者的死亡变得更加悲壮或荒谬。

现代小说在死亡叙事中呈现出强烈的合乎当时历史文化内容的独特性，死亡成为当时社会现实的最明显特征。瓦特说，"小说的基本标准对个人而言是真实的——个人经验总是独特的，因此也是新鲜的"，"小说是一种文化的合乎逻辑的文学工具"②。五四前后，一大批描写封建宗法统治之下农村社会的小说都因其充满独特性而更加合乎文化的逻辑。蹇先艾的小说《水葬》中，骆毛因为偷绅粮周德高家的东西，被

---

① 鲁迅：《鲁迅全集》（第 1 卷），人民文学出版社，1981，第 472 页。
② 〔美〕伊恩·P. 瓦特：《小说的兴起——笛福、理查逊、菲尔丁研究》，高原、董红钧译，三联书店，1992，第 6 页。

沉入小沙河水葬。在途中，看客的行列里，"骆毛的后面还络绎地拖着一大群男女，各式各样的人都有，五花八门的服装，高高低低的身材，老少不同的年纪。……农家的妇女们，姑娘搀着母亲，奶奶牵着小孙女，媳妇背着娃娃……局蹐不安的群众，完全不管汗的味道，总是在肉阵中前前后后地挤进挤出，你撞我的肩膀，我踩你的脚跟，连一分钟也没有宁静过，一会儿密密地挨拢来，一会儿又稀疏地像满天的星点似的散开了"①。包含了男女老少的看客队伍的热闹，与他们对罪不至死的骆毛的生命表现出的冷漠形成了鲜明的对比。许杰的短篇小说《大白纸》描写了宗法社会农村一种把妻子转嫁出去的叫作"活离"的陋俗。因为香妹的丈夫"良云是没有主见的小孩，只能看他父亲做事；婆婆又是一个女人，也没有什么更好的意见"②等理由，香妹最终无法摆脱悲剧的命运。而那些麻木不仁的庸众，忽略了包括自身在内的生存真实，对悲剧完全无动于衷。香妹之死同样深刻揭示了封建社会对人的精神麻醉之深，体现出纯粹而强烈的"国民劣根性"。小说中悲剧的内涵并不仅仅是具体人物的死亡，还包括每一个个体生命的毁灭。不管是偶然性死亡还是必然性死亡，最多给无聊的庸常生活增添了一点刺激，充当了乏味生活中的调味品，并没有唤起周围世界的人的任何怜悯与恐惧，没有唤起周遭人物对生命和自由意志的起码认知。对死亡的漠视，才真正令人触目惊心，才是悲剧中最令人震撼的力量。诗人郭沫若在长诗《凤凰涅槃》中借助凤鸟的哀鸣对旧世界发出强烈的诅咒，将它称为"脓血污秽着的屠场""悲哀充塞着的囚牢""群鬼叫号着的坟墓""群魔跳梁着的地狱"，周围环绕着和贯穿着的都是"活动着的死尸"，这种概括，无疑是不同角度下"铁屋子"式的当时中国的另一种真实写照。

辛亥革命后，"政局一塌糊涂，思想异常混乱……旧的体制、规范、观念、风习、信仰、道路……都由于皇权崩溃，开始或毁坏或动摇

---

① 中国现代文学馆编《蹇先艾代表作：水葬》，华夏出版社，2009，第3页。
② 施建伟编著《许杰代表作》，河南人民出版社，1994，第128页。

或日益腐烂……"①。在这样一种局面下，启蒙与救亡就必然存在密切联系，思想启蒙本身就是变相的救亡，与新文化运动"改造国民性"的根本目的是一致的。作家作为文化先驱，一方面，经过自己独立的思考对传统文化做出理性的"扬弃"；另一方面，他们又必须为自己生存的那一时代的人们重建一种新的文化价值立场。在文化启蒙和思想启蒙的双重变奏中，"铁屋子"这一意象的隐喻在文化心理层面具有五四时代启蒙和疗救的意义。

二 "家"与传统家庭文化的对照

如果说刑场、战场、坟场、监狱、医院等与生命死亡直接相关的场景是肉体死亡的空间象征，那么"家""公馆"等小说意象，就体现了传统家族文化的森严等级，禁锢着家庭成员的思想观念不仅囚禁生命，还扼杀灵魂，操控心理层面和精神层面的死亡。所以，以中国传统文化为内涵的"家"作为死亡意象，更加令人恐怖，对该意象的捕捉与释放也就更加惊心动魄。

在漫长的中国封建社会中，家族制度和家族观念的长期存在导致了中国文化中重家庭、重人伦和轻个人、压个性的社会结构，父权家长制和男系制度也造成了长期男尊女卑的社会格局。南宋程朱理学以降，"存天理、灭人欲""三纲五常"等禁锢人的精神的思想大行其道，文学作品对封建王朝专制残暴讳不敢言，"家"和"家族"便成了文人讨伐这类封建糟粕的一个重要的写作对象。明末中国出现了资本主义的萌芽，即使未能出现类似欧洲的"文艺复兴"，但思想的开化、社会秩序的自由化和多样化也达到了一个新的高度。此后清朝的集权统治和"文字狱"一直保持着高压状态，但也出现了《红楼梦》这样达到艺术顶峰的批判家族统治和歌颂自由、爱情的鸿篇巨制。五四新文化运动及此后几十年，封建集权统治已经崩溃，旧式家族和家庭便成为封建专制

---

① 李泽厚：《中国思想史论》（下），安徽文艺出版社，1999，第825页。

思想的主要载体受到广泛批判。作为思想和文化的历史积淀与封建伦理纲常的关系基点，"家"被选择为死亡意象，体现了 20 世纪上半叶社会思潮和文化结构的演变，体现了作家对中国传统伦理文化的反思与追问，使小说意象的隐喻性和象征性从功能上扩大了现代小说的阐释空间。

　　相对于其他艺术门类，小说具有较强的再现生活的功能。鲁迅在《狂人日记》中借助狂人的冷峻眼光，已经将历史仁义道德"吃人"的实质内容看得清清楚楚，而这种"吃人"的行为是狂人从自己的亲哥哥身上开始发现的，他更感慨和惊讶的是哥哥等人吃得如此心安理得。在中国传统文化中，封建等级制度从家出发，每一级都被更高等级驾驭，"天有十日，人有十等"，家是最小的社会单位，社会是家的扩大。"所谓中国的文明者，不过是安排给阔人享用的人肉的筵宴。所谓中国者，其实不过是安排这人肉的筵宴的厨房"①，几千年封建文化思想的积淀转化为等级制度的不可动摇。

　　巴金在"激流三部曲"中着重控诉了"礼教吃人"的本质。封建礼教披着家庭的外衣，以合理的名义对生命进行无情扼杀。作为腐朽没落的封建文化的承载者，高老太爷、高克明、冯乐山等虚伪专横的封建家长代表，掌握着家庭内部所有成员的生杀大权。小说通过鸣凤的投湖自杀、瑞珏的临产与血光之灾的避讳、梅的死亡等悲剧性情节，有力控诉了封建礼教对人的戕害。其死亡叙述话语直抵传统家族文化的核心，甚至可以将传统文化的罪恶总结为：忠孝意味着顺从和妥协，妥协意味着死亡。巴金对旧家庭旧礼教的憎恶之情通过"家"这一意象有力地表达了出来。即便表现平民生活悲剧的《寒夜》，也因父权的缺席，母亲的长期掌控使汪文宣性格变形、懦弱无能。汪文宣得肺病后，在公司里受歧视，事业发展无望，家庭中的婆媳征战使他没有退路，亲情发展成为精神负担；具有现代民主思想意识的妻子曾树生的出走，彻底摧毁了他的意志，这个平民家庭在抗战胜利的夜里彻底灭亡。在各种导致汪文宣生命凝固的因素里，家庭环境中对母亲长期的依赖、顺从与无奈是

---

① 鲁迅：《鲁迅全集》（第 1 卷），人民文学出版社，1981，第 217 页。

最为致命的。这是中国传统家庭教育和封建专制的阴影，是中国传统文化的温良面孔下掩盖的残酷事实。在这部作品中，浓缩着巴金对"家"的新思考：家不仅是现代人的寄身之所，还应该是感情的归宿和精神的栖息地。这体现了家族意识的一定的回归。在张爱玲的《金锁记》中，黄金是曹七巧的枷锁，曹七巧是物质的奴隶。姜家，既是曹七巧人性扭曲的重要阵地，又是曹七巧的孩子长安、长白受难的场所，家庭的斗争在这里上演。曹七巧通过一次次精心设计，亲手毁掉他们的幸福，换取了一点点对自己不幸人生的心理补偿。人性一旦扭曲，桎梏便愈加无法挣脱，何况这桎梏来自家庭中至亲的母亲，她以温情脉脉的母爱的名义轻而易举地扼杀了爱情，扼杀了婚姻，扼杀了儿女的健康和未来，这母爱便更加残忍，更加充满毁灭性的悲剧力量。

　　除汪文宣、长安和长白外，现代小说中还有很多人物成为封建礼教统治下家庭教育的牺牲品。杨振声的《贞女》中，阿娇因嫁给木头牌位而自杀；叶圣陶的《遗腹子》中，文卿先生在重男轻女思想和"不孝有三，无后为大"封建道德观念的影响下精神扭曲而死；台静农的《烛焰》中，聪颖美丽的翠儿遵从娘家和婆家旨意，为给吴家少爷冲喜早嫁，嫁过去之后封建礼教以合理合法的程序将年轻的生命吞噬，不但没有挽回吴家少爷的生命，翠儿自己的青春也暗淡委顿下去。中国现代小说数量众多，除冰心、许地山和沈从文等作家的少量作品外，大量作家回避描写家庭的含情脉脉，回避讴歌父爱母爱的伟大，回避以亲情的不可或缺展现血缘关系下人与人之间的密切关系，反而揭露了旧式家庭的专制与罪恶，暴露出等级制度下家庭关系的冷漠和扭曲，展现家庭对精神、思想的羁绊和摧残，将家比喻为牢笼、阴影，甚至坟墓。在洪灵菲的长篇小说《流亡》中，当主人公沈之菲从香港被驱逐走在回家的路上时，"他觉得他的家庭一步步的近，他去坟墓一步步的不远。他恐怕这坟墓，他爱这坟墓。他想起他的父母的思想和时代隔绝，确有点象墓中的枯骨"①。沈之菲将家庭比作坟墓，显示了对家庭的背离和否定。

---

① 洪灵菲：《流亡》，《洪灵菲选集》，人民文学出版社，1982，第 71 页。

与封建专制相适应，中国传统家族文化的劣根性表现在依赖懒惰、封闭守旧、专制野蛮、亲疏有别、狭隘自私、等级严格、无独立和自由等方面。① 在现代小说的表述中，家族制度、家族文化的呈现形态和方式各有差别，如《子夜》中专制沉闷的吴公馆、"激流三部曲"中腐朽的高家、《沉香屑·第一炉香》中阴森的梁宅、《金锁记》中冷肃的姜公馆、《财主底儿女们》中分崩离析的蒋家。当现代作家把理性目光集中在对家庭的分析和批判时，死亡叙事便借助"家"的表现空间和精神结构挖掘死亡意象的多重意蕴。作为中国传统文化的载体，"家"的意象承载着作家的道德心理、伦理意识和心灵历史，承载着作家的家国焦虑、生存焦虑和文化焦虑，在作家的感性情怀和理性思考的矛盾冲突中产生了震撼人心的效果。

三　"旷野"与知识分子灵魂漂泊的对照

如果说"铁屋子"和"家"等特定意象象征着当时中国社会的黑暗、沉闷、牢不可破，象征着中国传统文化、传统伦理强大而稳定的内在力量，那么那些冲出家庭樊笼、觉醒了的文化先驱的"漂泊"就象征着对祖辈传统生活模式、思维模式的摆脱，对一切固定秩序的反叛，是知识者个体从社会群体中挣扎出来后在传统与现代之间徘徊的痕迹。在西方文化传统中，"旷野"作为与日常生活相对立的生存场域，是重要的精神象征，与荒原一样，是一种无定型却充满想象的诗性空间。鲁迅的散文《颓败线的颤动》（1925）中，垂老的女人在受到儿女们误解辱骂的时候，走向"无边的荒野"，将背后的一切都遗弃，旷野的广漠无际使它能够接纳所有的孤独感伤情怀；萧红的《旷野的呼喊》（1939）中，在看也看不见听也听不见的远方，黑滚滚的夜和怒吼的风淹没了陈公公寻找被日本人抓走的儿子所发出的凶狂的呼喊与绝望。愤怒的原野与20世纪文学中的"荒原"意象相呼应，旷野意象的丰富内涵也富有

---

① 梁景和：《中国传统家族文化的特征》，《松辽学刊》（社会科学版）1997年第4期。

哲学意味。在动荡变幻的时代面前，个体的特殊生存方式迫使作家面对世界的无序与荒谬，旷野的寂静与虚空，解放了作家的心灵。40年代战争背景下的空间迁徙，以及文化环境的转移，使旷野意象投射出知识分子群体以西方文化为参照反思中国传统文化的心理体验。

历史事实证明，现代文学的繁荣在一定程度上是建立在乱世的现实基础之上的，流浪、挣扎和死亡一直是这个时代的鲜明特征。路翎的长篇小说《财主底儿女们》中的死亡意识首先基于作家对生命价值的判断和理解。路翎笔下的人物无论是底层的人民还是保持一定清醒的知识分子，大都处于生死存亡的危急时刻，承受着多重苦难——物质的匮乏、亲情的缺失、性格的敏感、心灵的分裂等。而外来文化的冲击、新思潮的传播以及旧文化的坍塌导致的动荡与困惑，又必然使人处于焦虑、惶恐和危机中，在精神上就处于更为激烈和痛苦的"挣扎"中。这种精神上、灵魂上的分裂所导致的"挣扎"，以及这种"挣扎"所显示的力量和悲剧感，必然渗透中国知识分子在现代性进程中特殊的现代性体验。所以，到了40年代，小说中的死亡意象不但承担了民族苦难、社会黑暗等沉重而宏大的隐喻意义，在五四精神的烛照下，在追寻人的解放的特殊语境中，死亡意象往往还被赋予与特定时代对应的社会、政治和文化含义。

长篇小说《财主底儿女们》中，战争带来的离乱使敏感少年蒋纯祖除了做英雄美梦外还严肃思考个体生命的去向："很多人死去了！很多人为了他们底祖国，受尽了侮辱！暴风雨是要来了！……我将要怎样过活，怎样死去呢？"[①] 但他自己是矛盾的、迷乱的，既对战争带来的动荡与毁灭感到兴奋，又对姐姐的死感到绝望，还对生活在安逸中的哥哥表示轻蔑。他的灵魂始终漂泊在旷野上，这导致了他对平庸现实的日常生活的鄙视和对自我的更大反思："这是什么时代？我，一个青年，负着怎样的使命？"[②] 他无法从现实当中找到答案，他的傲慢也不允许

---

① 路翎：《财主底儿女们》，人民文学出版社，1985，第540页。
② 路翎：《财主底儿女们》，人民文学出版社，1985，第839页。

他接近别人得到引导。他既否认平庸，又在现实的平庸里逃避，然后更加否定自己。他打算以承担人间的一切不幸为使命，然而，悄悄进行起来的自我扩张又使他爱惜自己，向现实的秩序挑战，无法忍耐现实中石桥场人们的麻木、愚昧。他苦苦思考而没有出路时便把求救的目光转向内心，但得到的不是真理而是焚烧、毁灭。这个"举起了他底整个的生命在呼唤着"① 的蒋纯祖，"夹在锤和砧之间的存在"②，获得的应不仅仅是批评、叹息、憎恶或赞赏、感动、同情，更多的恐怕是复杂的难以言说的沉重。

　　1943 年，在路翎写给胡风的信中，他说："我底魂魄，是在夜里漂流而踌躇的。做着好梦和恶梦。"③ 这时候的路翎并不知道，他这一生灵魂都要这样漂泊。"蒋纯祖的悲剧几乎是路翎悲剧的预演"④ 这话颇有道理，之后将近二十年的牢狱之灾逐渐扼杀了路翎的创作才能和艺术生命。在小说中，正是因为永无止境的探索和张望，蒋纯祖的灵魂充满了旷野情怀并永远漂泊在路上。叩开音乐之门的蒋纯祖将"为贝多芬底伟大的心灵照耀着的，一切精神界底流浪者底永劫的旷野"⑤ 作为自己的精神归宿。蒋纯祖早就产生过对旷野的向往和想象："我要找一片完全荒凉的地方，除了雪和天以外，只有我自己。"⑥ 战争让他在逃亡中实现了这个梦，又让他在旷野的残酷中完成了性格的塑造——他的内心变得迷乱、恐惧。安定下来时，旷野成为他甜蜜又凄凉的回忆，成为他蔑视别人的资本。他本来愿意忘记旷野的恶梦，但当回到安逸的姐姐家中时，他觉得他是不会在这里停留的，他仍旧在奔跑。蒋纯祖的内心冲突如此尖锐而不可调和，但又似乎合乎情理。在与傅钟芬发生慌乱的爱情时他说他将要在荒野中漂泊；在爱上了冰清玉洁的黄杏清时他梦见

---

① 路翎：《财主底儿女们》，人民文学出版社，1985，第 3 页。
② 路翎：《财主底儿女们》，人民文学出版社，1985，第 2 页。
③ 晓风辑注《胡风、路翎来往书信选》，《新文学史料》1991 年第 3 期。
④ 朱珩青：《路翎：未完成的天才》，山东文艺出版社，1997，第 116 页。
⑤ 路翎：《财主底儿女们》，人民文学出版社，1985，第 829 页。
⑥ 路翎：《财主底儿女们》，人民文学出版社，1985，第 539 页。

了旷野；在幻想破灭时他渴望"到荒凉的远方去"；在演剧队遭了彻底失败时他想"必须结束这痛苦的、可怕的一切，愈快愈好地奔到荒凉的旷野里去"①。"在这个时代，旷野上是我们底最好的坟墓"② 就成了他自己命运的预言，将纯祖终于在那条返回石桥场的路上、在走向人民的过程中倒下了，留下了血痕斑斑的醒目的挣扎痕迹。他的人格理想与民族解放的革命现实需求之间有不可调和的矛盾，他越是用强劲的力量挣扎，越是体验绝望；越是想反抗绝望，却越是陷入虚妄。他用生命意志反抗黑暗的同时，既是对自我存在悲剧性的自觉坚守，又是对生命悲剧精神的自觉建构。

在战争环境里，死亡带给个体生命的恐惧是非常普遍的，而且也使人更进一步认识到个体的渺小。面对随时可能降临的死亡，知识分子在传统文化和现实道路之间寻求精神方向的自我反思与启蒙。他们强烈的生命感触，首先是珍惜生命的存在，同时能够自觉地将国家民族意识、社会责任与个人生命价值联系在一起。在残酷的现实斗争里，为了理想道路，作家们不得不把个人生命暂时抛在脑后，这种复杂的情感在七月派小说中表现为知识者灵魂的挣扎，表现为他们在精神层面不断进行自我解剖、自我拷打与追问。对自我文化定位的犹疑、彷徨与焦虑，是真正无法排解的文化漂泊和精神流浪。路翎在将客观对象的生命拥入自己的主观精神世界时，成功显示了人物灵魂深层的挣扎与流浪。由蒋纯祖透视出来的知识分子的生死观，充分体现了在时代使命感和个体生存交织的前提下，在与封建社会厚墙壁的碰撞与理想道路的坚守之中，个体生死选择的复杂性和艰难性，知识分子对精神家园的找寻变成了灵魂的自我放逐。所以，旷野成为知识分子灵魂漂泊的最好归宿，他们的灵魂和思考同步，始终漂泊在寻找精神皈依、建立精神家园的路上。

综上所述，作为死亡叙事的重要手段，中国现代小说中的死亡意象沉淀着现代作家特定的心理感受，呈现出深刻的隐喻性、象征性和共同

---

① 路翎：《财主底儿女们》，人民文学出版社，1985，第 992 页。

② 路翎：《财主底儿女们》，人民文学出版社，1985，第 744 页。

社会背景构成的群体的选择性。中国传统文化对死亡、灾难等悲剧因素往往采取回避的态度，用过于理想化的理性态度淡化死亡带来的冲击，也因此使大部分国民养成了麻木不仁和软弱怯懦的性格特征。与儒家务实主义的生死观相联系，死亡现象在古典文学中常被归入惩恶扬善或因果报应的伦理道德的范畴，这淡化了其悲剧性。而现代小说敢于直面苦难，正视死亡，体现了对中国传统审美的突破。作家在死亡书写中反抗绝望，孤独启蒙，体验新的人生，将人物的命运遭际与自身的精神体验融为一体，显示了文学选择和生存选择的无畏与艰辛。

　　死亡是人类生命的结束，也是其最后的组成部分，与人生的关系密不可分。作为作家体验人生的重要方式，死亡叙事承载着作家自身生存和言说历史的重要使命，从某一个侧面昭示了现代知识分子的心灵史与精神轨迹。这些精神轨迹涵盖了 20 世纪上半叶重大的历史事件、中华民族几十年风雨历程、中国人民在各种困境里的生存与挣扎。死亡意象的持续性刻画体现了中国现代知识分子多样的精神气质，从中更可见人生的苦难与真实。小说与生死的坦诚相见，更增添引人深省的力量，死亡意象从而完成了最丰富的文化隐喻，并以特定的历史内容和哲学深度，体现了特定的审美价值。

第二节　丧葬习俗在死亡叙事中的文化意义

　　根据英国人类学家泰勒对文化的定义，"文化或文明是一个复杂的整体，它包括知识、信仰、艺术、道德、法律、风俗以及作为社会成员的人所具有的一切其他能力和习惯"①。文化具有一定的群体认同感，是一种群体的生活方式和思维特征。而传统是"已经积淀在人们的行为模式、思想方法、情感态度中的文化心理结构"②。传统随着历史的演进已经渗透到人们的生活方式和思想情感当中。

---

① 韦森：《文化与制序》，上海人民出版社，2003，第 7 页。
② 李泽厚：《中国思想史论》（下），安徽文艺出版社，1999，第 859 页。

一　逃避与寻找：死亡叙事中丧葬习俗的文化姿态

丧葬习俗是人类社会生产力和人类思维能力发展到一定水平的产物，是世代传承的文化现象，是民间风俗人情与中国传统文化相结合的结果，是表达情感的方式。丧葬习俗同人类文明一样古老，从规范人们的言行举止到塑造人们的心理意识，它生动地体现了一个民族在漫长发展过程中的行为习惯、伦理观念和心理结构。民俗心理以民间信仰为核心，是民众心理结构中最深层、最隐蔽的思维方式。长期以来，它潜在地影响着中国人的心理和生活态度。

丧葬习俗从文化层面上对死亡进行了消解。葬礼作为乡村社会生活中的一件大事，也是透视中国乡土文化的一面镜子。小说中人物的身份、观念、生活方式、思想情感、信仰方式等方面可能不尽相同，对待丧葬的仪式却都很虔诚、周到、庄重和严肃。

在中国古人看来，死亡既是现实生活的结束，又是另一个世界新生活的开始，而且另一个世界的衣食住行与往日相同。所以在丧葬习俗中经常可以看到将现实生活中的一切复制到另一个世界的场景，这体现出生死并重的特点。佛教传入中国之后，被中国本土文化不断改造，从高深的义理逐渐转变为大众的实用之学而扎根于民众的日常生活之中。佛教的天堂地狱、轮回转世与因果报应的信仰心理，既加强了中国人对彼岸世界的构想，也加强了对死后世界的恐惧与信赖心理，甚至还直接影响了中国人的人生态度。传统的儒家文化，加上后世佛教的因果轮回学说，与民间的天地鬼神共同约束着中国人的社会行为。民间信仰中万物有灵的观念，将社会事物之间的偶然联系解释为必然联系，甚至使人们产生了对鬼神的依赖，也直接影响了人们的盲从心理，在一定程度上成为社会进步的障碍。

儒家文化影响下丧葬礼仪的伦理情怀受到了佛、道二教思想的极大影响。宋代胡寅说："自佛法入中国，以死生转化，恐动世俗千余年间，特立不惑者，不过数人而已。"① 这充分说明了佛教对中国丧葬礼俗的巨大影响。《药》中，华大妈和夏瑜的母亲给儿子上坟时都摆出四碟菜、一碗饭，哭了一场之后都化过纸锭。《明天》中，单四嫂子将银耳环和银簪当掉，给宝儿买了棺木。对待死去的儿子宝儿，"实在已经尽了心，再没有什么缺陷。昨天烧过一串纸钱，上午又烧了四十九卷《大悲咒》；收敛的时候，给他穿上顶新的衣裳，平日喜欢的玩意儿，——一个泥人，两个小木碗，两个玻璃瓶，——都放在枕头旁边。后来王九妈掐着指头仔细推敲，也终于想不出一些什么缺陷"。② 这是单四嫂子给宝儿送殓的程序。再贫穷，也得顾死了的人，典当给单四嫂子带来了更多的债务，除了丧子带来的悲痛，她将陷入更贫穷更悲惨的挣扎。

《孤独者》中出现了两次葬礼，前一次是魏连殳的祖母的，后一次是魏连殳的。在祖母的葬礼上，族人用民俗心理和形式对魏连殳加以约束：

> 族长，近房，他祖母的母家的亲丁，闲人，聚集了一屋子，预计了连殳的到来，应该已是入殓的时候了。寿材寿衣早已做成，都无须筹划；他们的第一大问题是在怎样对付这"承重孙"，因为逆料他关于一切丧葬仪式，是一定要改变新花样的。聚议之后，大概商定了三大条件，要他必行。一是穿白，二是跪拜，三是请和尚道士做法事。总而言之：是全都照旧。
>
> 他们既经议妥，便约定在连殳到家的那一天，一同聚在厅前，排成阵势，互相策应，并力作一回极严厉的谈判。村人们都咽着唾沫，新奇地听候消息；他们知道连殳是"吃洋教"的"新党"，向来就不讲什么道理，两面的争斗，大约总要开始的，或者还会酿成一种出人意外的奇观。

---

① 徐吉军等：《中国丧葬礼俗》，浙江人民出版社，1991，第73页。
② 鲁迅：《鲁迅全集》（第1卷），人民文学出版社，1981，第455页。

传说连殳的到家是下午，一进门，向他祖母的灵前只是弯了一弯腰。族长们便立刻照预定计划进行，将他叫到大厅上，先说过一大篇冒头，然后引入本题，而且大家此唱彼和，七嘴八舌，使他得不到辩驳的机会。但终于话都说完了，沉默充满了全厅，人们全数悚然地紧看着他的嘴。只见连殳神色也不动，简单地回答道：

"都可以的。"

这又很出于他们的意外，大家的心的重担都放下了，但又似乎反加重，觉得太"异样"，倒很有些可虑似的。……①

那穿衣也穿得真好，井井有条，仿佛是一个大殓的专家，使旁观者不觉叹服。寒石山老例，当这些时候，无论如何，母亲的家丁是总要挑剔的；他却只是默默地，遇见怎么挑剔便怎么改，神色也不动。站在我面前的一个花白头发的老太太，便发出羡慕赞叹的声音。

其次是拜；其次是哭，凡女人们都念念有词。其次入棺；其次又是拜；又是哭，直到钉好了棺盖。沉静了一瞬间，大家忽而扰动了，很有惊异和不满的形势。……②

魏连殳祖母的葬礼，严格遵从一系列古老的仪式，强化了"孝"的观念，突出了宗法秩序对知识者的胁迫。早在汉代，"以孝治天下"的基本国策就使得孝道通过教育、仕途、法律等途径表现出来，举行厚葬被看作孝行的表现，从统治阶级到广大底层民众，孝的精神普遍渗透进来。魏连殳的祖母是乡下人，葬礼虽难以与封建时代的贵族相提并论，但儒家的政治伦理与厚葬的孝道精神，已经影响寒石山村许多年，丧礼的隆重与否成为体现"孝"的价值的一个标准。家族强迫他就范，服从社会伦理规范，服从陈旧的丧葬仪式，他对祖母的哀悼之情只能用狼

---

① 鲁迅：《鲁迅全集》（第2卷），人民文学出版社，1981，第88页。

② 鲁迅：《鲁迅全集》（第2卷），人民文学出版社，1981，第88页。

嚎一样的痛哭声音来表达。儒家思想从精神层面影响着人们的死亡观念，宗族则成为丧葬礼俗的具体实施者，丧葬习俗也蕴含了深厚的文化积淀，强调了宗族关系和血缘关系的文化认同。

而在魏连殳的葬礼上，又是另一番情景：

> 不多久，孝帏揭起了，里衣已经换好，接着是加外衣。这很出我意外。一条土黄的军裤穿上了，嵌着很宽的红条，其次穿上去的是军衣，金闪闪的肩章，也不知道是什么品级，哪里来的品级。到入棺，是连殳很不妥帖地躺着，脚边放一双黄皮鞋，腰边放一柄纸糊的指挥刀，骨瘦如柴的灰黑的脸旁，是一顶金边的军帽。
>
> 三个亲人抚着棺沿哭了一场，止哭拭泪；头上络麻线的孩子退出去了，三良也避去，大约都是属"子午寅卯"之一的。
>
> 粗人扛着棺盖来，我走近去最后看一看永别的连殳。
>
> 他在不妥帖的衣冠中，安静地躺着，合了眼，闭着嘴，口角间仿佛含着冰冷的微笑，冷笑着这可笑的死尸。①

与现实进行不屈不挠的抗争，已经头破血流的魏连殳，在理想和追求破灭之后，选择了以糟蹋身体、麻木精神来反抗绝望。在知识分子兼具叙述人身份的"我"看来，这个葬礼不但有点简单，有点不合时宜，甚至有点不伦不类。生前的孤独者魏连殳其实在他死后陷入了更强烈的孤独，他任人摆布，无能为力，更加没有机会抗争了。

二　民俗的力量：丧葬习俗与婚俗融合中的文化心理

"不死其亲"的观念是传统丧葬礼俗中的基本信念之一。死亡是人与现实的断裂，是人的真实生活的停止。中国的丧葬文化富有伦理色彩，表现在具体行动上就是"事死如事生"，把死去的亲人当作灵魂与

---

① 鲁迅：《鲁迅全集》（第2卷），人民文学出版社，1981，第107页。

肉体依然存在的活人对待。《菊英的出嫁》是非常典型的文本，小说中，菊英因为误诊而亡，母亲省吃俭用，拖着多病的身体，为她举办冥婚。与菊英母亲日常的节俭生活相比较，菊英的嫁妆，从金簪、银簪、珠簪到发钗、戒指、耳环、手镯，应有尽有，堪称奢华；四季衣服丝罗绸缎粗穿和细穿分明，棉被、毡子、枕头、床、衣橱、方桌、琴桌、各种木器等，还有良田十亩。各种精致新奇的嫁妆无不显出婚礼的阔绰。随着音乐声送行的队伍，"最先走过的是两个送嫂。他们的背上各斜披着一幅大红绫子，送嫂约过去有半里远近，队伍就到了。为首的是两盏红字的大灯笼。灯笼后八面旗子，八个吹手。随后便是一长排精制的，逼真的，各色纸童，纸婢，纸马，纸轿，纸桌，纸椅，纸箱，纸屋，以及许多纸做的器具。后面一顶鼓阁两杠纸铺陈，两杠真铺陈。铺陈后一顶香亭，香亭后才是菊英的轿子，这轿子与平常的花轿不同，不是红色，却是青色，四维结着彩。轿后十几个人抬着一口十分沉重的棺材，这就是菊英的灵柩。棺材在一套呆大的格子架中，架上盖着红色的绒毯，四面结着彩，后面跟送着两个坐轿的，和许多预备在中途折回的，步行的孩子"①。菊英的母亲平日吃苦耐劳，因为愚昧，菊英被误诊而死去，菊英之死，给她带来巨大的伤痛与遗憾。在给女儿准备冥婚仪式的过程中，虽然忙碌但是快活、心安。不但心甘情愿，而且作为母亲的自豪感和满足感也是真实的、溢于言表的。作者在批判封建文化害人的同时也寄寓了对人生的同情和理解，将菊英母亲的喜悦心理与悲苦心理刻画得淋漓尽致、入木三分。在仪式举行的过程中，女儿有了好归宿，热闹体面地出嫁了，菊英母亲虚拟的养育责任得以顺利完成，作为母亲的幸福感也在情理之中。然而，菊英毕竟不是真的幸福地出嫁了，所以，菊英母亲哭得昏过去了，她回到了菊英已经永远离开她的残酷现实中，回到了失去女儿的绝望无助中。现实没有给她一个满意的答案，去拯救她的困苦与精神磨难。母亲生活之节俭与菊英冥婚之奢华，准备过程中的欣慰快乐与事后的悲痛难忍都令人咋舌，铺陈的婚礼显示了作者

---

① 李威主编《鲁彦经典》，京华出版社，2001，第28页。

对生命本质意义的质疑。所以，社会场景是民俗文化的外部条件，文化对人类群体有一定的约束性，而个体对群体文化的选择是无能为力的。《中庸》中"事死如事生，事亡如事存"的丧葬观念，将养生与送死等量齐观，是现实社会的缩影，反映了当时人们的物质生活和精神生活。礼俗中凝结着人们的思想和信仰，安置死者的仪节负载着现世对灵魂崇拜的精神。

民俗作为一种文化意识，具有强大的感染力和广泛的心理制约力。在社会伦理道德关怀的层面，丧葬仪式提供了一种使人心灵有所慰藉的方式，它内在的文化法则是获得社会群体的认可。"看的人多说菊英的娘办得好，称赞她平日能吃苦耐劳。"[1] 冥婚的举办给围观民众枯燥的日常生活带来了新鲜感，不但使他们积极热心参与，而且这种群体存在无意识中共同维护了社会伦理道德秩序。

婚姻旧俗中忽视女子的权利，在台静农的《拜堂》（1927）中体现为复杂的"转房婚"。汪大去世，汪二与嫂子结婚，婚俗里凝结着死亡的黑影。汪大嫂去将牵亲的人赵二嫂和田大娘叫来，在去往汪大嫂家的路上，"她们三个一起在这黑的路上缓缓走着了，灯笼残烛的微光，更加暗弱。柳条迎着夜风摇摆，荻柴沙沙地响，好像幽灵出现在黑夜中的一种阴森的可怕，顿时使这三个女人不禁感觉着恐怖的侵袭。汪大嫂更是胆小，几乎全身战栗得要叫起来了"[2]。不但婚礼该有的喜庆气氛一点没有，而且幽暗阴森的气氛与婚礼几乎完全背道而驰，汪二和嫂子的婚姻又能带来多大程度的幸福？他们不但没有得到亲人的祝福，而且生活的贫穷困厄、父亲的咒骂、兄长的不幸，可能都将成为他们婚姻生活中的绊脚石，新婚与死亡永远纠缠在一起，生活的艰难困苦令人无法想象。许钦文的《疯妇》（1923）中，新婚之后夫妻恩爱的幸福成为婆婆眼中不可容忍的过错，农村社会的顽固与落后最终导致双喜的妻子发疯致死，体现了封建礼教和伦理道德造成的人生悲剧。

---

[1]　李威主编《鲁彦经典》，京华出版社，2001，第 29 页。
[2]　中国现代文学馆编《台静农代表作：建塔者》，华夏出版社，2009，第 45 页。

社会传统文化的习惯性力量，对人们的社会行为起着无形的控制作用。死亡叙事的表象背后，是作家对待传统文化的复杂情感。从日常行为规范到伦理道德、民族文化与宗教的俗化，作家信念的扬弃中隐含着痛苦的两难，批判中隐含着留恋与困惑。

三　丧葬习俗在小说中的文化承担

作为人类社会生活和整体文化结构的组成部分，丧葬习俗这一文化现象之所以能够存在并不断发展，是因为它承担了一定的社会功能，满足了人们高层次的心理需求。死亡带来的精神悲痛与绝望被丧葬仪式中的务实性一定程度地消解。台静农的《红灯》结尾处写道："得银的娘在她昏花的眼中，看见了得银是得了超度，穿了大褂，很美丽的，被红灯引着，慢慢地随着红灯远了！"① 从风俗学意义上，仪式通过对生命的敬畏将死亡真相一次次消解。

每一次葬礼，都是民众集体意识的再现和唤醒，不断得到强化的集体意识，又再次坚定了民众的信仰和感情，使他们成为价值与情感的共同体。中华民族对丧礼的特别重视，以及流传下来的传统丧葬习俗，说明借助这个过程，可以使"一个传统的中国人看见自己的祖先、自己、自己的子孙的血脉在流动，就有生命之流水永恒不息之感，他一想到自己就是这生命之流中的一环，他就不再是孤独的，而是有家的，他会觉得自己的生命在扩展，生命的意义在扩展，扩展成为整个宇宙"② 。所以，丧葬仪式中遗留的古老传统有强大的生命力，它蕴含的文化要素，是民族精神的核心展现。在这里，宗教形态有自己的特色和逻辑，超度、念经以非常直观的表达方式而存在，沟通了此岸世界和彼岸世界。

除了抚慰个体的精神创伤，体现浓厚的亲情，丧葬仪式背后还包含着人类精神世界的信仰和特定的文化价值观。在废名的小说《桥》中

---

① 中国现代文学馆编《台静农代表作：建塔者》，华夏出版社，2009，第18页。
② 葛兆光：《中国思想史》（第1卷），复旦大学出版社，2001，第24页。

有关于葬礼中"送路灯"的习俗描写："比如你家今天死了人，接连三天晚上，所有你的亲戚朋友都提着灯笼来，然后一人裹一条白头巾——穿'孝衣'那就现得你更阔绰，点起灯笼排成队伍走，走到你所属的那一'村'的村庙，烧了香，回头喝酒而散。""送路灯的用意无非是替死者留一道光明，以便投村。"① 清明的习俗："清明上坟，照例有这样的秩序；男的，挑了'香担'，尽一日之长，凡属一族的死人所占的土地都走到；女的就其最亲者，与最近之处。"② 这些习俗中充满浓厚的人情味，通过儿童视角讲述出来，更增添了废名小说的性情之美。

李泽厚说："中国思维的特征也恰恰在于它的智力结构与这些方面交融渗透在一起。它是这个民族得以生存发展所积累下来的内在的存在和文明，具有相当强固的承续力量、持久功能和相对独立的性质，直接间接地自觉不自觉地影响、支配甚至主宰着今天的人们，从内容到形式，从道德标准、真理观念到思维模式、审美趣味等等。"③ 历史语境中的民俗事象和民俗生活，是"在一定时空范围内的文化传承"④，丧葬习俗容纳了丰富的历史文化信息，在民众生活中扮演着不可或缺的角色。中国作家从小说创作的独特视野，进入民族文化心理的深处，对民族整体悲剧进行反思，对中国传统文化积弊展开深刻批判。范志强的《民俗控制与祥林嫂之死——对〈祝福〉的另一种解读方式》一文中，从民俗传统对民俗个体的控制与教化的角度，认为民俗控制是造成祥林嫂之死的最主要原因，对《祝福》进行了另一种解读。小说借助于丰富的民俗文化、隐喻性民俗和奖惩性民俗对人物的控制，揭示了封建文化"吃人"的本质。在"激流三部曲"的《家》中，高老太爷去世后，高公馆举行了浩大烦琐的仪式，体现了对高老太爷丧事的充分重视。先是请道士做法事，查定小殓的时辰，准备殓衣殓具；小殓完毕后，又请

---

① 格非选编《废名小说》，浙江文艺出版社，2003，第119～120页。
② 格非选编《废名小说》，浙江文艺出版社，2003，第151页。
③ 李泽厚：《中国思想史论》（上），安徽文艺出版社，1999，第301页。
④ 刘晓春：《从"民俗"到"语境中的民俗"——中国民俗学研究的范式转换》，《民俗研究》2009年第2期。

来一百零八个和尚来"转佛"、念经。这一切都严格遵守丧仪的程序，显得隆重且周密。"众人都忙着死人的事情，或者更可以说忙着借死人来维持自己的面子，表现自己的阔绰。三天以后的'成服'，——纷至的礼物，盛大的仪式，众多的吊客。人们所要求的是这个，果然全实现了。只苦了灵帏里的女眷：因为客来得多，她们哭的次数也跟着加多了。这时候哭已经成了一种艺术，而且还有了应酬客人的功用。譬如她们正在说话或者正在吃东西，外面吹鼓手一旦吹打起来，她们马上就得放声大哭，自然哭得愈伤心愈好，不过事实上总是叫号的时候多，因为没有眼泪，她们只能够叫号了。她们也曾闹过笑话。譬如把唢呐的声音听错了，把'送客'误当作'客来'，哭了好久才知道冤枉哭了的；或者客已经进来了还不知道，灵帏里寂然无声，后来受了礼生的暗示才突然爆发出哭声来的。"① 这些哭声，已经不是悲哀情感的流露，从中无法感受到儿孙们对高老太爷的思念与留恋，在某种程度上已经完全演变为程式化的丧葬仪礼。

作为一种社会习俗，居丧生活在饮食、言行、居住等方面已经有了一整套严格的禁忌。丧葬习俗中，超度是佛教信仰，念咒、画符、驱鬼、辟邪是道家的民间信仰，一整套礼仪规程是儒家的礼乐文化，体现了儒、道、释三教合一的互补关系。以儒家思想为主体的丧期制度虽没有被强制执行，但作为中国伦理社会秩序的基础，居丧时期的禁忌观念已经植根于中国民众心中，影响深远。高老太爷所维持的超级稳固的家庭结构中，理想的家庭格局是父慈子孝，人伦有序。对于孝道，孔子曾这样解释："生，事之以礼；死，葬之以礼，祭之以礼。"② 意思是说，父母活着的时候，依规定的礼节侍奉他们，去世之后，依规定的礼节埋葬他们、祭祀他们。但是，在小说文本中，我们发现，满肚子仁义道德的高家克字辈男性，不但没有表现出对父亲的哀悼之情，尽孝守礼只是流于形式，遵循和延续下来的只是繁文缛节，而且在居丧期间与姨太太

① 巴金：《巴金全集》（第1卷），人民文学出版社，1986，第377页。

② 杨伯峻：《论语译注》，中华书局，2006，第14页。

瓜分财产，争执不休，简直是对高老太爷的嘲弄。隆重礼仪的社会功能是巩固家族地位，强化人伦关系和道德意识。觉慧的出走，是这个封建大家庭分崩离析的开始。

鲁迅说："人类的灭亡是一件大寂寞大悲哀的事；然而若干人们的灭亡，却并非寂寞悲哀的事。"① 与高老太爷隆重的丧仪相比，钱梅芬不但凄凉死去，死后还更加孤寂。可见尊卑的等级差异是很明显的。"殡所在一座大庙里。这个庙宇因年久失修显得十分荒凉。大殿的阶下长着深的野草，两旁阶上的小房间就是寄殡灵柩的地方。有的门开着，露出里面的破旧的简单的陈设，或者供桌的脚断了一只，或者灵位牌睡倒在桌上，或者灵柩前的挽联只剩了一只，而且被风吹破了。有的门紧紧关着，使人看不见里面的景象。有的甚至一个小房间放了三四副棺材，一点陈设也没有。据说这些棺材是完全没有主的，它们在这里寄放了一二十年，简直没有人过问了。可是苍蝇们还常常钉在它们身上。"② 对于钱梅芬的死，觉慧用交织着爱与恨的声音说出来："一些哭声，一些话，一些眼泪，就把这个可爱的年轻的生命埋葬了。梅表姐，我恨不能把你从棺材里拉出来，让你睁开眼睛看个明白：你是怎样给人杀死的！"③ 而瑞珏的死，使觉新"突然想明白了，这两扇小门并没有力量，真正夺去了他的妻子的还是另一种东西，是整个制度，整个礼教，整个迷信"④。

作为一种传承性极强的文化形态，丧葬习俗形成过程也是一种文化创造和积累的过程，其历史发展的轨迹，也是人类精神发展演进的历史。在文化层面，丧葬习俗中对死者的哀悼与追念体现了对生命敬畏的人类共通的历史性内涵。民俗作为特殊的社会存在，不独停留在生活的表面，它是在民众生活中自行传承的风俗文化意识，具有一定的稳定性。文艺对民俗的审美化考察，成为探讨民族文化的一个重要而独特的

① 鲁迅：《鲁迅全集》（第1卷），人民文学出版社，1981，第368页。
② 巴金：《巴金全集》（第1卷），人民文学出版社，1986，第349页。
③ 巴金：《巴金全集》（第1卷），人民文学出版社，1986，第351页。
④ 巴金：《巴金全集》（第1卷），人民文学出版社，1986，第399页。

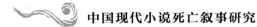

角度，映照出深广的文化空间，使读者在理解小说的思想艺术内涵时获得了更大的审美思考空间。

除上述丧葬习俗以外，在现实生活中，民间文化的濡养还表现在许多方面，比如"桥"具有实际的过渡功能，"过桥"就成为有意义的象征行为。在连接生死两界的象征物中，"桥"被理解为引领亡魂走向新的生命。在中国西南的一些少数民族中，都有关于"过桥""敬桥"等重要的礼仪习俗。这些象征性的行为，是传统的生命意识的写照，在废名的小说《桥》中也有相同的文化隐喻。所有的这些仪式，强调的都是生，生与死相对立的范畴并没有绝对的分野。从文化心理上看，"民间传统丧葬礼俗及其生死观念的深层文化内涵是对另一界生活的信赖和对于永生的渴求"①。丧葬习俗和相应的生死观念都植根于原始文化对死亡的确认，并驱赶死亡的恐惧。文化深层结构中的生命意识使人们的情感得以平衡，使社会和家族有序延续。民间文化对丧葬习俗中文学意象的充盈，极大地拓展了现代小说的审美空间，成为现代小说艺术中不可缺少的营养。

---

① 郭于华：《死的困扰与生的执著——中国民间丧葬仪礼与传统生死观》，中国人民大学出版社，1992，第112页。

第六章

中国现代小说死亡叙事的后续影响

中国现代小说中死亡叙事的审美风格和文化隐喻中，隐藏着中国历代文人的创作心理，更隐藏着中华民族的悲剧意识和艺术情怀。文学作品中呈现的艺术美感与传统文化思想、社会伦理和社会的审美接受程度息息相关。在对悲剧美艺术的接受中，现代小说起到了承前启后的作用。

第一节　悲剧美的中国接受

一　西方美学中的悲剧范畴

悲剧，最初是指古希腊的一种戏剧形式，后来作为一种美学范畴进入了广阔的研究领域。作为一种美学形态，悲剧包含现实中的悲剧和艺术中的悲剧，其最重要的内容就是悲剧性，悲剧性也同样分为现实的和艺术的两种形式。艺术中的悲剧性一般也被称为悲剧美，包括各种艺术形态的悲剧意识和审美思维下的悲剧精神。历史上，很多美学家对悲剧理念进行过阐述，其中最有影响力的有亚里士多德、黑格尔和尼采等人。

亚里士多德对悲剧理论的阐述，对西方悲剧理论的发展产生了重要的影响。在其著作《诗学》中，亚里士多德集中阐述了他的悲剧理论。

他认为："悲剧是对于一个严肃、完整、有一定长度的行动的模仿；它的媒介是语言，具有各种悦耳之音，分别在剧的各部分使用；模仿方式是借人物的动作来表达，而不是采用叙述法；借引起怜悯和恐惧来使这种情绪得到陶冶。"① 他还指出："悲剧的目的不在于模仿人的品质，而在于模仿某个行动。"② "情节乃悲剧的基础，有似悲剧的灵魂。"③ 亚里士多德的这些观念涉及了悲剧的审美性质。首先，悲剧是人的行为造成的，悲剧的目的是模仿人的行为，悲剧通过艺术的真实展现出现实中人们面临事物的思想和情感。其次，悲剧要有完整的情节，也就是说悲剧只有具有完整的情节才能体现出悲剧的审美特点。最后，悲剧往往会引起人的怜悯和恐惧，这种情绪对人并无害处，恰恰相反，它为读者提供了一种情感的宣泄渠道，最终使得这些情绪得到净化。总之，亚里士多德的悲剧理论综合概括了悲剧艺术的特征。此后，悲剧开始作为一种审美范畴而出现，而不再单纯地被看作一种戏剧形式。

亚里士多德之后，黑格尔通过既独特又深入的探讨方式，再一次将悲剧理论的发展推向高潮。在黑格尔看来，悲剧的本质就是两种对立矛盾的力量的冲突与和解。"冲突"就是人类在追求某一种结果的时候，"所涉及的各种力量之间原有的和谐就被否定或消除掉，他们就转到互相对立、互相排斥；从此每一个动作在具体情况下都要实现一种目的和性格，而这种目的和性格在所说的前提之下，由于各有独立的定型，就片面孤立化了，这就必然激发对方的对立情致，导致不可避免的冲突"④。情节发展的主要促进力量就在于冲突。因为每一个主体都坚持自己的利益和追求，悲剧冲突就得以产生和发展。冲突的双方会按照自己的利益标准与对方抗衡，并试图破坏对方的原则，悲剧的后果也就由

① 〔古希腊〕亚里斯多德、〔古罗马〕贺拉斯：《诗学　诗艺》，罗念生、杨周翰译，人民文学出版社，1962，第21页。
② 〔古希腊〕亚里斯多德、〔古罗马〕贺拉斯：《诗学　诗艺》，罗念生、杨周翰译，人民文学出版社，1962，第21页。
③ 〔古希腊〕亚里斯多德、〔古罗马〕贺拉斯：《诗学　诗艺》，罗念生、杨周翰译，人民文学出版社，1962，第21页。
④ 〔德〕黑格尔：《美学》（第一卷），朱光潜译，商务印书馆，1979，第260页。

此造成。此外，黑格尔还提出了"永恒正义"的观点。"'永恒正义'是在个别力量的冲突中重新确认普遍和谐，或是为整体的利益而牺牲局部。它是通过否定来肯定。"①"永恒正义"并不是指通过法律和道德对恶的批判的正义，而是指双方力量在冲突的过程中达到的一种平衡状态，也正是这种平衡状态带来了悲剧的快感。他看到了有价值的双方同时毁灭比一方胜利一方毁灭会产生更强烈的美感。真正的悲剧也正是由这种"永恒正义"引起的，这也使得黑格尔的悲剧理论更加深入和完善。

尼采的悲剧理论，在他的哲学体系中占据着重要的位置。在他的著作《悲剧的诞生》中，尼采阐述了悲剧的本质，提出了"日神"和"酒神"这两个概念。日神代表一种梦境，象征着宁静和安详的状态，展现了自制和美好。酒神代表的迷醉，象征着情绪的亢奋，展现了痛苦与狂喜的交织。在他看来，悲剧是两者的结合，本质上却仍然是酒神的内涵。悲剧的实质，不是使受众用来摆脱恐惧和怜悯或得到情绪的净化，而是通过个体的毁灭证明权利意志的生命力量，是把人生的痛苦与不幸转化成一种审美的永恒快乐。在悲剧中，个体虽然毁灭了，但是它使人们回到了世界生命的本体，因为对于世界生命的本体来说，个体的不断产生又不断毁灭正表现了它生生不息的充沛的生命力。尼采的这种理论在本质上是一种唯意志论的观点，回避了社会现实的矛盾，具有一定的片面性。

二　中国古典的悲剧意识

在中国历史上，儒家、道家和佛教都对人生的悲惨境遇进行过哲学和艺术的诠释，我国古代大量具有悲剧性的文学作品都明显体现了儒道释三家的悲剧意识。儒家哲学作为中国传统文化思想的主流，与道教和

---

① 朱光潜：《悲剧心理学——各种悲剧快感理论的批判研究》，张隆溪译，人民文学出版社，1983，第115页。

佛教哲学相辅相成、相互促进，在中华民族悲剧观念和悲剧精神的形成中起着重要作用。

儒家哲学建立在对一种完美的社会秩序、道德秩序的追寻的基础上，其把《周礼》中的"孝悌"演化为"仁"，并从"仁"出发，发展出一系列人生哲学和伦理学的范畴。儒家主张"父子有亲，君臣有义，夫妇有别，长幼有序，朋友有信"，由此形成了"仁、义、礼、智、信"和"忠、孝、悌"等儒家的伦理标准，其以追求人与自然、人与社会的和谐为生存实践的目的，主张伦理是维护和谐关系的重要保障。儒家伦理渗透到现实生活的普遍秩序中，成为中国传统社会的规律，制约和引导人们的实践活动。这样，在处理个人和集体之间的关系以及个人和社会之间的关系时，人们首先考虑的是情和理的统一，以及个人的意志和行为是否基于儒家的伦理规范，从而做出"善""恶""忠""奸"等道德判断。因此，中国古典悲剧作品中的超常斗争往往是儒家伦理人格在应对灾难时的体现，主人公往往是"忠""义""孝"等道德规范的化身，反抗精神也是基于人物自身的道德信仰。所以，中国古典悲剧冲突的基础在于伦理道德所引发的矛盾，在悲剧审美过程中，人们对道德观的关注就大大超过了命运观。

由于焦点和思维方式的不同，道家和儒家对"悲"的看法有根本的不同。道家对悲伤持否定态度，这体现在《庄子》中。《庄子·刻意》中说："悲乐者，德之邪；喜怒者，道之过；好恶者，德之失。"[1]庄子提倡的是为了达到"道"与"德"的境界而放弃世间的喜怒哀乐。换句话说，世界上没有什么足以引起他们的悲伤。在庄子看来，如果人们想达到人生的最高境界，就不能产生悲伤的情绪。道家的观点是警告那些沉浸在"悲伤"中不能自拔的人，要达到"道"的境界，真正从痛苦中解脱出来，达到天人合一的理想，就必须从内心深处去除悲伤的情绪。庄子认为，"忘"可以消除悲伤，达到"道"的境界。生活在这个世界上，要真正做到无欲无求是很困难的，毫无疑问，这种需求会受

①　郭庆藩：《庄子集释》，中华书局，1954，第240页。

到限制。正是在这一点上，庄子强调要消除一切喧嚣，以清明的头脑观察大自然，以便欣赏自然事物的本质，在平静的状态下享受心灵的和谐，从而实现理想的人格。因此，虽然道家不满足于黑暗的现实，重视人的人格自由，但其并不用自己的选择和努力在现实中发挥作用，而是远离社会，以"心快"和"冥想"为途径，在现实世界中获得超越痛苦的自由，实现个体的超越。这种对现实生活困境的超越并不能给人真正的自由，反而是对悲剧的逃避。道家的这种悲剧意识深深影响了中国古代文人士大夫的人生态度和他们的文学艺术创作活动。

从儒家思想的出现到佛教在东方的传播约五百年间，中国古代的悲剧意识在中国的本土哲学中得到了儒家和道家等主要流派的诠释。佛教的传入及其与儒家和道家哲学的相互争论和渗透，升华了中国古代的悲剧意识，展现了新的色彩。

三　悲剧美的中国接受

（一）古代对悲剧结局的刻意回避

客观上，在中国古典美学的整个发展时期，没有一个词可以与西方美学中的"悲剧"相提并论。即使中国古代有所谓的"哀怨戏"，它所代表的也只是一种艺术形式，不能像西方悲剧那样包含更深刻的审美意义。虽然很多具有悲剧色彩的艺术作品存在于中国历史上，但遗憾的是，结局总是变悲为喜。大团圆式的结局在很大程度上削减了悲剧意蕴。朱光潜《悲剧心理学——各种悲剧快感理论的批判研究》认为，在中国，"戏剧情境当然穿插着不幸事件，但结尾总是大团圆"①，没有了大悲痛和大灾难的结尾，就等于没有了悲剧。中国文学在其他文学形式上都灿烂丰富唯独在悲剧这种形式上显得十分贫乏，可以说中国古代

---

① 朱光潜：《悲剧心理学——各种悲剧快感理论的批判研究》，张隆溪译，人民文学出版社，1983，第 206 页。

没有真正意义上的悲剧。

从中国古代神话开始，就有了尚圆意识的印记。而自唐代至宋元明清，大团圆因素还大量地出现在一些小说、戏剧作品中，已经成为我国独特的审美心理。中国古典十大悲剧，大都充满大团圆因素，即便有真正完整意义上的悲剧结局往往也有后记，因为这种结局是中国读者难以接受的。一方面，这是受普通百姓审美观的影响。中国古代文学的很多作品来源于民间，多以普通市井之人为受众对象，文学作品的创作会不可避免地受到民族的审美趣味影响。市井百姓总有一种道德上的美好愿景，希望能够实现劝善惩恶，所以面向百姓的通俗作品往往会主动满足这种审美愿景。另一方面，更深层次的原因在于中国传统文化的生长环境的塑造。民族审美趣味本身就是一种客观存在，从根本上说是对历史文化传统的刻画。在中国传统文化中，儒家、道家和佛教都有很大的影响。其在斗争、冲突、交流、融合中共同发展，构成了中华民族的传统文化，对文学创作产生了巨大的影响。大团圆结局也是这种影响下的产物。儒家追求和谐、平衡、统一，对苦难和悲情往往持一种忧而不伤的审美原则。在这种中庸思想的影响下，中国古典文学不同于西方文学的一悲到底，而是形成一种强调"以和为美，高度和谐"的审美心理。这种排斥冲突、悲喜渗透的结构方式，并不能算作真正意义上的悲剧，现实的苦难也在虚假的团圆中被遮蔽。另外，佛教宣扬"出世论"和"涅槃说"，彻底否定尘世人生，追求超现实的精神解脱，这反映在悲剧观念上，也就出现了大团圆结局。佛教大力提倡"善有善报，恶有恶报"的因果论。戏剧作家生活在这种特定的文化氛围中，不可避免地受到这种文化氛围的制约，创作心理也会受到影响。因此，许多大团圆的结局都是因果报应。以老子和庄子为代表的道家思想，极力提倡一种无为而治、消极遁世的思想，这也在很大程度上与悲剧的核心事物的矛盾冲突和人力的对抗不相符合。儒释道三家都追求秩序和规范，厌恶矛盾争斗，反映了以血缘宗法制为基础的农业社会的生活理想。因此，在悲剧意识方面，儒家、道家和佛教有不同程度的反悲剧意识，反对尖锐的矛盾和冲突，淡化民族的悲剧精神，调和对立的悲剧人物之间的关系，从而形成悲剧团聚模式的负面效应。

（二）近现代悲剧审美意识的觉醒

20 世纪初，东西方文化发生了剧烈的碰撞，西方文化震撼着中国古代美学。此后，王国维、鲁迅、朱光潜、蔡仪等人将注意力转向西方悲剧理论，做出了自己的审美选择。通过他们对悲剧的论述，我们可以看到近代中国悲剧观念变化和发展的基本脉络。

王国维是中国近代悲剧观念的开创者，他沿着叔本华的哲学理念，肯定了西方的悲剧精神。在 1904 年发表的《红楼梦评论》中，王国维认为《红楼梦》通过普通人的各种遭遇揭示悲剧的必然性，表现出一种自觉而清醒的悲剧意识。鲁迅重视悲剧与人生的关系，强调悲剧的正义。鲁迅的悲剧观既不是对现实的逃避，也不是对现实的"距离化"。在 20 世纪初的中国，鲁迅的悲剧观念真正触及了悲剧的本质和核心要素，意欲通过悲剧意识与残酷现实，向现实人生和不幸命运宣战。朱光潜在 20 世纪 30 年代出版的《悲剧心理学》中，系统地探讨了悲剧理论，认为悲剧是一种与现实生活有一定距离的崇高艺术形式，与善恶无关，是一种纯粹的挤压审美活动。因此，朱光潜在继承和批判西方悲剧理论的基础上，提出了自己的观点。事实上，悲剧不仅表现为受难还表现为反抗。朱光潜的"苦难"和"反抗"是对王国维和鲁迅悲剧观念的有益补充。朱光潜的悲剧观与他的美学思想一样，是建立在西方主观唯心主义基础上的，过于强调悲剧艺术的非功利性，注重精神力量而非社会实践。1947 年蔡仪发表《新美学》，对古希腊命运的悲剧做出了新的诠释，他认为，一切悲剧的真正根源都在于社会。在当代，对悲剧的审美和悲剧理论的研究越来越被详细划分。

审美范畴实际上是一种社会文化和经验。社会内部的成员会受到社会群体的影响和感染，将这种审美范畴传递出去。不同的历史时期，随着经济水平、历史文化的变迁，审美范畴也会不断改变。在中国古代，悲剧式的艺术创作或结局往往被读者刻意回避。近代以来，随着西方悲剧观念的引入和对传统中国悲剧意识的批判与继承，中国读者开始意识到悲剧审美的重要性，悲剧审美意识开始觉醒。随着当代经济水平和开放程度的不断提高，悲剧理念开始被中国读者广泛接受甚至喜爱，悲剧审美的种类日渐多元化，当代小说中对悲剧的展现也不断丰富。

第二节　当代小说中死亡叙事的继承与突破

中国当代小说作品中的死亡叙事方式多种多样，审美风格既有对现代小说的继承，又有一定的突破。当代小说中的死亡叙事脉络比较清晰，先锋小说作家笔下的零度写作展示了部分小说中的暴力审美。现实主义风格的创作中，也有部分作品将死亡叙事作为推动情节发展的动力，从叙事语言和叙事视角中体现当代小说的魅力。

一　当代小说中的死亡叙事艺术

在死亡叙事的后世影响与审美突破中，当代小说更加敢于直面死亡，叙事视角的进一步突破，使得死亡想象与叙述更加丰富，死亡书写出现更多的审美形态。一方面，死亡叙事中出现了死者视角，刘树纲的《一个生者对死者的访问》等作品中死亡叙事在艺术手法上的创新、叙事向度的拓展，显示了叙事演进中文学进化的力量；另一方面，除了客观冷静、零度写作的状态，有的作品意在通过死亡叙事表达有情感、有温度的主题，体现了五四时期的"人的文学"的回归。

作为当代文学的先驱，莫言、余华等创作出了许多具有悲剧色彩的现实主义文学作品，引发了学术界的研究热潮。莫言的小说《丰乳肥臀》不仅用宏大的叙事语言来描述中国政治形势的历史变迁，而且具有浓厚的悲剧色彩。这种悲剧通过作品中各种人物的悲惨命运表现出来。小说中主要人物都走向了悲剧，这种结局并非偶然的，性格使然的背后还隐藏着巨大社会背景因素。莫言的这部作品是一部彻底的悲剧，无论是人生道路方面还是小说的最后结局都营造了极其悲戚的氛围。小说不仅反映了人物性格上的缺失，更展现出了社会动乱时期底层农民的艰难困苦的生活环境。政局的动荡使得原本相对安逸的高密东北乡进入混乱时代，农民生活颠簸坎坷，悲剧命运由此开始。余华因作品在表现人的苦难、世界的苦难方面具有鲜明特色，是中国当代先锋派作家的代表。《现实一种》中，通过描写家庭成员之间的互相戕害，展现了对暴力审美的迷恋。《死亡叙述》中，叙述者"我"回忆十多年前的一场车祸撞死了一个男孩，儿子勾起了"我"的负罪感，恍惚中第二次车祸中又撞了一个女孩，"我"被闻讯前来的女孩的家人残暴殴打致死："然后我才倒在了地上，我仰脸躺在那里，我的鲜血往四周爬去。我的鲜血很像一棵百年老树隆出地面的根须。我死了。"①叙述者"我"大胆突破阅读习惯，死在自己讲述的故事中。行文停止，叙事的虚构性暴露出来，第一人称的死亡叙事面临的困境，经验自我和叙述自我的同一性，使得文本的真实性和叙事的虚构性凸显出叙事的悖论。

在当代小说中，人物并不因死亡而缺席，反而存在于文本虚拟的时空，承担起讲故事的功能。余华的《一九八六年》、阎连科的《鸟孩诞生》《丁庄梦》《寻找土地》、莫言的《战友重逢》、唐镇和刘工的《同一条河》以及晓苏的《金米》等当代小说作品，都以死者作为视角主体，把生死主题放置在一个特异的角度去观照和思考，非常规化的叙事视角获得了陌生化的文本效果，带来了耳目一新的阅读体验。叙述者具备超乎寻常的认知能力和观察方式，以零度情感客观揭示了人们的生存状况、残酷的生存环境和复杂的人性，包容了生命的苦难和困惑，将人物推向死亡的结局。死亡叙事视角中的视角主体成为超越人类命运的视角，通过死亡反观生存的思维模式和话语策略，反映出对人类整体命运的思考和在哲学上对生死的超越。

死亡叙事语言通过特定的方式和载体推动小说故事情节的发展，使小说的脉络结构跌宕起伏，增强小说的吸引力和凝聚力，使读者获得超越作品本身的更深层的含义。

---

① 余华：《死亡叙述》，《意林文汇》2019 年第 15 期。

（一） 当代小说中死亡叙事的语言叙述

语言叙事指以文字为手段，以第三人称的视角具体详细地阐述事情经过的叙事方式。倒叙、插叙、顺叙等是较为常见的语言叙事方式。阐述事实式的语言叙述一方面以第三人称的方式增强小说的真实性和客观性，对读者了解故事情节脉络的发展具有重要作用，另一方面使人物形象的塑造和情感的表达更加饱满，也使读者真实地感受故事情节的一波三折。

在小说《红高粱》中，莫言在前半部分设置了较多疑问：谁杀死了单家父子？罗汉大叔与戴凤莲是什么关系？余占鳌与戴凤莲是什么关系？随着小说故事情节的发展和倒叙手法的使用，小说用丰富的人物脉络和对现在、过去生活的补充，一步步消除读者心中的种种疑惑，紧凑的节奏推动故事的进程，发挥小说的独特魅力。小说前半部分的疑问逐一被解开：戴凤莲悲惨的身世——她被父亲"卖"到家财万贯的单家，给患有麻风病的单老爷的儿子做媳妇；戴凤莲在婚后三日回娘家的路上，遇到了在新婚之日就中意她的余占鳌，余占鳌为了爱情杀死了单家父子，随即戴凤莲便做了单家的当家人，余占鳌与戴凤莲的关系得到进一步发展。随着情节的深入，余占鳌与戴凤莲的关系逐渐公开，两人结婚生子。两人本该过着幸福的生活，但是抗日战争的形势趋紧，使每个中国人都投身抗日之中，战争带来的血腥充斥于小说文字中，戴凤莲也在为余占鳌送拌饼的途中丧失性命。《红高粱》中死亡的人数不胜数，如单家父子、戴凤莲、罗汉大叔、抗战的乡亲和伙计们等。他们均是随着事件发展的不断深入而死亡的，这种平静地阐述事实的叙事方式给人一种先因后果的感觉，使事情的发展和结果更加合情合理。

长篇小说《活着》是余华最为经典的代表作品，其中的死亡叙事是最为典型的阐述事实式的语言叙事。小说依次讲述了福贵的母亲（耽误治疗）、家珍（不受劳苦）、有庆（为救县长夫人抽血过多）、凤霞（生产手术大出血）、二喜（被水泥板夹死）、苦根（吃豆撑死）六人死亡的原因和经过，这六人均为福贵的至亲，余华用朴实的文字将福贵一生的悲剧故事娓娓道来。小说题目为《活着》，而最终活着的人只有福贵，这与其人生的经历与转折密切相关。福贵原本为地主少爷，嗜赌成性，最终赌光了家业，开始体验另一种生活，这种生活与他之前的生活相比，有天壤之别，这时他明白：只有脚踏实地、勤劳地种田，才能活下去。福贵的生活逐渐稳定后，却被国民党军队抓走做壮丁，他在战场上近距离地接触死亡，在被解放军俘虏回家后，他更加明白活着的珍贵。随后，他经历了土地改革、人民公社运动、"大跃进"、"文革"等一系列重大历史事件，明白了生活中的身不由己，即使他的六位亲人离去，他也能坦然面对。最终，他与一只年迈的老牛一同生活，那时他已无牵无挂，实现了他的生命追求——活着。亲人的相继离世，将福贵带入一次又一次的绝望之中，或许死亡并不可怕，活着才是世上最难的事。当活着的人在苦难中一次一次挣扎着重新建起的人心围墙不经意间被击垮，生活中就只剩下苦难。余华在这一张一弛中，体现了对苦难的叙事力度。当生命结束时，苦难也就不复存在。苦难就会成为记忆，留在书中活着的人和读者的心中。

　　余华的《活着》在死亡叙事方面别具一格，"活着"是追求的生活目标，而"死亡"是人生的最终归宿。余华对福贵至亲六人的离世描写得平淡朴实，但通过福贵对活着的渴望和追求将福贵至亲六人的死亡衬托得更为悲壮和痛心。《活着》看似在写活着，实则在写死亡，余华想要透过简单的死亡叙事将生命的力量、活着的意义进行深一步探讨。福贵的一生可谓历尽艰难，但他仍能乐观地活下去，他是生活的英雄。余华把其他人的死亡与福贵艰难地活着进行对比，体现了作者想要表达的"逆境中生长"的坚韧和决心。小说在情节设置方面充满戏剧化，人生所有的悲痛似乎全部都在福贵的身上得到展现，但福贵仍然没有被现实打败，他始终坚守着对活着的渴望。第三人称叙事的运用在小说中极为常见和普遍，但震撼力仍是极强的。此种叙事方式不受文体和叙事结构的制约，作者可进行自由叙事和故事讲述，将作品表达的情感不受局限地展现出来。在《活着》的叙事中，小说情节设置虽具有戏剧性，但余华巧妙地将福贵的故事镶嵌在历史发展进程中，使人被历史所说服，使小说充满真实感，彰显了余华小说的独特魅力。作品试图通过生命的逝去讽刺当时社会的残酷、人类的麻木，给人以心灵的震撼和冲击。

（二）隐喻式的死亡叙事

隐喻式的死亡叙事指通过前文隐秘的情节设置和故事安排，或通过小说意象的选取，为主要人物是否死亡甚至死亡的真实原因设置悬念，推动情节的发展，引起读者阅读兴趣。隐喻式的死亡叙事在叙事方式方面也是多样的，包含插叙、倒叙、顺叙等。隐喻式的死亡叙事犹如侦探作品般情节脉络波澜起伏，故事转折度较强，给读者带来较多的思考和回味的空间。

隐喻式的死亡叙事最具典型意味的小说当数莫言的中篇小说《白棉花》。《白棉花》的故事情节围绕方碧玉这一人物展开。方碧玉是乡下女工，其父将她许配给国支书的儿子，她因此获得了在棉花工厂工作的机会。她在棉花工厂爱上了革命青年李志高，却被李志高抛弃，被抛弃的方碧玉无法直视旁人的眼光自杀了。但小说最后作者借冯结巴之口表达了另一种声音——方碧玉没有死，那晚的尸体是李莲花的。

小说两种结局的设置，是开放性的结尾，可以给读者更多思考的空间：方碧玉到底有没有自杀？首先，小说对方碧玉这一人物形象的塑造自始至终都是仗义、不屈服于现实的。当马成功被"铁锤子"的堂叔欺负后，方碧玉挺身而出，彻底地教训了"铁锤子"的堂叔。随后，方碧玉在全厂大会上被厂长批评并责令她离开棉花厂，方碧玉却以理服人，痛斥了棉花厂的领导对临时工与正式工的差别对待和"工农联盟"的特殊待遇，激起了在场临时工的共鸣。同时，小说前半部分埋下了很多伏笔，方碧玉曾发出"活着美好"的感慨。因此，冯结巴在小说结尾的推理不无道理：方碧玉强壮的体魄与高超的武艺使其能独自拖运李莲花的尸体显得合情合理，李莲花原本模糊的面部使方碧玉在操控一切时得心应手，冯结巴在新加坡学厨时见到的与方碧玉相同模样的贵妇进一步使冯结巴的推论得到印证。

余华的《河边的错误》也是一部隐喻性极强的死亡叙事小说。小说以"杀人"为线索贯穿全文，虚拟了一个疯子杀人的故事：疯子先后杀死了幺四婆婆、三十五岁的工人、目睹其杀人的男孩，而他的特殊身份使其无法受到法律的制裁。警察马哲为了避免悲剧的继续发生，掏出手枪扣动扳机打死了疯子，而他也只能佯装疯子以逃过法律的制裁。余华描绘了一个残酷的社会，社会中的正义、善良均被社会现实所击垮。天真烂漫的孩子看到尸首后告诉父母和朋友，他们的反应是"别胡说""开玩笑"，企图以此使自己置身事外；善良的马哲为了避免悲剧的重复发生用手枪打死疯子，却要被法律制裁，为了逃脱罪责他只能变成自己最痛恨的人。孩子用生命诠释了天真应该付出的代价；马哲用行动描绘了社会的残酷和讽刺，似乎"疯癫"才是整个社会最正常的事情。作品的主题被彰显出来，人心的冷漠和社会的悲剧通过结尾马哲的行为极具讽刺意味地被展现出来。《河边的错误》的死亡叙事手法也属于隐喻式的叙事，使小说情节一波三折，意蕴丰富。小说在叙事时并未将疯子杀人的经过进行详细描述，而是通过周围人的反应使故事更加丰满，使读者多视角地了解事件发生的详细状况。此外，疯子每次杀人后，其特点都是"提着水淋淋的衣服"，每次出现这一描写便暗示疯子又杀死了一个人。这种隐晦的死亡叙事方式一方面避免了真实杀人场景的刻画给读者带来视觉冲击，另一方面暗含深意，引人思考：通过"水淋淋的衣服"作者是不是要表达凶手并非疯子，而是另有其人呢？这样的设置使小说中人物的死亡变得更加扑朔迷离。

"少年"和"月夜"都是美好的意象，能够唤起读者美好的想象。但在刘庆邦的小说《少年的月夜》中，少年小瑞在家庭生活中却得不到幸福，母亲的冷暴力彻底粉碎了少年的梦想，他在一个有月亮的晚上喝农药自杀了。读者阅读时，小说文本所产生的画面与读者的期待形成较大的反差，这种不确定性扩展了小说的审美空间，增强了文学再创造的能力。

（三）　对比式的死亡叙事

对比式的死亡叙事是指将小说中死亡人物与另一人物进行对比，为突出死亡人物或另一人物的经历和情感发挥重要作用。对比式死亡叙事较为典型的作品为余华的中篇小说《黄昏里的男孩》。小说讲述了一个衣着破旧的男孩偷苹果遭到严酷惩罚的故事。小说中惩罚男孩的人是孙福，他对待男孩之狠毒，令人难以想象他早年经历过妻离子丧的不幸。小说中的死亡，作者并未做过多渲染，仅以简单的语言交代了孙福儿子离世的时间和原因。

小说《黄昏里的男孩》首先以"男孩偷孙福苹果"为线索展开叙事。男孩生活艰难，他的手黑乎乎的，甚至走起路来身体摇晃。这个男孩或许很久没有吃东西了，他对孙福说的两次重复的"我饿了"更加印证了这一点。然而，孙福无情地拒绝了小男孩本真的言说。他的一句"走开"隔断了男孩言说的表意性功能，也弃置了感受和聆听对方痛感的可能。① 当男孩偷走苹果被孙福抓到后，孙福打了男孩的脸，勒住男孩的脖子，扯断了男孩右手的中指，把男孩绑在水果摊前并让他大喊自己是小偷，如此步步紧逼的节奏将孙福毫无人性的形象刻画了出来。小说对孙福儿子的死并未做过多描写，仅用"沉入不远处池塘的水中"几个字进行描述。余华对孙福儿子的离世轻描淡写，更能挖掘读者内心深处的疼痛，激发读者探求孙福儿子死后孙福的情绪状况。这种将对方痛苦置之度外的残忍是不是转嫁自我苦痛的变相报复？对于这种压抑或遮蔽的痛感，余华叙述得异常冷静，将这残忍的一幕暴露于围观者的视线之内。②

余华用孙福对男孩的表现与孙福儿子的离世做对比，刻画场景一动一静，孙福对待年龄相差不大的男孩几近相似的遭遇的巨大反差，表明了孙福儿子的离世对孙福的打击之大，而孙福绝非油盐不进之人，他的悲伤和痛苦甚至超过了大部分人。但孙福只追求"小家"，他对幸福的追求和定义是狭隘的，他的爱也是狭隘的。将孙福置于社会这个大环境中，他是一个冷血的人：他已经丢失了对社会的热情和对常人的关爱，

---

① 吴翔宇：《论余华小说的"疼痛"美学》，《中国现代文学研究丛刊》2017 年第 7 期。
② 吴翔宇：《论余华小说的"疼痛"美学》，《中国现代文学研究丛刊》2017 年第 7 期。

男孩虽与儿子面临的困境级别几近相同，但他从未想过伸出援手帮助男孩，反而对男孩步步紧逼，其最无情的方面表现在：男孩咬下一口苹果，但孙福让他吐出来，直到吐出的全是唾沫孙福才肯罢休。虽然作者没有将自己的感情投入小说，但并未影响小说带来的那层冰凉的悲剧感，相反，小说带给读者的是对人性冷漠无情的深入反思。

同样表现社会底层人物的命运，陈应松的《太平狗》更是入木三分，一只名叫太平的狗的艰难存活和主人程大种的悲惨死亡形成鲜明对比。程大种日夜想逃回故乡，然而他回不去了。太平终于能够回到农村老家，然而它不会说话，没有办法告诉女主人他们的遭遇，更没有办法让男主人起死回生。在人与动物命运的对比、生与死的对比、城市与乡村的对比、社会发展速度与质量的对比方面，《太平狗》的死亡叙事更是技高一筹。血淋淋的社会现实也曾经在余华的长篇小说《第七天》中表现出来，旁观者的视角控制了叙述的节奏，客观冷静的叙述态度，也能提升读者的阅读体验。

二 当代小说中的死亡叙事视角

视角叙事即小说在进行叙事时，运用多个视角交叉叙事，打破一般小说单一视角的局限，其间可以夹杂作者的主观态度或对小说故事情节的解释、说明；此外，视角叙事还包括透过小说中不同人物的视角进行叙事，使故事发展的方方面面更为清晰、明朗，将一个立体的事实摆放在读者面前，使小说更具真实性。

《我们的七叔》是莫言的中篇小说，小说采用第一人称和第二人称的视角反复交叉的叙事方式。小说开头便交代了七叔已经去世，由此采用倒序的叙述方式讲述其去世的原因和与其相关的故事。第一人称叙事把诸多离散、毫无逻辑关系的素材贯穿起来，使小说呈现出闲谈风格和树状结构。小说通过鬼魅叙事推动情节发展，表达创作主旨和情感态度。第二人称则使作者跳出小说内容，对小说中的人物、人物行为进行评价，叙述者具有绝对的叙述权威，从中可以看出作者的主观态度。

小说以七叔的葬礼为开头，交代了七叔死亡的事实。其中穿插第一、第二人称的叙事视角，时而作为七叔的侄儿讲述七叔去世时的场景，时而转变为第二人称，与读者进行交谈，其间多次出现"请看下一段""我们分个段"，叙述者从文本中跳出，似乎将自己抽身事外，单纯地描述其中的故事。

《我们的七叔》中的七叔是一个革命者，他同阿Q一样有自己的精神胜利法。他曾说自己与李专员有至深的情谊，曾当过俘虏又跟着许司令做过事，其实根本没有人相信他，但他仍旧沉浸在自己勾勒的理想世界中，甚至七嫂都说他是"一天到晚，胡诌八扯，真真烦死人也"①。七叔的"精神胜利法"和执着在一定程度上也获得了村里人的尊重——他在"六一""七一""八一"这三个法定节假日"头戴那种我们在电影里经常看到的、有两扇耳朵的棉军帽，上身棉袄，下身棉裤，都是又肥又大、鼓鼓囊囊，脚上是一双笨重的高腰翻毛牛皮靴子"②，以表示对革命的尊重，也因此获得了村民的尊重和敬佩。长此以往，不再有人嘲笑他，他也因此获得了在这三个节假日不用干活的优待。对于七叔的死亡原因和过程，读者却是从第三个人（五叔）的口述中得知的：

就见前边有两道耀眼的金光射过来，照得我们两眼发花，不知道前方来了什么怪物。说不知道其实也知道，四十多年前我们就看到过国军的十轮大卡车拖着榴弹炮。你七叔赶着驴车在前，我赶着驴车在后。我家的灰驴胆气小，拖着车也拖着我，哧溜下了沟。你七叔的黑驴如果不是吓傻了，就是什么都不怕。它昂着头站在路中央，一动也不动。我喊：老七，靠边呀！你七叔说：怕啥？难道他还敢轧死我？你七叔话没说完，就听到咯咯唧唧一阵响……接下来的事，我也说不太清楚了，因为从根本上来说我是被吓胡涂了。③

---

① 莫言：《师傅越来越幽默》，百花文艺出版社，2012，第89页。
② 莫言：《师傅越来越幽默》，百花文艺出版社，2012，第72页。
③ 莫言：《师傅越来越幽默》，百花文艺出版社，2012，第110页。

作者以五叔的视角交代了七叔的死亡经过，透过五叔的视角，似乎一切都在眼前发生一般，每个读者都成为这场事故的见证人。此外，小说避免了平铺直叙，作者并未表明撞死七叔的人是谁，但通过后文马书记托人来给五叔送咸鱼便真相大白了。七叔终究是死于极低的社会地位和位高权重者的目中无人，他是当时落后、残酷的社会的牺牲品。

此外，在小说《我们的七叔》中，死亡的人物除了七叔外，还有押送七叔的领导，领导与阎王村来的人对话，阎王村的人说是来找他的，过了不久他便离世了。作者通过暗喻，使领导的死变得合情合理，同时，鬼神的出现，也使小说富有一定的魔幻主义色彩。小说在死亡叙事方面，运用多种视角的转换，将人物的死亡和人物本身的性格彰显得更为突出。

在叙事视角的选择上，莫言《生死疲劳》中的动物视角也是极具代表性的，小说虚构了一个地主被冤杀后变成驴、牛、猪、狗、猴，最后终于又转生为大头婴儿的故事，这个被冤杀的地主经历了六道轮回。小说分别以这五个动物和大头婴儿的视角全方位、互为补充地讲述了五十年间发生在这片土地上的悲欢故事。这五种动物既有动物的简单快乐，又部分地具备人的意识。在小说中，作者赋予它们更多超乎寻常的本领，因此以它们的视角进行叙述，能够展现完全不同的文学世界。

小说在以驴的视角进行叙事时，写出了西门闹的视角：

> 黄瞳啊黄瞳，就冲着我跟你爹多少年的交情，你也不该用土枪崩了我啊。我自然知道你是听人之命，但你完全可以对准我的胸膛开枪，给我留下个囫囵尸身啊！你这忘恩负义的杂种啊！
>
> 我感到开比着耻和愤怒，努力吼叫着："我不是驴！我是人！我是西门闹！"
>
> 我绝望，我恐惧，我恼怒，我口吐白沫，我眼睛泌出粘稠的泪珠。
>
> 我感到有一股纯蓝的火焰，在头脑里轰轰地燃烧起来，焦虑和愤怒，使我不断弹打蹄子。

我心悲伤，我心如炽，仿佛有烙铁烫我屁股，仿佛有刀子戳我的肉……我扬起后蹄，把一个破筐头踢飞。我摇啊，晃啊，喉咙里发出灼热的嘶鸣。①

　　不足 200 字便用了 22 个"我"，表达了西门闹刚刚投胎为驴时内心的不甘与冤屈，以及西门闹刚刚投胎为驴时"人"的意识。但是，这一世的西门驴归根结底是驴，必须过驴该过的生活。人的视角和动物视角不断转换，给读者带来了崭新的阅读体验。当小说以驴的视角进行描写，又写出了一个别样的动物世界：

　　在和平的岁月里，一头公驴可以和自己心爱的母驴幽会。地点选在小河边，浅浅的流水，反射着星月之光，犹如银蛇逶迤。还有秋虫低吟，晚风清凉。我跳下土路，走过沙滩，站在河中，河水淹没了我的四蹄。它的气味，突然涌来，是那样浓郁，那样强烈。我的心脏狂跳，撞击着肋骨，热血澎湃……我直奔那气味而去，在沙梁的半腰上，看到了一副让我稍感胆怯的景象。我的母驴，在那些红柳棵子中奔突着，旋转着，不时地扬蹄，嘶鸣发威，一分钟都不敢消停，在它的身前或身后，身左与身右，有两只苍白的大狼。它们不慌不忙，不紧不慢，时而前后呼应，时而左右配合，试试探探地、半真半假地发动着一次次进攻。

　　我西门驴，嘶鸣着，斜刺里冲下去，直奔尾随在我爱驴身后的那匹狼。我的踢腿带着沙土，腾起一团团烟尘，带着居高临下的气势，别说是一匹狼，就是一只老虎，也要避我锋芒。那头老狼猝不及防，被我的胸脯顶撞了一下，翻了两个筋斗，闪到了一边。我折回身，对我的驴说：亲爱的，别怕，我来了！②

①　莫言：《生死疲劳》，作家出版社，2012，第 10 ~ 11 页。
②　莫言：《生死疲劳》，作家出版社，2012，第 49 ~ 50 页。

西门驴是被饥饿的人乱棍打死的，它的死亡折射出人性的复杂和人类欲望的可怕。同样，猪十六也逃不过这个厄运，它知道人吃腻了家养的猪肉，想要吃点野味，却以"翦灭猪魔为民除害"为借口捕猎野猪。透过猪的视角，小说彰显了人性的复杂以及人类始终以自我为中心的生活习惯。作者借猪的视角来呼吁人们重新建立人与动物的新型相处关系，同时使人反思自身行为。动物的视角过滤了人类生活中的圆滑、周旋、伪装等复杂处事方式，将人性最本真、最原始的一面揭露出来，给读者营造一个熟悉而又陌生的世界。

在叙事中，小说的情感存在一个明显的过渡，小说之初西门驴是具有人性的，它渴望回到人的生活，但到最后，它不再关心世事，只是安心地做一只猴。或许这正是所谓的"一切来自土地的都将回归土地"。小小的高密东北乡，演绎着大时代，还有大时代里那些最终挡不住洪流的大家族。西门闹生龙活虎地在西门屯闹了一场，闹了一辈子，闹了几个转生轮回。然而他的记忆最终会成为隔着厚厚墙壁拍打不来的朦胧声音，他的仇恨不甘，在祖辈的陨落中渐成无奈。他也懂了，人不论怎么在世上走一遭，都是拗不过时代的，都是已经定好的棋局。在时代的洪流面前，没有对与错、善与恶、好与坏，只有一个个在泥泞里摸爬滚打的血肉之躯。莫言的多视角的死亡叙事以西门闹一次次死去、一次次投胎为线索，每次投胎都是一个新的视角，每个视角都浸入了时代的气息。多视角的叙事将每个动物生活中的困苦与艰难展现出来，错综复杂的人物命运和人性被揭示出来，作品的主题和内容得以更加全面、立体地彰显。

小说在暴力审美中透视人和动物的关系，不同视角的转换，同样获得陌生化的艺术效果，提升了读者的审美体验。

现代小说死亡叙事中的暴力审美在当代小说中达到了极致，而对于死亡叙事中"中和之美"的继承，女作家迟子建最具代表性，如《世界上所有的夜晚》透过死亡的迷雾展现人类的悲悯。迟子建的小说用理性情怀对死亡进行了过滤，在叙述控制中透露出文体的融合与审美的韵味，具有散文的意蕴和诗的情致。

当代小说中的叙事语言和叙事视角均以文字为载体透析文字背后鲜血染洗的社会,都通过人生的最终形态——死亡向读者昭示更多、更深层次的关系社会发展和人类发展的重要问题,对不同时期人类价值观、世界观、人生观的塑造均具有重要意义。

"人的文学"的现代性审美指向及文学史的沉思

"人的觉醒"是五四以来新文学现代性品格的重要组成部分，对个人价值的体验和认同成为个人主体意识觉醒的重要特征。现代作家强烈的主体意识，既是作家的自由意志，更是作家自我形象体认的文学表述。小说中的死亡叙事，表征着现代人作为精神个体的生存合理性，以不同于传统伦理观念和思想意识的全新视野，在文学审美中表现出强烈的创造力和鲜活的生命力。正如茅盾所言："人的发现，即发展个性，即个人主义，成为'五四'时期新文学运动的主要目标；当时的文学批评和创作都是有意识的或下意识的向着这个目标。……个人主义成为创作的主要态度和过程，正是理所必然。而'五四'新文学运动的历史的意义，亦即在此。"① 但是，现实语境的变化，三四十年代以来日益强烈的通俗化和政治化倾向，使许多革命作家和理论家对马克思主义文艺观的理解产生偏差。由于人民文艺过于强调政策对文学的指导，作家的启蒙价值立场在社会和国家整体利益面前的微妙变化和文学与政治之间关系的复杂性使小说创作中主体性的维度被削弱，小说的发展曾陷入陌生化、机械化的困境，"人"的命题及其内涵创作更体现了极具主体意识的作家对自身精神困境的顽强抗争和书写。

故乡是每个人生命的起点，文学意义上的故乡已经不仅仅是地理区域上的空间和现实世界的家园，作家的生活和写作姿态的不同，决定了

---

① 茅盾：《关于"创作"》，《茅盾文艺杂论集》，上海文艺出版社，1981，第 298 页。

他们对存在层面的精神故乡的寻找。鲁迅、萧红、路翎等现代作家通过小说和散文一方面排斥和拒绝现实的故乡，与故乡作别；另一方面，又始终在寻找精神的故乡，为更好地生存而不断行走，不停找寻。死亡叙事切合了五四新文学作家的精神渴望，见证了作家心灵的觉醒和超越，寄寓了对人类生存悲剧性境遇的深沉思考。现代作家通过小说创作完成了审美升华和自我净化，中国现代小说中死亡叙事无与伦比的丰富性成就了现代文学的特质。

死亡叙事研究既是与小说文本的对话，更是与作家心灵的对话。文学的深层目的是关注人的存在与人的精神、人的深层意识和深层需要，更是对民族文化中失落个体的寻找与发现。时间长河里，无数的生命和死亡会聚，人类的自觉推动着审美活动的产生，见证着人类自身的价值、尊严和精神家园的寻找与回归。作家的血脉里流淌着中华民族精神和中国传统文化，文学发展的动力既有来自文学自身的内部原因，又有外部环境和历史投射在作家敏感心灵上的影子。

狄尔泰说："人的生命价值，人生的超越性意义问题被哲学遗忘了，而诗和艺术在哲学忘却了自己的使命时，挺身出来反思人生痛苦的使命。当哲学家躲进形而上学体系中玩弄概念的游戏时，诗人艺术家却严肃地解生命之谜，解人生之谜。"① 现代作家在不同历史文化语境中对于死亡的深深焦虑和忧思，常常基于对个体乃至整个人类的存在境遇的哲学性思考，对死亡叙事形式的不懈追求和书写，却又是对人类经验的本质和生命自身的追求与拷问。正是通过这样严肃的思考和渗透着艺术精神思考的死亡表现，人类才形成了在死亡面前的超越，引导自身不断走向自由的境地。所以，死亡与小说艺术的结合，中国现代小说对人类精神境遇的深切理解和深层探索，本身就具有相当重要的文学史意义，并且为我们进一步的探讨提供了契机。

1918 年，《新青年》刊登了周作人的《人的文学》，周作人从个性解放的要求出发，充分肯定了人道主义，主张充分表现"灵肉一致"

---

① 胡经之主编《西方文艺理论名著教程》（下），北京大学出版社，1989，第 34～35 页。

的人性。这一原则被五四作家广泛认可并对中国现代文学产生了深远的影响。现代小说中的死亡叙事的精神内涵和审美意蕴，再次体现了中国现代小说死亡书写的文学史意义，即"人的文学"的现代性审美指向。现代小说通过死亡叙事对生命个体的存在给予了足够的关注，民族文化中对失落个体的寻找与发现，是自五四开始的现代小说的价值内涵。

现代小说中死亡叙事的变迁及其研究，从一个独特的角度揭示了现代文学发展的某种内在规律，也使我们对现代文学的发生和转变机制有了比较全面和清晰的认识，能够更加准确地把握作家文学观的真实特征。现代小说体现了人类以其自由精神超越了死亡带来的恐惧和困顿，死亡叙事的审美价值和意义透视出现代中国人的思想变迁的深层文化根源，死亡叙事研究也便具有一定的思想史和精神史的意义。

主要参考文献

一 国外著作

1. 〔法〕帕斯卡尔:《思想录》,何兆武译,商务印书馆,1985。

2. 〔法〕波德莱尔:《穷人们的死亡》,《恶之花》,钱春绮译,人民文学出版社,1986。

3. 〔加〕约翰·奥尼尔:《身体形态——现代社会的五种身体》,张旭春译,春风文艺出版社,1999。

4. 〔美〕贝克尔:《拒斥死亡》,林和生译,华夏出版社,2000。

5. 〔美〕雷纳·韦勒克:《近代文学批评史》,杨自伍译,上海译文出版社,2009。

6. 〔美〕伊恩·P.瓦特:《小说的兴起——笛福、理查逊、菲尔丁研究》,高原、董红钧译,三联书店,1992。

7. 〔德〕尼采:《悲剧的诞生》,赵登荣等译,漓江出版社,2000。

8. 〔法〕热拉尔·热奈特:《叙事话语 新叙事话语》,中国社会科学出版社,1990。

9. 〔英〕佛斯特:《小说面面观》,花城出版社,1981。

10. 〔捷〕米兰·昆德拉:《小说的艺术》,董强译,上海译文出版社,2011。

11. 〔苏〕莫·卡冈:《艺术形态学》,凌继尧、金亚娜译,三联书店,1986。

12. 〔美〕利昂·塞米利安:《现代小说美学》,宋协立译,陕西人民出版社,1987。

13. 〔美〕理查德·泰勒:《理解文学要素——它的形式、技巧、文化习规》,黎风等译,四川大学出版社,1987。

14. 〔瑞士〕沃尔夫冈·凯塞尔:《语言的艺术作品——文艺学引论》,陈铨译,上海译文出版社,1984。

15. 〔美〕W. C. 布斯:《小说修辞学》,华明等译,北京大学出版社,1987。

16. 〔美〕J. 希利斯·米勒:《解读叙事》,申丹译,北京大学出版社,2002。

17. 〔英〕托马斯·卡莱尔:《英雄和英雄崇拜——卡莱尔讲演集》,张峰、吕霞译,上海三联书店,1988。

18. 〔美〕汉娜·阿伦特:《论革命》,陈周旺译,译林出版社,2007。

19. 〔法〕让·波德里亚:《象征交换与死亡》,车槿山译,译林出版社,2012。

20. 〔法〕保尔·利科:《虚构叙事中时间的塑形》,王文融译,三联书店,2003。

21. 〔美〕华莱士·马丁:《当代叙事学》,伍晓明译,北京大学出版社,2005。

22. 〔荷〕米克·巴尔:《叙述学:叙事理论导论》,谭君强译,中国社会科学出版社,2003。

23. 〔俄〕拉夫林:《面对死亡》,成都科技翻译研究会译,内蒙古人民出版社,1997。

24. 〔德〕格奥尔格·西美尔:《生命直观——先验论四章》,刁承俊译,三联书店,2003。

25. 〔美〕苏珊·桑塔格:《疾病的隐喻》,程巍译,上海译文出版社,2003。

26. 〔法〕米歇尔·沃维尔:《死亡文化史——用插图诠释1300年以来死亡文化的历史》,高凌瀚、蔡锦涛译,中国人民大学出版社，2004。

27. 〔法〕伊夫·瓦岱：《文学与现代性》，田庆生译，北京大学出版社，2001。

28. 〔美〕马泰·卡林内斯库：《现代性的五副面孔：现代主义、先锋派、颓废、媚俗艺术、后现代主义》，顾爱彬、李瑞华译，商务印书馆，2002。

29. 〔美〕夏志清：《中国现代小说史》，刘绍铭等译，复旦大学出版社，2005。

30. 〔美〕林毓生：《中国传统的创造性转化》，三联书店，1988。

31. 〔美〕李欧梵：《未完成的现代性》，北京大学出版社，2005。

32. 〔美〕王德威：《被压抑的现代性——晚清小说新论》，宋伟杰译，北京大学出版社，2005。

33. 〔德〕莫尔特曼：《创造中的上帝：生态的创造论》，隗仁莲等译，三联书店，2002。

34. 〔日〕丸尾常喜：《"人"与"鬼"的纠葛——鲁迅小说论析》，秦弓译，人民文学出版社，1995。

35. 〔美〕诺尔曼·布朗：《生与死的对抗》，冯川等译，贵州人民出版社，1998。

36. 〔法〕让·保尔·萨特：《存在与虚无》，陈宣良等译，三联书店，1987。

37. 〔美〕夏志清：《人的文学》，辽宁教育出版社，1998。

38. 〔德〕海德格尔：《存在与时间》，陈嘉映、王庆节合译，三联书店，1987。

39. 〔美〕马克·里拉：《当知识分子遇到政治》，邓晓菁、王笑红译，新星出版社，2005。

40. 〔美〕拉塞尔·雅各比：《最后的知识分子》，洪洁译，江苏人民出版社，2002。

41. 〔英〕约翰·凯里：《知识分子与大众：文学知识界的傲慢与偏见，1880—1939》，吴庆宏译，译林出版社，2008。

42. 〔美〕萨义德：《知识分子论》，单德兴译，三联书店，2002。

43. 〔德〕叔本华：《生存空虚说》，陈晓南译，作家出版社，1987。

44. 〔英〕罗素：《西方哲学史》，何兆武、李约瑟译，商务印书馆，1976。

45. 〔德〕黑格尔：《美学》，朱光潜译，商务印书馆，1979。

46. 〔法〕让·保尔·萨特：《自我的超越性——一种现象学描述初探》，杜小真译，商务印书馆，2010。

47. 〔英〕伯特兰·罗素：《心的分析》，贾可春译，商务印书馆，2009。

48. 〔美〕H. 帕克：《美学原理》，张今译，广西师范大学出版社，2001。

二　国内著作

1. 钱理群等：《中国现代文学三十年》（修订本），北京大学出版社，1998。

2. 钱理群：《心灵的探寻》，上海文艺出版社，1988。

3. 严家炎：《中国现代小说流派史》，人民文学出版社，1989。

4. 赵园：《地之子：乡村小说与农民文化》，北京十月文艺出版社，1993。

5. 钱理群：《与鲁迅相遇——北大演讲录之二》，三联书店，2003。

6. 钱理群：《拒绝遗忘》，汕头大学出版社，1999。

7. 汪晖：《反抗绝望：鲁迅及其文学世界》（增订版），三联书店，2008。

8. 王晓明：《无法直面的人生：鲁迅传》，上海文艺出版社，2001。

9. 王乾坤：《鲁迅的生命哲学》，人民文学出版社，2010。

10. 丁帆等：《中国现代乡土小说史》，北京大学出版社，2007。

11. 杨义：《中国现代小说史》，人民文学出版社，2005。

12. 朱晓进：《政治文化与中国二十世纪三十年代文学》，人民出版社，2006。

13. 朱晓进：《历史转换期文化启示录——文化视角与鲁迅研究》，辽宁教育出版社，1992。

14. 杨洪承：《废墟上的精灵：前现代中国知识分子思想文化的理路（1898—1918）》，人民出版社，2006。

15. 杨洪承：《现象与视阈：20 世纪中国文学研究纵横》，吉林教育出版社，2003。

16. 陈平原：《中国小说叙事模式的转变》，上海人民出版社，1988。

17. 陈平原：《小说史：理论与实践》，北京大学出版社，2010。

18. 王泰来等编译《叙事美学》，重庆出版社，1987。

19. 徐岱：《小说叙事学》，商务印书馆，2010。

20. 胡亚敏：《叙事学》，华中师范大学出版社，1994。

21. 罗钢：《叙事学导论》，云南人民出版社，1994。

22. 杨义：《中国叙事学》（《杨义文存》第一卷），人民出版社，1997。

23. 王阳：《小说艺术形式分析：叙事学研究》，华夏出版社，2002。

24. 李泽厚：《中国思想史论》，安徽文艺出版社，1999。

25. 段德智：《西方死亡哲学》，北京大学出版社，2006。

26. 段德智：《死亡哲学》，湖北人民出版社，1996。

27. 傅伟勋：《死亡的尊严与生命的尊严》，北京大学出版社，2006。

28. 孙利天：《死亡意识》，吉林教育出版社，2001。

29. 颜翔林：《死亡美学》，学林出版社，1998。

30. 陆扬：《死亡美学》，北京大学出版社，2006。

31. 陆扬：《中西死亡美学》，华中师范大学出版社，1998。

32. 冯沪祥：《中西生死哲学》，北京大学出版社，2002。

33. 赵远帆：《"死亡"的艺术表现》，群言出版社，1993。

34. 毕治国：《死亡哲学》，黑龙江人民出版社，1989。

35. 靳凤林：《死，而后生——死亡现象学视阈中的生存伦理》，人民出版社，2005。

36. 冯川：《死亡恐惧与创作冲动》，四川人民出版社，2003。

37. 张文初：《死亡·悲剧与审美》，岳麓书社，1996。

38. 何显明：《中国人的死亡心态》，上海文化出版社，1993。

39. 郑晓江主编《中国死亡文化大观》，百花洲文艺出版社，1995。

40. 陈民：《西方文学死亡叙事研究》，江苏文艺出版社，2006。

41. 肖百容：《直面与超越——20世纪中国文学死亡主题研究》，岳麓书社，2007。

42. 解志熙：《生的执著——存在主义与中国现代文学》，人民文学出版社，1999。

43. 吴翔宇：《鲁迅时间意识的文学建构与嬗变》，中国社会科学出版社，2010。

44. 陶东风、徐莉萍：《死亡·情爱·隐逸·思乡——中国文学四大主题》，杭州大学出版社，1993。

45. 温儒敏等：《现代文学新传统及其当代阐释》，北京大学出版社，2010。

46. 解洪祥：《中国现代文学精神》，山东教育出版社，2003。

47. 马振方：《小说艺术论》，北京大学出版社，1999。

48. 杨联芬：《晚清至五四：中国文学现代性的发生》，北京大学出版社，2003。

49. 杨联芬：《中国现代小说导论》，北京师范大学出版社，2010。

50. 张新颖：《20世纪上半期中国文学的现代意识》（修订版），复旦大学出版社，2009。

51. 杨春时：《现代性与中国文学思潮》，三联书店，2009。

52. 陈平原：《二十世纪中国小说史》，北京大学出版社，1989。

53. 周宪：《现代性的张力》，首都师范大学出版社，2001。

54. 何言宏：《中国书写：当代知识分子写作与现代性问题》，中央编译出版社，2002。

55. 刘小枫主编《现代性中的审美精神》，学林出版社，1997。

56. 刘小枫：《现代性社会理论绪论——现代性与现代中国》，上海三联书店，1998。

57. 殷国明：《小说艺术的现在与未来》，上海文艺出版社，1990。

58. 卢晓辉：《中国人审美心理的发生学研究》，中国社会科学出版社，2003。

59. 宋德胤：《文艺民俗学》，北方文艺出版社，1991。

60. 苏涵：《民族心灵的幻象——中国小说的审美理想》，人民文学出版社，2000。

61. 李霞：《生死智慧——道家生命观研究》，人民出版社，2004。

62. 陈鼓应：《庄子今注今译》，中华书局，2001。

63. 童庆炳、程正民主编《文艺心理学教程》，高等教育出版社，2001。

64. 皇甫晓涛：《萧红现象——兼谈中国现代文化思想的几个困惑点》，天津人民出版社，2000。

65. 季红真：《萧红传》，北京十月文艺出版社，2000。

66. 吴福辉：《都市漩流中的海派小说》，湖南教育出版社，1995。

67. 谭桂林：《转型与整合：现代中国小说精神现象史》，陕西人民教育出版社，2003。

68. 谭桂林：《百年文学与宗教》，湖南教育出版社，2002。

69. 谭桂林：《20世纪中国文学与佛学》，安徽教育出版社，1999。

70. 李泽厚：《美学四讲》，天津社会科学院出版社，2001。

71. 舒乙：《老舍最后的两天》，花城出版社，1987。

72. 梁遇春：《春雨》，海南出版社，1997。

73. 徐吉军等：《中国丧葬礼俗》，浙江人民出版社，1991。

74. 严家炎等编《中国现代文学作品精选》（增订本），北京大学出版社，2001。

75. 郭于华：《死的困扰与生的执著——中国民间丧葬仪礼与传统生死观》，中国人民大学出版社，1992。

76. 北京大学哲学系美学教研室编《西方美学家论美和美感》，商务印书馆，1982。

77. 陈子善、徐如麒编选《施蛰存七十年文选》，上海文艺出版社，1996。

78. 何锡章：《鲁迅读书生涯》，长江文艺出版社，2000。

79. 葛兆光：《中国思想史》，复旦大学出版社，2001。

80. 茅盾：《茅盾文艺杂论集》，上海文艺出版社，1981。

81. 胡经之主编《西方文艺理论名著教程》（下），北京大学出版社，1989。

82. 朱立元：《接受美学》，上海人民出版社，1989。

83. 郭力：《二十世纪中国女性文学的生命意识》，黑龙江教育出版社，2002。

84. 余英时：《中国知识分子论》，河南人民出版社，1997。

85. 雷体沛：《存在与超越：生命美学导论》，广东人民出版社，2001。

86. 温儒敏：《中国现代文学批评史教程》，北京大学出版社，1993。

87. 周作人：《中国新文学的源流》，河北教育出版社，2002。

88. 邵伯周：《人道主义与中国现代文学》，上海远东出版社，1993。

89. 高永年：《中国叙事诗研究》，江苏教育出版社，2002。

90. 贺仲明：《中国心像：20世纪末作家文化心态考察》，中央编译出版社，2002。

91. 张辉：《审美现代性批判》，北京大学出版社，1999。

92. 季红真：《忧郁的灵魂》，时代文艺出版社，1992。

93. 刘小枫：《沉重的肉身》，华夏出版社，2004。

94. 刘忠：《思想史视野中的中国现当代文学》，上海人民出版社，2006。

95. 许纪霖主编《公共空间中的知识分子》，江苏人民出版社，2007。

96. 韦森：《文化与制序》，上海人民出版社，2003。

97. 谭光辉：《疾病的症状：疾病隐喻与中国现代小说》，中国社会科学出版社，2007。

98. 杨辛、甘霖：《美学原理新编》，北京大学出版社，1996。

99. 宗白华：《美学与意境》，人民出版社，1987。

100. 曹文轩：《中国八十年代文学现象研究》，作家出版社，2003。

101. 曹文轩：《20世纪末中国文学现象研究》，北京大学出版社，2002。

102. 杨伯峻：《论语译注》，中华书局，2006。

103. 杨伯峻：《孟子译注》，中华书局，2008。

三　论文

1. 张鸿声：《从狂人到魏连殳——论鲁迅小说先觉者死亡主题》，《中国现代文学研究丛刊》1988年第3期。

2. 何显明：《论鲁迅的死亡意识》，《中国现代文学研究丛刊》1991年第 1 期。

3. 季进：《论五四小说中的生与死》，《中国现代文学研究丛刊》1991
   年第 1 期。

4. 程金城：《中国现代文学的意象象征系统》，《甘肃社会科学》1994
   年第 1 期。

5. 毕绪龙：《死亡光环中的严峻思考——鲁迅死亡意识浅探》，《鲁迅研
   究月刊》1994 年第 7 期。

6. 吴小美、肖同庆：《反抗死亡：牺牲与拯救——论鲁迅生死观的个性
   色彩》，《兰州大学学报》1994 年第 3 期。

7. 吴小美、肖同庆：《"血的代价"——鲁迅生死观的社会时代内涵》，
   《兰州大学学报》1996 年第 3 期。

8. 刘勇：《也谈鲁迅对死亡意识的思考——兼论李长之〈鲁迅批判〉的
   一个重要观点》，《鲁迅研究月刊》1998 年第 9 期。

9. 张箭飞：《论鲁迅小说中的"死亡"》，《江汉论坛》2000 年第 4 期。

10. 陈太胜：《死亡意识与鲁迅的人生思想和文化思想》，《鲁迅研究月
    刊》2000 年第 12 期。

11. 肖百容：《"死亡秀"：20 世纪中国文学的一股异样潮流》，《文学评
    论》2010 年第 5 期。

12. 赵顺宏：《论鲁迅作品中的献祭意识》，《文学评论》2010 年第
    6 期。

13. 罗晓静：《"孤独"的个人与鲁迅作品的自省精神》，《中国现代文
    学研究丛刊》2010 年第 5 期。

14. 谭桂林：《鲁迅与佛学问题之我见》，《鲁迅研究月刊》1992 年第
    10 期。

15. 甘智钢：《〈祝福〉故事源考》，《鲁迅研究月刊》2002 年第 12 期。

16. 袁盛勇：《萌发与沉落：自我意识与鲁迅小说中的死亡》，《鲁迅研
    究月刊》2005 年第 9 期。

17. 范志强：《民俗控制与祥林嫂之死——对〈祝福〉的另一种解读方
    式》，《华北电力大学学报》（社会科学版）2007 年第 1 期。

18. 〔美〕刘禾：《鲁迅生命观中的科学与宗教（下）——从〈造人术〉到〈祝福〉的思想轨迹》，孟庆澍译，《鲁迅研究月刊》2011年第4期。

19. 薛文礼：《略论鲁迅作品中丧葬仪式描写的悲剧性和文化意义》，《文艺理论与批评》2012年第2期。

20. 皇甫积庆：《"死"之解读——鲁迅死亡意识及选择与传统文化》，《鲁迅研究月刊》2000年第2期。

21. 王富仁：《时间·空间·人——鲁迅哲学思想刍议之一章》，《鲁迅研究月刊》2000年第1期至第5期。

22. 王富仁：《鲁迅小说的叙事艺术》（上、下），《中国现代文学研究丛刊》2000年第3、4期。

23. 钱理群：《人间至爱者为死亡所捕获——一九三六的鲁迅》（上、下），《鲁迅研究月刊》2003年第5、6期。

24. 齐宏伟：《论鲁迅"幽暗意识"之表现及由来》，《南京师范大学学报》（社会科学版）2011年第1期。

25. 王学谦：《独与天地精神往来——鲁迅生命意志与道家文化的关联》，《中国现代文学研究丛刊》2011年第3期。

26. 杨义、郝庆军：《鲁迅与"五四"精神》，《文学评论》2009年第3期。

27. 吴小美：《鲁迅与老舍生死观的比较》，《中国现代文学研究丛刊》2010年第6期。

28. 郑家建：《〈故事新编〉：文本的叙事分析与寓意的文化解读》，《鲁迅研究月刊》2001年第2期。

29. 苏华：《论老舍小说中的死亡叙事》，《当代文坛》2010年第1期。

30. 温越：《论郁达夫小说死亡意识的形态及其历史文化探因》，《西北师范大学学报》（社会科学版）2000年第6期。

31. 杨洪承：《一个文学过渡期的"场效应"——20世纪40～60年代中国文学结构分析和生成思考》，《江海学刊》2005年第2期。

32. 杨洪承：《现代中国文学社群文化生态与心态研究论纲》，《江海学刊》2008 年第 3 期。

33. 贺仲明：《论 20 世纪 40 年代中国文学中的传统主题》，《江海学刊》2002 年第 1 期。

34. 陶东风：《中国文学中的死亡主题及其诸变型》，《文艺争鸣》1992 年第 3 期。

35. 王兆胜：《论林语堂的生命悲剧意识》，《中国社科院研究生院学报》1997 年第 1 期。

36. 洪耀辉：《生命悲剧隐喻与文化启蒙符码的合———沈从文笔下看客形象解读》，《文学评论》2009 年第 3 期。

37. 张光芒、张立杰：《论沈从文小说的宿命意识》，《山东师范大学学报》（社会科学版）2000 年第 4 期。

38. 陈思和：《试论阎连科的〈坚硬如水〉中的恶魔性因素》，《当代作家评论》2002 年第 4 期。

39. 陈晓明：《"动刀"：当代小说叙事的暴力美学》，《社会科学》2010 年第 5 期。

40. 吴福辉：《中国心理小说向现实主义的归依——兼评施蛰存的〈春阳〉》，《十月》1982 年第 6 期。

41. 郝建：《"暴力美学"的形式感营造及其心理机制和社会认识》，《北京电影学院学报》2005 年第 4 期。

42. 黄健：《论郁达夫早期小说创作中的死亡意识》，《贵州社会科学》2008 年第 2 期。

43. 邹忠民：《疾病与文学》，《江西社会科学》2004 年第 12 期。

44. 彭松乔：《生命哲学：废名小说艺术观照的底蕴》，《武汉教育学院学报》1998 年第 1 期。

45. 吴小美、李向辉：《老舍的生死观》，《文学评论》2006 年第 5 期。

46. 姜彩燕：《疾病的隐喻与中国现代文学》，《西北师范大学学报》（哲学社会科学版）2007 年第 4 期。

47. 朱德发：《论四十年代中国文学的世界化与民族化》，《中国社会科学》2002 年第 6 期。

48. 陈宪年：《死亡情结：悲剧文学的内在构成》，《内蒙古社会科学》（汉文版）2000 年第 1 期。

49. 梁景和：《中国传统家族文化的特征》，《松辽学刊》（社会科学版）1997 年第 4 期。

50. 朱珩青：《路翎小说的精神世界和"七月派"现实主义》，《学术月刊》1994 年第 9 期。

51. 刘晓春：《从"民俗"到"语境中的民俗"——中国民俗学研究的范式转换》，《民俗研究》2009 年第 2 期。

52. 赵炎秋：《论第一人称叙事者的边缘化》，《湖南文理学院学报》（社会科学版）2004 年第 1 期。

53. 陈桂琴：《国内叙事学研究发展述评》，《外语学刊》2010 年第 6 期。

54. 王中：《小说的诗辩——谈现代小说的文体意识》，《文学评论》2012 年第 4 期。

55. 杨迎平：《论萧红小说的写意剧特质》，《文学评论》2012 年第 5 期。

56. 杨剑龙：《论"五四"小说中的基督精神》，《文学评论》1992 年第 5 期。

57. 顾广梅：《论中国现代小说成长叙事中的表征空间》，《齐鲁学刊》2009 年第 1 期。

四　作家文集

1. 鲁迅：《鲁迅全集》，人民文学出版社，1981。

2. 巴金：《巴金全集》，人民文学出版社，1986。

3. 巴金：《巴金选集》，人民文学出版社，1980。

4. 王风编《废名集》，北京大学出版社，2009。

5. 萧红：《萧红全集》，哈尔滨出版社，1998。

6. 郁达夫：《郁达夫全集》，浙江文艺出版社，1992。

7. 中国现代文学馆编《许钦文代表作：鼻涕阿二》，华夏出版社，2009。

8. 张爱玲：《张爱玲文集》，安徽文艺出版社，1992。

9. 萧红：《萧红小说全集》，时代文艺出版社，1996。

10. 乐齐主编《鲁彦小说精品——乡土小说的拓荒人》，中国文联出版公司，1997。

11. 中国现代文学馆编《蹇先艾代表作：水葬》，华夏出版社，2009。

12. 施建伟编著《许杰代表作》，河南人民出版社，1994。

13. 洪灵菲：《洪灵菲选集》，人民文学出版社，1982。

14. 路翎：《财主底儿女们》，人民文学出版社，1985。

15. 格非选编《废名小说》，浙江文艺出版社，2003。

16. 郁达夫：《郁达夫小说全集》，时代文艺出版社，1996。

17. 林语堂：《林语堂名著全集》，东北师范大学出版社，1995。

18. 中国现代文学馆编《台静农代表作：建塔者》，华夏出版社，2009。

19. 中国现代文学馆编《吴组缃代表作：一千八百担》，华夏出版社，2009。

20. 中国现代文学馆编《鲁彦代表作：秋夜》，华夏出版社，2009。

21. 周立波：《暴风骤雨》，人民文学出版社，2009。

22. 刘凌、刘效礼编《施蛰存全集》，华东师范大学出版社，2011。

23. 余华：《余华作品集》，中国社会科学出版社，1995。

24. 许地山：《许地山小说全集》，时代文艺出版社，2000。

25. 宗白华：《宗白华全集》，安徽教育出版社，1994。

26. 沈从文：《沈从文全集》，北岳文艺出版社，2002。

27. 傅光明选编《丁玲小说》，浙江文艺出版社，2007。

28. 丘东平：《沉郁的梅冷城》，花城出版社，1983。

后记（一）

三年，许许多多的日子，匆匆地来了，又去了。我在南京收获的点点滴滴，足以汇成长河，可是似乎难以用语言来细细描摹。论文写作结束时，并没有感到些许轻松与快慰，因为把这样一个笨拙的结果呈现给那些关爱着我的人，我不能不为它的鄙陋而惶恐。不过，写作的过程让我更加清晰地了解了自己的不足，并将在以后的路途中多几分理性，也未必不是件好事。

首先要感谢我的导师杨洪承教授，杨老师为学严谨扎实，为人谦和宽容，不仅能原谅学生的所有愚钝和粗浅，而且一直没有放弃对我的教育。大到选题的论证、论文框架的设计、章节的拟定与修改、问题的发现与凝练，小到文献的考订、错别字与标点的规范，老师都倾注了大量心血。惭愧的是，我才疏学浅，悟性不够，论文在理论上远远达不到老师要求的高度。我往返于南京和青岛两个城市之间，除了面谈，还通过电话和网络与老师交流，老师的邮件常常使我感动不已，老师的鼓励使我有了继续走下去的勇气。我把那些邮件打印出来，贴在书橱上和墙上最醒目的位置，用以鞭策常常偷懒的自己。老师的信任和尊重、耐心的指导和真诚的建议、及时的提醒和点拨，常常使我感到不安，也使我警醒。当我陷入思路的困境时，老师以极大的耐心启发我。即使是我交上的那些不成形的稿子，也渗透着老师的心血，对我而言，也是重要的人生收获。在以后的工作和学习中，我将博学深思，尽力弥补目前论文的缺憾；我也希望自己修炼出优秀的品质，将来，努力去做一个像杨老师那样尽职尽责严谨诚信的好老师。

感谢我的师母田桦女士，田老师对我和我家人的关心和照顾，是我往返青岛与南京最大的动力。田老师为人诚恳、谦和、宽容、善解人意，田老师的言传身教，使我学习到做人比做文更为重要的道理；田老师对生活的热爱，使我进一步体会到幸福快乐的人生要义。与田老师交流，更能感受到历史的情境，更能感受到老一辈文学家田老先生的影响深远，所以，我一直觉得我是非常幸运的。

感谢文学院的朱晓进老师、高永年老师、何言宏老师、贺仲明老师、谭桂林老师等诸位良师的点拨与帮助，老师们的高屋建瓴，老师们的质疑与提问，老师们帮我设计的理论框架，在我学术成长的道路上，价值不可估量。

感谢在南京大学蹭课听的日子，有幸感受到了丁帆老师、王彬彬老师、张光芒老师、吴俊老师、沈卫威老师、张志强老师等诸位名师的不同风采，我在这里学到的东西，也会永远地留在记忆中，渗透在思维方式里。

感谢我的硕士生导师姚春树先生，许多年来，姚老师和师母温和亲切的目光始终没有离开过我，使我常常感觉到前方从容的引领和身后默默的关爱。姚老师一直鼓励我，从不嫌弃我的愚笨。老师年事已高，每次电话交流过后我都为自己打扰老师而不安。感谢青岛大学文学院的刘增人老师的热情指点和耐心讲解。

感谢同门师兄徐仲佳、温潘亚、范卫东、季桂起、赵普光、顾金春等，他们的学术风范值得我不断学习，他们的豪放与诚恳使我更加体会到了做杨老师的学生的那份光荣。我会一直加油的。

感谢室友夏玉玲，她的热情与平和，让我对南京的历史和文化有了更进一步的了解，让我对南京这座城市从陌生到熟悉，并深深感受到它的包容。感谢她们一家的热情照顾，感谢我们深夜里聊天的日子。

感谢共同战斗的好友李言、张春秀、黄庆丰、赵宣竹、赵梓杉……我们一起进出图书馆，一起欣赏美景，一起品尝美食，一起游走在陌生的江苏的土地上，无论在生活上还是学术上，她们的无私帮助都给我许多感动、许多温暖。

感谢同学王爱军、杜昆、卞秋华、姚苏平、卢衍鹏……与他们的每一次讨论与交流都很有收获。他们对学术的热情与追求，他们对我的鼓励与支持，是我学习的不懈动力。

感谢青岛科技大学的领导和同事给我的莫大支持与帮助。感谢在南京学习和工作的我的历届学生，他们的回报是我工作的动力。感恩之余，我将继续我的付出。

感谢所有的家人，从老人到孩子，感谢他们给我的每一份爱和快乐。

2013 年　南京

后记（二）

距离 2013 年博士毕业，已经六个年头，然而恍若一瞬，悄悄地过去了。

导师的谆谆教诲，仿佛还在耳边；埋头图书馆的清闲日子，却仿佛是上个世纪的事情了。

我不能为自己的懒惰找借口，唯有继续努力才对得起老师的辛勤指导，对得起领导和同事的帮助与支持，对得起年轻学子的信任。

母校的培育是起点，工作的单位才是真正助我成长的空间，感恩遇到的每一个人、每一件事，重新修改论证书稿的过程也是我重新思考和成长的过程。

感谢生命中遇到的每一个人，尤其感谢责任编辑高雁老师和程丽霞老师的辛勤指导，我会始终珍惜这份缘。

2019 年　青岛

图书在版编目（CIP）数据

中国现代小说死亡叙事研究 / 王小环著. -- 北京：
社会科学文献出版社，2021.1
ISBN 978 - 7 - 5201 - 7976 - 8

Ⅰ.①中…　Ⅱ.①王…　Ⅲ.①现代文学 - 叙事文学 -
文学研究 - 中国　Ⅳ.①I206.6

中国版本图书馆 CIP 数据核字（2021）第 029605 号

中国现代小说死亡叙事研究

著　　者 / 王小环

出 版 人 / 王利民
责任编辑 / 高　雁
文稿编辑 / 程丽霞

出　　版 / 社会科学文献出版社（010）59367226
　　　　　　地址：北京市北三环中路甲 29 号院华龙大厦　邮编：100029
　　　　　　网址：www.ssap.com.cn
发　　行 / 市场营销中心（010）59367081　59367083
印　　装 / 三河市龙林印务有限公司

规　　格 / 开　本：787mm×1092mm　1/16
　　　　　　印　张：14.5　字　数：215 千字
版　　次 / 2021 年 1 月第 1 版　2021 年 1 月第 1 次印刷
书　　号 / ISBN 978 - 7 - 5201 - 7976 - 8
定　　价 / 98.00 元